美丽肥西

赵宏兴 张建春 主编

底版

武稚 著

图书在版编目（CIP）数据

底版 / 武稚著． -- 北京：中国书籍出版社，
2020.8
（美丽肥西 / 赵宏兴，张建春主编）
ISBN 978-7-5068-7743-5

Ⅰ．①底… Ⅱ．①武… Ⅲ．①散文集－中国－当代
Ⅳ．① I267

中国版本图书馆 CIP 数据核字（2020）第 004651 号

底版

武 稚 著

图书策划 成晓春 崔付建
责任编辑 武 斌
责任印制 孙马飞 马 芝
出版发行 中国书籍出版社
地　　址 北京市丰台区三路居路 97 号（邮编：100073）
电　　话 （010）52257143（总编室）（010）52257140（发行部）
电子邮箱 eo@chinabp.com.cn
经　　销 全国新华书店
印　　刷 三河市华东印刷有限公司
开　　本 650 毫米 ×940 毫米 1/16
字　　数 151 千字
印　　张 18.5
版　　次 2020 年 8 月第 1 版 2020 年 8 月第 1 次印刷
书　　号 ISBN 978-7-5068-7743-5
定　　价 198.00 元（全四册）

序：任其性命之情

王达敏

武稚爱诗，与诗最亲近，写诗已有二十多年。她喜静爱思，默默地写，慢慢地热，自家的趣味自家欣赏，写诗已经成为她的生活方式、生命的表达。自从进入优秀诗人行列后，她的才能迸发，一边写诗，一边荡开笔写散文。知道她的人都说她的诗好，殊不知，她的散文的丰富灵达，反倒在她的诗之上。

诗之后再造散文，且待到历经沧桑岁月的中年之际，这一步就走实走通了。在许多人的观念里，文学之中的散文最容易写，似乎只要文笔好，人人都可以成为散文家。散文门槛低确是事实，偏偏是这看似最容易的文体不知折损了多少文学爱好者。散文虽为俗世文，却生就富贵身，要富养。散文不易独养，更不能年年大面积耕种；它最适宜生长在田头地边、原野山川，且宜稀不宜密，如此这般才能饱吸天地之气、日月之精华、万物之芳香。自“五四”新文学以来，专治散文的作家，有几人能成为真正的大家？当代“散文三大家”的秦牧、杨朔、刘白羽曾盛极一时，其实，他们早在写作的中途就把散文写僵了，模式化了，如今，还有多少人愿意读他们的作品？鲁迅、周作人、林语堂无意散文却成为散文大家，多依仗学问对其的滋养，以及来自诗歌、小说等文学技法对其的滋养。窃以为，真正的好散文多数不是出自散文家之手，而是出自诗人、小说家、戏剧家、学者之手，小说家贾平凹的散文、诗人北岛的散文、学者金克木和季羡林的随笔，其品相、其成就，远在专业散文家之上。多数作家偶一为之，一出手便独标高格，史铁生的一篇《我与地坛》直冲云霄，震撼灵魂，至今无文与之比肩。

武稚由诗而散文，仍不脱诗的质地。毕竟是散文，她心领神会地遵循散文的法度，叙事抒情，多写游记见闻和身边俗事。她的本领在于不管写什么，都能脱俗出彩。她的长处显然不是贴着所写对象写，而是从中生发诗思乃至哲思，通过诗思撑开所写对象，让“思”寄居其中又超越其上。这“思”不是一般的抒情性的思绪，而是凝聚了人生感悟、生命意识的哲思，带有忧患伤感和孤独自由的情怀。比如《江南古镇》，应该是一篇游记，这类散文该怎么写，会写成什么样子，中国几千年的散文早就为它提供了无数的前文本，不出意外的话，我们完全能够想象得出它会是什么样子。江南古镇多偏僻闭塞，怡然自得地藏于群山深处，是现代的桃花源。我曾在一篇散文中描写了江南古村落的面貌：“村庄古貌古韵，如若‘武陵桃源’：屋舍相拥，傍山依水而筑，烟树葱茏，流水人家，多数因上了年岁而呈古旧之状；村人悠然祥和，或门前祖孙嬉戏，或三五人闲坐吃烟，或数人聚于古亭闲聊，溪边洗衣洗菜的妇女嘻嘻哈哈，还有那漫步者，后面跟着几条游狗，甚至几只懒懒的鸡鸭。村里多为老人和孩子，年轻人耐不住寂寞，奔外面世界闯天下去了。”看得出来，我是贴着所写对象写，其中自然有我的临境感受和文笔趣味。武稚破了游记的古制法度，不专意写随游历而流动的景物，而是写附着于古镇之上的抽象性的“老”，这就奇特了！老通于旧而不等于旧，老是生命存在状态，它在时光中穿梭变化，又在时光中存在。老爬上石桥，白天在石桥上晒太阳，晚上在石桥上看月亮，夜深了就卧在石桥上。老爬上树，负责拔去黄叶，拔掉一片又一片。老喜欢在街上溜达，一条小巷一条小巷地走；又喜欢串门，在一家一家的屋里走动。古镇老而安宁，这里的人中规中矩地守着老，无论外面的世界怎么变，他们都默默地种地，默默地划船，默默地蹲在桥上，喝茶、听戏、弄月、切糕，过着“不知有汉，无论魏晋”的世外桃源般的日子。由此而羡慕古镇人的生活态度，同时担忧随着游人的越来越多，会打破古镇的幽静安宁，迫使老飞走。

《江南古镇》是奇崛之文，《老镇子里的人》的意蕴旨趣与之相同，可谓姐妹篇。古镇人慢悠悠地生活，闲适安逸，于是感叹：“他们有着一个睿智的祖先，他们老早就懂得生活的真谛，他们老早就品位味活了。他们知道日子要不紧不慢地过。”由此而顿悟：生活的最高境界不就是这样吗！

写着写着，武稚把自己写出来了。“老”成了她反复吟咏、一再深思的意象，《苍绿的老》写母亲的老，感叹人生易老、世事沧桑；《三只碗》写回乡卖房子，感叹时光飞逝，岁月神偷，“老”成了忠实的守望者；《和富人在一起》写与富人一起到国外旅游，欣赏的却是土著人无忧无虑的生活；《我的诗意栖居》之五《我的敌人》直言时光是我的敌人，人是我的敌人，病是我的敌人，感受着难言的悲观和疼痛，于是对现实产生了抵抗情绪。与之对应的是另一种情感的升起，她想来生做一个农妇，生一双儿女，养几只鸡，在一个小镇上健康终身。不要再想着工作、书本，千万不要再遇到那个叫电脑的家伙。我们不需要这些，没有这些我们一样过得很好，甚至更好。

这种退守到生命本真状态，“任其性命之情”的想法，是对现代社会“人为物役”的生存现状的否定，其中涌动的生命意识，与中外古老的生存智慧相通，伤感而不颓废。伤感是文学的最爱，里面装着至爱至善的情愫。但伤感常与孤独相生，读武稚散文，不难读出“孤独的气质”。对于武稚，孤独不是因为情感、交往及距离等因素的阻隔而产生的生存状态，而是一种心境、一种精神状态，即拒绝平庸、拒绝流俗、拒绝从众，具有超越性和自在精神的状态。沈从文说：“孤独一点，你会发现，原来有十个你自己。”这种洁净的孤独精神无疑会提高文学的品质。但孤独毕竟是一把双刃剑，它既能升华文学的审美品质，也能把文学锁进幽闭灰暗的铁屋，关于这一点，武稚当时时警惕。

还有一点亦为武稚戒，即武稚日后若想散文创作有更大的发展，必须在吸纳自家诗歌的创作资源之外，博采古今中外之学，多读书而广集资粮，否则就会如胡河清告诫格非、苏童、余华时所说：“一俟先天之气用尽，学无隔宿之储，纵然蛇精、灵龟、神猴化身，也难保不坠入凡尘、沦为俗物！”作家唯有不断地吸取丰富的资粮，才能写出优秀的超拔之作。

目录

第二辑 底 版

第三辑 灯 火

第四辑　屐　痕

第一辑

观我

我的诗意栖居

我的诗歌

得去找间屋子，给诗歌找间屋子。这句话是我躺在黑暗当中说的，而且下了很大的决心。

有些话只能在黑暗当中说，特别是有关诗歌的事。

早些时候我还没有离开家乡，我住在我们县城的边缘，我吃完晚饭，收拾妥当，把灯打开。我把屋子关得严严的，连黑暗都不准溜进来。我整晚整晚坐在屋子里，不会告诉别人我在做什么。

傍晚，当太阳由普照改为单独关注时，诗歌就会走出家门，诗歌善于捕捉温度眼神。诗歌总是会先来到村庄，炊烟还是原来的炊烟，它们蹲在房顶飘忽不定地向前望，有人朝灶膛里又填了几根柴，炊烟坐不住了一下子蹿出老远，熟透的蒸馍香味也一下子撵出老远，好一阵子诗歌才把自己从半空里给找回来。诗歌站在村口，它等到了一串杂沓的脚步声，牛哞羊咩，跟着一个黑乎乎的身影，诗歌早一步把他们捕捉到诗里。诗歌把村子里的每户人家、每件事儿都捕捉到诗里，村里人不知道，只知道太阳照到院子某处时，就得蹲在小桌子边吃饭，他们以为自己天天做着和诗歌无关的事。

诗歌来到田野，庄稼们白天属于太阳，夜晚属于诗歌，它们在诗歌里低着头儿，温柔地说着一些小话，恬静地做着一些小梦。在秋天，有的庄稼是那么圆润饱满，而有的是那么单薄，太阳与风是一样的光顾，只不过有些庄稼知道在暗夜要把头低下去，低到诗歌里去，而有的庄稼在黑暗中还扛着头，那时候太阳不曾光顾，诗歌却又从脚边溜走。

诗歌在走到更黑的黑暗中以前，诗歌也会到我的屋里小坐。它不能拒绝一个等诗的人，一个把头低下渴望在水中照见自己影子的人。

诗歌只到我这里止步，它不愿深入到那一片灯火当中去，诗歌随黑暗而来，随黎明而去。而那里黑暗已经死亡了，白昼是个越来越大的窟窿，任是一双什么样的手也无法再将它们缝合，那里的人们总是睁着一双饱经失眠的眼。那里也没有四季，也没有快乐与不快乐。但是诗歌和它们之间总是抱怨。诗歌抱怨那里的人不会生活，把日子过混了过乱了，过成了荒草与荒漠。而那里人也在抱怨，抱怨诗歌贵族化、矫情、莫名其妙，不愿意深入生活，说生活里缺乏诗意，完全是诗歌的过错。日子过得越来越不好，失眠、忧郁、杀人、放火，责任也完全在于诗歌。那里的人爱着诗歌，又讨伐着诗歌。他们说生活里需要诗歌，但又都不愿停下脚步看看，他们总是说太忙。他们盼望着诗歌，又憎恶着诗歌，讨厌着诗人。诗歌在城市边缘漠然走过，诗人们在城边漠然活着，看城里的人像一群干涸的鱼在煎熬。

我也越来越捕捉不到诗歌了，白昼的利剑已暗中指向我，我也越来越不敢写诗了。白昼时我和别人一样生活，离诗歌远远的，生怕别人说我是写诗的。晚上我看诗，偶尔也写些别人看不到或不看的诗。晚上做什么事都可以，黑夜是叛逆的，黑夜又是宽容的。没有黑夜我们怎么过。

我只是爱诗,还没到被人憎恨的地步。我去读诗没有错吧，我想过诗意生活也没有错吧。但是我不敢跟外面人说。其实没有谁不让我说，也没有谁不让我追随着诗歌，也没有谁说要消灭诗歌。但是我还是不想让人知道。这是一个什么样的念头。是诗歌要被拯救，还是我要被拯救，还是大家都要被拯救，又派谁来拯救好呢?

这些问题我还没考虑清楚，我的生活却发生了变化。

我离开了家乡，把我的诗歌小屋丢在边缘地带。我住在集体宿舍，两个人一间房子，什么都是一人一半，黑夜也分成一人一半，诗歌没有来，它一个人在我的小屋里吟诗，它吟给黑暗听，它们都不愿意来。不愿意来或是找不到。每晚我坐在灯下，捧着一本书，我希望诗歌在远方能打开我小小的屋子，像一群雁在黑暗中向南迁移。我希望它能停泊在我的面前，我手中有它想要停泊的湖。可是暗中赶来的只有风，风从我头顶漆黑地飞过，吹起了一些东西，又吹落了一些东西，落到我纸上的只有一些断章残句。有时我躺在床上，闭着眼，我看到黑暗中一个一个字飞过来了，我把它们排成诗歌的模样，但是它们还是字，仓颉造的字，由繁而简，由简而繁，我不知道它们要说什么。

有时我站在窗口向外看，我同室的姑娘问我在看什么，我说，看麦田，她知道我想家了，她很同情地看着我，有时也帮我一块向外看，但是我没有看到我想要的东西。

我开始睡不好觉，半夜里我分明看到了诗歌，它在窗外不肯进来。

我猜想，好东西只要一个人赏，不可以让外人看吧。

我猜想，应该为它找间屋子，像我们先前那样过日子。

让黑暗还是我一个人的黑暗，让诗歌还是我一个人的诗歌，让这个城市的黑暗里也能暗中长些麦香与稻香。但是我不能以黑暗、麦香和稻香名义去找房子，这样会让我说不清，还会让它们蒙上尘。

好人和坏人有时是在一条道上走着的。好事情和坏事情往往也是靠在一块的，能说清楚的是好事情，说不清楚的必定沦为坏事无疑。

我的家园

现在我天天晚上出去，装着没事，其实去做一件很重要的事。

城市里最不缺少的就是房子，城市也不知道自己到底有多少间房子。城市就是一个大蘑菇，每一层老蘑菇上都不时想长出新蘑菇，谁也不知道这个蘑菇群的边缘在哪里，说我跑去你们家玩儿已经是神话了，那得累坏多少双腿，踏破多少双鞋子。谁也不知道这个蘑菇群的高度在哪里，看似夜空中的一颗星，白昼里却是蘑菇柱上的一颗珠子。

房间把这个城市越垒越高。房间垒到哪里，灯光就照亮到哪里，城市是一个错落起伏的大灯塔，只是灯光下每一个人都不是我。

看呀，那个亮闪闪的屋子我曾经住过一次，是一个大酒店，我从楼的半腰探出头来，没有看到麦田，我们的母亲河淮河从城边小心地流过也没敢弄出半点喧闹。这屋子高大厚实，屋顶的银灯足以把每个角落照亮，四壁的射灯也会帮忙寻找一些银针、银饰，甚至连叹息与影子也能找到。这里的叹息不是普通的叹息，是羽毛一样飘忽不定的叹息，影子也不是普通的影子，是饰了银边的影子。这屋子窗帘共三层，贴墙的是白纱，贴着我的是红绒，中间是彩色的树叶。屋子正中是一张黄铜大床，宽得横竖不分，床头上盘旋着卧龙与卷云，床脚从长布幔下稍稍探出，露出四只金灿灿的鳞爪，不知道那是谁的脚趾。

我在屋里兴奋地旋转，片刻之后，我想干点有意义的事，干些和这里的时光相匹配的事，哪怕只能打捞到一些金色碎片，哪怕只能荡起一些金色的涟漪。我想起那些贵重的东西，那些消失很久了像幽灵一样的东西，我想让它们现身。我在窗口呼唤着它们，可是它们没有应声。也许灯光让它们望而却步，也许它们牢记着飞蛾扑火，也许杂花野草羞于露面，因为一路赶来露水早已被风干。我在屋里无所事事，我去念诗，念给这间屋子每个角落每一件摆设听，它们还不知道什么是诗，但是房间每一件摆设都保持着高贵的沉默。我听到诗歌在窗外发笑，这些见过世面、有着见地的家伙，它们不屑在这里露面，它们说富贵如过眼云烟，它们保持着自己的尊严。它们在广阔的田野里昂首阔步，它们不屑躲在这里猥猥琐琐。再说我等平民女子，也就是搬个小板凳在这里坐一坐，想一想。谁知道我明天在哪里，谁知道这间屋子明天还认不认识我。

我还住过快捷酒店，把东西往两张床上一扔，睡哪张床都可以。桌子上有彩电，有网线插口，这样房间一般不会配商务电脑。房间干净整洁，很安静。我依然在房间无所事事，我想召唤诗歌，但是我没有诗歌的门牌号，我们无法串门，也许花公家的钱只能做公家的事，困了睡公家的床做的也是公家的梦吧，早晨我爬起来就得退房走人，诗歌可能看不惯我居无定所，东奔西走的样子。诗歌要的是我那样的小房子，它要的是诗意地栖居。

我无限地向往着那些人家。靠近街边，或者远离街边，黑乎乎的一大片，小灯一盏一盏亮着，我向着那些低矮的地方走过去。那一间应该是一个卧室，灯光半开半合，会有一个女子在盯着电视看，孩子在隔壁房间安静看书，中间暗淡的客厅空无一人。那家男主人没有回来。如果是我的话，我会和一盏灯、一本书独处一会儿，我会忘掉等人。等他来敲门时，才惊觉时光又恍惚过去了一个晚上。走过那么多盏灯，我没有敲门，我想总会有一扇门会为我打开。我一间屋子一间屋子地走，终于有一扇门轻轻掩着，风把门刮得晃来晃去，风从门缝里来来往往已经很多次了。我轻轻一推就走进去了，会有一个人问，是你吗，我说，是我。她说，回来了吗。我说，回来了。她还会责怪我怎么这么迟才回来。我一点也不诧异、一声不吭地走了进去，就像我刚上完晚学才回去那样。那间屋子仿佛一直在那里等我，而我也不是跨过千年黑暗才找到的。

可是我不能在小巷中走得太远太久，我又折了回来，又回到大街边我曾经坐过、站过的地方。我看见那个地方的灯火还固执地亮着。百十公里之外，我听到我母亲的声音在轻轻地叹息。

我走向集体宿舍，一辆平板车经过我的身边，车上横七竖八码着一堆货物，那些塑料袋随时会掉下来，细看里面叠着一件一件衣物，摆地摊的也回家了，老头在前面拉，妇人提着凳子尾随后面，她的腿有些僵硬，她庞大的影子似乎像走不动的样子，有几次影子缩成一团，看不见妇人了，她在影子里捡拾掉下来的东西。我不知道他们要走多久才能走到家中，他们的家一定在巷尾，或在某一个不起眼的地方，可能有一个小院，小院四处漏风，或许只是两间小房子，里面有一堆破烂的家具，还有几只肮脏的鸡在门边不远处卧着。但是有一个家在等着他们回去。有一段安宁的时光等着他们享用。

这一切和诗没有什么关系，但似乎又不无关系。

我的房东

终于有一间屋子收留了我，它在城市的中心地带，在那最繁华的灯火的下面。

我摸黑一步一停顿地走上二楼，迟疑了一下，揭开了一户人家的帆布门帘，门是开着的，立刻有一屋子橘黄的灯光冲我涌来。我走了进去，走两步停下，眼睛适应了才四下里看看，屋角一个半截旧木质吧台，一个老者正低头站在里面，手里翻着一本破旧的发票，吧台上一堆一堆像瓦片一样覆盖着东西。他看见我向他走去，呆呆地停止了动作，问，你是谁?

我说，住店。

他待在那里，像是没有听见，或是不敢相信。

我说，我来这里看书准备考试，家里不安静，急着呢。

这回他明白过来了。说，哦，我说呢，像你这样一个年轻的姑娘怎么会住这里，你有工作吧。

我说，我不住这里，每晚看完书就走。

他说，有大间，有小间，大间 40，小间 30。你住小间吧，小间价格合适。小间就是不带卫生间。

我快速地计算了一下他报的价格，盘算一下一个读书人能承受的底线，但是我还是问，能不能再便宜点，我不睡你的铺，不用你的东西，我可以长期来住。我说的是真的，我随后在这里住了七个月时间。

他说，不行，瞧瞧这是什么地段！低到地的价格。

我心想这房价跟周边比，是低，但还没有低到地。可老头的话斩钉截铁，像削东西一样干脆。

这是什么地段，城市中心地段。只不过沿街房子是站着的，这里是趴着的，沿街房子是金砖造的，这里是灰砖搭的。沿街房子会生金蛋，这里会生鸡蛋。沿街房子会唱时髦歌，这里老头会唱昆曲。外面一大片一大片的楼房像一个个金色王冠覆在大街两边，高一顶的气势轩昂，低一顶的珠光闪烁，胖一顶的雍容华贵，瘦一顶的娇小玲珑，它们在夜空极尽吐芳纳翠，而这里除了一两个旧烟筒冒烟外，其他什么也不吐。这里是王冠中蜷着的茅草与乱发，灰沉沉的一片，这里一堆那里一片，所有房高不过五层，路也不叫路叫胡同，七拐八拐的才能到一户人家，巷里少有年轻人出入，路上走着的也是一些暮年的狗，倒是鸡还活泼一些。人家外面是金腰带箍着的水桶，这里面装着的是脏水。

拆房子的人从城外往城里拆，拆一片盖一片，拆着拆着，离他们还老远，人家就扛锹走掉了，并给他们留下一个称呼，钉子户。于是这些人家就还像钉子一样扎根这里。沿街的房子年轻高大，老房子也用金粉饰了一遍又一遍，能做百货大楼做百货大楼，能做大酒店做大酒店，中间的原来是啥模样还是啥模样，反正外面人也看不到，也不往里来。但你不能否认他们的贵族身份，人家七八十年代就在城市中心站着了，你那会儿还漂在哪？

这老头就是一个典型的没落贵族，话少而气硬。

猜猜他家的旅馆叫什么名字？天山宾馆！人家天山山脉海拔几千米，而他家藏在这一片民居中还没敢露面。他家的招牌不是挂在自家门前的，挂在自家门前谁也看不见。他家的招牌挂在百米开外胡同口一家大型超市门前，超市门前有一棵极高的树，一块从木匠铺子或从谁家倒出的装修垃圾中找出的一块四方旧板挂在树杈上，四个黑压压的大字“天山宾馆”就像驴子的四颗门牙龇在那里，风一吹就一摇摆，像驴子在笑。下面还有一个粗壮的箭头指着巷子深处。这牌子极高却又不大，宾馆不会注意到，下面走着的人也不会注意到，除非有人专门寻找。这壮举肯定出自老头之手。

这老头长相就像他的话语一样简明扼要，不拖泥带水。六十开外的年纪，个头适中精干，皮肤略黑，脸长下巴无赘肉，腹部平平，胳膊腿还应精壮有力。他上身常穿白色棉绸衫，下身也是白色棉绸短裤，在膝盖下面，他走在终年不见阳光的屋子里，悄无声息，周身的棉绸却在一抖一抖的。如果他马步蹲下，再左云手右云手的那么一比画，我丝毫不怀疑他的气功内力。但是他摆来摆去的，不知怎么就挥洒出树梢上那几个劣等大字来。

我坐在小屋听他和住客讨价还价。

人家问，不是淋浴热水一应俱全吗？

他手一指说，那不是。他肯定指向他们家一个黑旮旯处。

人家急了问，怎么不在屋里？

他说，在哪洗不是洗？

人家又问，卫生间怎么不在屋里？

他说，在哪解不是解？

人家又问，空调怎么只有半只？

他说，房间半价，空调当然半只！

人家还想问，老头却低吼，爱住就住，不住就走！也不看这是什么地段！

人家这回没话了，火车站附近有的是旅馆，不过来回打两次车，就不止这个价了。

我听过无数次这样的谈话，所有来人都像斗败的公鸡，头低着，却又怀十二分的不满，嘟哝着，“吱呀”一声推开他的柴门，然后拖拖拉拉一阵出去，再回来捣鼓两分钟电视，就一夜无声了。

在这里值班过夜的，除了老头还有两个女人，都是四十多岁，一替一晚来，可能有一个是老头子的妻子，可能又都不是。我最先认识的那个女人，微胖健康，肤白脸红，一晚上不听她说一句话，来了默默地做饭，默默地吃饭，半个钟头之后，就听她洗碗的声音。如果不是我深夜踮脚回去，她轻轻地问一句，你走了吗，我真怀疑她早不在房间里了呢。

而若是另外一个女人来，那就不一样了。那顿饭从我来时就摆在小客厅，有几次一直吃到我离开。两个人面对面坐在一张矮桌子前，桌上摆满大碗小碗，客厅上方昏暗的灯光照着，两个人吃一阵谈一阵，吃得少谈得多，那女人每晚都是说一阵哭一阵，情绪总是很激动，每到她情绪激动处，那老年男子就发出“哦”“呀”的喟叹声，除此之外也没有什么多余的话。那女人夜夜这么讲，老头夜夜这么听。那女人夜夜精神饱满，那老头坐在蒲团上，丝毫不挪窝，夜夜伸长脖子等着她的下文。我若有幸能记下来的话，可能就是另外一个 365 夜。可惜我不便出去听，在屋里又听得不甚明白，有几次我就伸出半个脑袋来请她小声讲，她立马把脖子一缩，声音压下去了，因为故事没有说完，听故事的人又不肯挪窝，她还得继续说，说着说着她的脖子又伸了出来，整个人又陷到情节里去了。深夜我回家时，看到桌上碗全是空的，所有的骨头堆在桌子上老高，那女人还在抽纸巾抹眼泪。这女人皮肤黝黑，脸长得接近三角形，有点像螳螂，我没有丝毫贬低她的意思，我想她和那个过夜女子一定不存在男女瓜葛，否则她会挥舞着双臂冲上去，她的两个胳膊就是两把大刀，谁也不敢惹她。

我对我的小房间已经很熟悉了。长条状，像砖头，原来应该是五步长、六步宽的样子，那老头精打细算在中间用木板隔开，我的这边就是五步长、三步宽了，一张单人床靠里放，我就只能在五步长、一步宽的空间里走动了。床头有一个床头柜，放电脑就不能放书，我一般把电脑放上面，书可放膝盖上。床尾有一个破电视，不知道能不能看，反正我也用不着。一切都很好。我时常在屋里走五步折回来，再走五步。有时我也躺在他们家床上，房顶有一盏灯，房顶是长方形的，地是长方形的，床是长方形的，躺着的我也是长方形的，这点从我的肩宽可以看出来，上帝造我时肯定也是先塑一个长方形模板。如果把覆在我身上的书摆正，书也是长方形的。外面的天空是圆的，什么东西到我这都变成长的。长孕育着天机，圆则圆滑世故，长里有棱有角，能养精蓄锐。

后来我来时先住大间，如果夜晚有客人来，我就退到好一点的单间，再有客人来我就退到我的小单间，再来客人，我就退到储藏室，而我的房价永恒不变。七个多月的时间里，我把他的所有房间轮流住遍，我和那老头一样熟悉他们家屋子了。有几次我住在储藏间，一样砖头块房间，只是床上堆满被单、床单，一步宽的空隙里放着不知从哪淘来的几个大旧窗，叠在一起靠着墙站着，玻璃还完好透着亮，五六个破电扇依次在地上摆着，走五步已是不可能的了。放电视的长木桌上，还放着一个大黄盆,老头赶紧过来把黄盆端走,说你放电脑,你放电脑。

我坐在凳子上这里看看,那里看看,一屋子旧货,连灯光也是旧的,时光也是旧的,我似乎也是旧的,如果我们都能再古老一点就好了,在古老的房子里,在古老的时光里,翻一些古旧的书,做一会儿有狐狸精跳到房间里来的梦,像是一个要去赶考的书生,那是多么有意义的事。一些小虫子在脚边爬来爬去,它们爬过旧书,爬过旧货,它们从门缝里又爬出去,不知又爬到哪个朝代里面去了。

三十块钱的时光像油灯一样快用完了,半夜我悄悄溜出去,扶楼梯踉跄而下,以三步两步速度穿过黑暗汹涌着的胡同,在灯光处站定,喘口气,再用百米速度向前赶,在出租车车灯瞄准我之前,在司机两眼微微睁开一条缝之前,我又已经蹿到黑影里去了。

一个误入闹市、生活在砖头瓦缝中的一只灰色的狐狸。

我的小屋

我终于有了一个梭罗一样的小屋。我的小屋显然比不上他的,他的小屋三间面南,有地下室,常有一些松鼠躲在里面过冬,把地板搞得呼呼地响。他自己盖房子,自己动手砌烟囱、砌壁炉,劈柴火。他的屋外遍地是桦树、红松,是无边的森林,鹳鸟来回飞着,瓦尔登湖水长年碧绿,冬天的时候冰覆盖在上面,一敲咚咚的响。

我的小屋外面是无边的车声、人声,场面和他的森林面积一样庞大，一样壮观，我们都是被围在孤岛里的人。

他的小屋时常有客人来拜访，他不在时，会有一些人在他屋里留下烟头，路上会有一些折断的草茎，被抛弃掉的小花。他会据此判断会是谁来过，他们已经走了有多久。他有一双敏锐的眼睛，睿智的头脑。

而我的小屋不会有人来拜访，我好不容易从他们中间脱身出来。他们知道我活在那一大片里，却不知道走哪一条小路刚好能碰到我。

我们都是为了让别人找不到我们。我们都爱独居，不爱被打搅。

他去翻地、锄草、种豆子，他去摘浆果，去测量瓦尔登湖水位，去采冰块。

我坐在屋里，看他锄地、种豆子，去采浆果，去瓦尔登湖闲逛。他走到哪，我跟到哪，他在油灯下写，我就在油灯下看。他写到夜深，我就看到夜深。我不劳而获地品尝他的谷子，偷食他的浆果，当然他不在家的时候也替他看看门，告诉他那段时光里他家发生了什么，有哪些鸟和动物窥探过，又大摇大摆地走进来过。

我对他充满了兴趣。我喜欢他。这个男人胸无大志，不务正业，而又精力旺盛、喋喋不休、理直气壮。没有哪本书说过他的婚姻，似乎连恋爱也没有过，他从来就没想过要养活她们。他自己吃得也少，做得也少，生活简单，却过得滋润又实在。

我在屋里看乔治·桑，这个可怜的女人早年像一只病猫，终年蜷曲在沙发里，脸色苍白，见不着太阳。那个叫乔治的男人，终于勇敢地推开她家的大门，这是上帝少有的一次苦心安排，幸福而又畸形。他一封一封写着情书，她终于勇敢地抛弃轮椅，用双脚迈向了通向幸福的第一步。她带着女佣私奔，他们的婚礼无人祝福。她气急败坏的父亲和她断绝了关系，她再也没能走回家门。真不知道她的父亲是怎么想的。她去爬山挽着爱人的胳膊，告诉妹妹不要再宣称有一双好腿是稀奇的事情，直到最后一刻，她躺在他的臂弯里像草叶一样睡去时，还说了一句 beautiful，好极了。真的是好极了。

我在小屋里，抬腿走进了一间小屋，又走进一间小屋。他们变成一个个泡泡，在我的屋顶闪亮。它们不会破碎，没有人能让它们破碎，它们将长久地照亮我的屋顶。他们每一个都是独特的，他们固定住了一段时光，他们让那段岁月有了具体的形状、颜色、味道，那一段时光不再逃离，那一段时光得以保存重现，时光因他们而站住。就是同一个时代，他们固定住的东西也不一样。他们如此迥异，如此热烈，又如此深沉、颓废，世界在他们眼里是一个多棱镜。因为他们，人类社会不再死板，人类夜空也才熠熠生辉。他们是点缀在时光里的一颗又一颗珠子，他们是一个坐标，时光因他们而不再漫长枯燥死寂。时光因此而被记住。

我还从电脑里贴着地，嗅着脚步，一步一步去找他们。不仅是脚印，还有气味、声音、颜色、味道，只要有他们的一点蛛丝马迹，我都能找到他们。只要他们像风从空中划过，只要田野里还有他们一丝余温，我都能找到他们。我从八十岁看着他们，一直看到他们六十岁、四十岁、二十岁直到出生，又从出生看到他们死亡。我就这么找他们，读他们。电脑让我走遍世界，我走遍世界只因电脑里有他们。我能钻到电脑里去，他们为什么不能从长满草的地下爬起来，也站到电脑跟前？电脑是无所不能的啊，这似乎不难实现。

我极力去靠近他们，而他们却对我无动于衷，没有一点点关心的表示。他们也没有问我是谁，深更半夜打搅他们想要做什么，有什么企图没有？这让我又觉得有点不公平，有一丝被冷落。不过生前他们都是被冷落惯了的人，他们还不习惯被人追捧。他们活着的时候穷困潦倒，似乎又都没有什么名声，死亡让他们终结，死亡又变戏法似地逆转了他们的人生，似乎只有死了，他们的躯体才能变成营养，才能去茁壮那一地的作物。历史真是一个薄情寡义、反复无常、甚至充满仇恨的家伙。

整晚我都是这样欣赏着珠子，我在灯光下反复喟叹，感觉良好。

我是什么时候注意到这些珠子的？可能就是在我父亲斥责我不要乱看闲书的时候吧。后来我总是有意无意地去寻找它们，它们在我的天空中飘着，携着魔幻的浆果，或者它们本身就是天堂里的浆果，让我在无人的时候，总想去偷偷地摘一把，嚼一嚼。

我为什么不去干干别的事？为什么不去找找别的朋友？我夜夜不挪窝地坐在花钱租来的小屋里想干什么？我是一个什么样的人？我只能说我喜欢这种感觉，不喜欢去干别的什么事情，不喜欢去找别的什么朋友，没有什么为什么。

我的小屋子的外面，有人在黑暗中还在捣鼓电视，有人在黑暗中咳嗽了一声。那个有着三角形脸庞的女人还在讲故事，老年男子伸长脖子还在不挪窝地听。

而我却不知走在何年何月何人的旅途中。

我的敌人

坐在小屋里，想想谁是我的敌人。

时光是首要的敌人。多少美人在时光里变老、变丑，多少英雄暮年悲若秋虫。

想当年时光宛若女子矜持而来，眼光让人沉醉，身姿让人沉沦。遇到时光的人，身子徒然长了力气胆气，他们像迎接黎明似地迎接着它，供奉着它，他们像稻草一样抓住它，希望时光久久留在自己的身边。倘若时光能抢来，能换来，能修行来，人类得修多少房子来珍藏它们啊，围绕时光又将发生多少意想不到的事情，时光在这个时候很中庸地分配了一下。但是这个世上，有人需要时光多，有人需要时光少，就像胖人吃得多，瘦人吃得少，一个懒汉八十年的时光显然太富余，而那个有为的人才华才露出冰山一角，时光就早早地催他上路了，人类很多项目不得不一代一代接力下去，时光像一头执拗的驴，蒙着眼向前跑。

遇到时光的人以为自己很幸运，但是他们不知道遭遇到时光的人必死。在时光里纠缠越久的人，死的时候越难看，甚至剜去了双目，振聋了双耳，塌陷了颧骨，干瘪了嘴唇，掉光了牙齿，沙哑了喉咙。在时光中走动的人注定下落不明，他们的来路与去路最终被荒芜抹平。时光让人死的时候可以不是这样，可以是鹤发童颜，可以是健步如飞，但是时光偏不，时光总是让人难堪而死，这是时光对贪婪人的惩罚。

旧时光随人一代一代逝去了，人被埋在土下，新时光却可以破土而出，浮出的新时光有时把黑的说成白的，把白的说成黑的，让对的变成错的，让错的又变成对的，让英雄沉淀下去，让小丑浮出水面，让英雄变成恶棍，让恶棍又变成英雄，让美女变成丑女，让丑女变成美女，反正没有谁看到。时光里的事谁能说清楚。我们都是不小心见到时光的人，我们注定会受到处罚。但是时光太强大了，人类不是它的对手，我也不想单枪匹马对着干，我不打算和它交手。我忍着它的种种不是，表面上装着不介意。

再一个，人是我的敌人。其实我不应该这样想，但有时人的确是人的敌人。我内心很想这样的，终年躲在屋子里，歪在沙发里捧着书一本接一本看，高兴了，就在键盘上敲敲感言，我根本就不想过问窗外的事，窗外的事是我能问得了的吗？比我有能耐的人太多了，让他们去改造世界、创造世界，而我是个没有用的人。小时候我父亲就交代过我，没用的废书不要看，他潜意识是不是想让我走出屋子去和人相处相处呢。但是我那个时候就没听父亲的话，我太迷恋屋里的世界。

不过现在真的如我所愿的话，我就像一棵歪在沙发里的白菜，用不几天就得脱水变形，我就得饿死，除非我替别人写感言。一早晨为了上班不迟到，我准时向外面跑，迎面总是遇到形形色色的人，我在单位里坐下，开始了一天与人相处的日子，我出去办事，和各种各样人交手。我的周边全是人。我像一个铁桶里的蚱蜢，不时和这个人碰撞一下，和那个人碰撞一下，有碰出温馨的，有碰出麻木的，也有碰出愠火的。有时躲在屋子里闷闷不乐，想先找一个人过过招，但是他们实在人数众多，有的站在明处，有的躲在暗处，有的装着没得罪过我的样子，有的就等我动手，我反倒不知如何下手，不好意思先下手。像那个老李，他背后就说过我许多坏话，但每次他见我又都笑嘻嘻的，装着无事人似的，就让我觉得这颗钉子不好拔。

我们家乡有很多老松树、老榆树、老柳树，它们的皮是那么厚，有时斜斜的被时光拧成纹路，头发快掉光了，还顽强地活着，这让我羡慕，我觉得它们是有用意的，它们故意让我看到。几百年来，风来了，它们迎着风，雨来了，它们迎着雨，被雷电劈了，支离破碎的老骨头还支离破碎地活着，还活出了风骨，只要树自己不倒下，谁也不能让它倒下。我不可能让自己这么皮糙肉厚，但是我的面前可以永远立着这样一棵大树，可以让我的内心足够强大。他们不全是我的亲人，不全是我的朋友，在好处面前，他们可以得罪我，他们应该得罪我。你们去得罪我吧，你们去伤害我吧，你们可以背后说我的种种不是，可以做着对不住我的事，只要你们不透过盔甲，伤到我的内心就行。只要你不提着锯子来伐倒我就行。

当然我不是树，我也没有树那么傻，我还不是那么厚道，我还是暗中备了几门钢炮，要是迫不得已时，我也会温文尔雅、有理有据、有节制地发出几枚炮弹试试。

现在我却遇到一个真正敌人：病痛。我准备的任何武器都用不上。它们离我太近了，近到我无法下手，近到肉搏战时难免会失手伤到自己。它们让我的胃难受，让我大脑难受，让我的手臂难受，让我左顾右盼都受到限制。

我去找医生，医生把片子高高举起，仰面对着亮光看，十几块骨头像地瓜似的在一条垄上纠缠着，又像恐龙的脊椎骨。这是我的骨头？我第一次看见它们，它们是我的，我时常摸着它们、用手按着它们，但是它们像不认识我似的，茫然地不知瞧着哪里。医生说不要小看了这几块颈椎骨，这是“龙骨”，人身上的“龙骨”，看看这里压着这里了，那里压着那里了。123456 全变形了，已经看不出 S 形了，医生弹了一下黑白相间的骨头，骨头们一阵骚动，还是茫然地不知瞧着哪里，仿佛说的不是它们。

我给它们好吃的，可是一段时间它们还是那么细，我给它们好喝的，它们一点也不留全给了胃。我给它们涂化妆品，白皙的皮肤下，它们该痛还是痛。我拿钱收买它们，它们不要。我唱歌给它们听，它们不感动。我只有给它们们围着大围巾。我日日摸着脖子，头仰着向天上看，人家都说我变得冷漠高傲了。这些小骨头们密谋着造反，它们们密谋有一段时间了。

不得已我又去找医生。在医院我看到一条又一条长脖子，被拔出来，长长地向上固定着，贴着墙的全是一条一条伸直的脖子。满屋子都是躺在床上的人，脸覆向白色被单，脖子被最大限度地扒出来，上面敷着药或扎着针。墙上的脖子、扎着针的脖子，全是僵硬的、一动不动的脖子。脖子被一双手揉来捏去，脖子被左摇右摆，脖子像一枚钉子想被拔出来，脑袋是一个无用的玩具了。

晚上我想看一会书，我把头低下去，对待书我们要虔诚才行，在书面前，我们只能低下头去。我感到我弓起的脖颈嗖嗖的，有冷箭似乎从暗处飞来，不偏不倚正中目标。我能感到，这个时候时光也赶到了，它抚遍我的全身，找出我的破绽。它按一下我的脖颈，软软的，没有遭到反抗，它顺着倾斜的骨纹走进去，它从扩大的骨头缝里钻进去，这个时候我的骨头，似乎变成别人的骨头,它没有反抗。我绷紧的脖子只想看一会书，源源不断的时光，源源不断地拿着一把小钻子不断地向里面试探。我感到疼痛一丝丝向骨髓袭来。

我对自己感到了悲观。半年多的时间里，我不断地往返着医院。时光、疼痛想把我往病床上赶，它们想把我固定在床上。远离工作、远离书本，远离天空，它们把我往废人的路上赶。

那时候我就想来生做一个农妇，不要再想着工作、书本，千万不要遇到那个叫电脑的家伙。我们不需要这些，不需要这些一样过得很好，甚至更好。生一双儿女，养几只鸡，在一个小镇上健康终老。

今生我只有周转在这里面了，疼痛不让我脱身。时光弄死掉一个人，总是从一个零部件开始的。

歌唱家是从喉咙开始的。

运动员是从一只脚开始的。

医生是从一只手开始的。

科学家是从大脑开始的。

而我必将是从颈椎开始的。

那个时候我的灵魂升入了天堂，而我残缺的身躯必将沉入大地。它需要被重新铸造。

那个时候人世间什么都不是我的敌人了，只有死亡与黑暗是我永恒的敌人。

路上的时光

时光无色无味疾一阵缓一阵地向前流动。喜欢的时光和不喜欢的时光，耀眼的时光和黯然的时光，看得见的时光和看不见的时光，都在发生着一些云遮雾绕、貌似重要或者波澜壮阔，但实质上仍是明日小黄花般的事情。

我给时光泼过墨，我希望它能沉淀下来，沉淀出一幅深浅不同的水墨画。我也给时光加过水，我希望它变得淡一点，淡到我能像一根无色无味的羽毛在尘世中飘。时光你不能挣脱它，一生都在被它赶着走，花被它由青赶红了、抽谢了，四季都被它理顺了，我们还能怎么办。因此我更加喜欢那些难得的、不一样的时光。不一样的时光闪着多少波光粼粼、多少痴心妄想啊。比如出行。出行并不代表旅行，但是如果你愿意，出行确能起到和旅行一样的效果。我在一次又一次的出行中体验着万物用色彩的盛筵把美打开、把美推向极致，万物又如同闪电瞬间在我的身后逝空。

终于上路了，把票塞向闸机口，人走向高空栈道，那些拉着行李箱、背着旅行包急匆匆地赶过一个又一个、唯恐被火车丢下的人，一看就不是地道的“远足族”，他们的腿已经荒芜很久了，他们的铁轨上长满了草。从进入闸机口到上车13分钟，你用3分钟火急火燎把这段路走完，剩下的时间干什么呢，我在高空栈道上先四下里望一圈，对面新栽不久的小树林里的积雪已经没有了，上次我在这里远眺，它的根部还有一窝一窝的白。远方的寺庙，脚手架又被拆掉一座，它拆掉一座就会有一个大殿露出来，现在已经有七八座大殿立在那里了。还有这些高铁站，我亲眼见证了它们的从无到有，我亲眼看见了那么多座高铁站的建成,见证了第一列高铁的运行。欣赏完这些东西，我从高空慢慢踱下，站台上的人一簇一簇地也在踱，全都弯着腰，后背向是被谁朝上提了一把，这里的风总是很大。这些人像落在地上的麻雀或者山鸡，目光涣散，偶尔跺跺脚，少有人在交谈，多数人盯着手机。这时我总是极力地东张西望，希望能发生一些事情。

曾亲见对面一列高铁缓缓停下来，车上的旅客和车下的旅客互相交换。高铁缓缓起动。却见一女子呼啸着冲向车厢，双手想把门扒开，她跟着高铁跑，或者是高铁引领着她跑。一位女列车员却也是“呼”地一下，箭一般贴向车壁，三下两下把那女子从车壁上给摘下来，那女子高呼，我的包在车里，我的行李在车里。女列车员也高呼，你不要命了啊！女列车员像摁一只小鸡子似地死死摁住她。那女子就下车打了一个电话。

还亲见一个男子，高铁慢慢起动，那男子却把烟头一扔，呼啸着冲向车厢，双手想把车门扒开，一个男列车员却也是“呼”地一下，贴向车壁，三下两下把那男子从车壁上给摘下来，那男子也在高呼，我的钱包，我的行李。男列车员照例也在高呼，你不要命了啊！男列车员不仅像摁小鸡子似地摁住他，我看男列车员还想揍他。

还亲见一个男子在等车，他被一圈人围着。这男子脑袋深深地低着，额上一缕黑发垂下来，他没长眼睛，一幅黑口罩把嘴脸包着，他不看任何人。他的双臂扭向身后大概被铐着，一幅银亮亮的脚镣拖在地上，这脚镣崭新，以前显然没有用过。围着他的人高矮不一，穿着便服，眼睛却不停东南西北看。高铁缓缓进站，站台上的人慢慢散去，有的一边走一边回头看。这个人也将被高铁带走。不知道高铁把他带到哪里。

这样一段时光说漫长也漫长，说短暂也短暂，全凭消费它的人怎么看。我经常看天看地地忍耐着它，它太有原则性，太有刚性，难以利诱，终是无法合理使用。总有一些时光是我们无法动手的。

终于坐在车里了，长呼一口气，我的另一段时光开启了。这是我长久以来慢慢摸索、澄清、净化出来的一段时光，后来变成一种我孜孜以求的美妙时光，散文时光、诗歌时光、杂文时光。我从包里慢慢掏出一本书，现在面前终于没有电脑了，手机这会儿也不用理它。高铁正行驶着，我捧着一本书慢慢地看去，或是慢慢地睡去。任凭光线或明或暗地划过书本，我的脸。偶尔我抬起头向着窗外漫无目的地看。太阳在某一处定定地不动，天空灰白是灰白，绿是绿，如果它们混在一块，世界将会是什么样子。房屋、绿树、田地、山川在薄暮之下温暖缠绵，沉思或也在叙述。我一年一年跟着火车跑，书本把它的神奇一页一页翻给我看，就像大自然把它的神奇一页一页翻给我看。

我不停地在书本上划划、圈圈，如果是直线，说明高铁心情愉悦,乘风破浪。如果是波浪线,说明高铁有情绪,抖了几抖。早些年坐绿皮火车，我的笔画出的线堪比田畴，白鸟也喜欢栖息其间。我一路上能画几亩地。情绪起伏最大的应该是数着汽车,即使在高速上,也喜欢“咯噔咯噔”闹几下,要是下了高速,它还会冷不丁蹦几下，我在看书，它在伴奏。出事最多的也总是它们。总之高铁是最温暖、最理想的书房了。

我最不喜欢我旁边的人拿眼睛定定地冲着我的书本看，他在看我读什么书。曾经有一个人看我在书上圈圈点点地画，惊叹地说，竟还有你这样看书的。他们会随手翻翻我看的是什么书。不是传奇，也不是什么穿越故事，他们会索然放下。我讨厌他们的打搅，我根本不会和他们交谈，他们以为我是在做样子。只有一次我刚要下车,我的左邻,一位姑娘叫住了我,她说,姐姐你一定要给我加个微信，我都没敢打搅你，你看书的样子真入神。入神的世界可能也带了点神性吧。我立马和她加了个微信。不仅仅是我喜欢听别人夸，而是我喜欢崇敬读书的人。这个世界总得要有人给她们鼓励一把，这个世界总得有几个人站出来让她们崇敬一把。

世界上最好的路读伴侣，是耳朵里插着耳机的，遇到她们你全然放心好了，世界都不在她们眼里，你坐在哪里她们都无所谓，世界在她们微闭的双目里飞奔。如果左边一个邻居在写ABC，右边一个邻居在写“借贷”，那也很好，这节车厢分明就是阅览室了。我们仨偶尔会朝窗外看看,大地静默,万物呈祥。

世界上最糟糕的路读伙伴，要数那些孩子了。四五岁的孩子话多，走一路问一路，问得世界都黯然失色，问得他们的父母都恨不得捂上耳朵。六七岁的孩子事多，要不就是喝水打碎了杯子，要不就是要去尿尿，要不就是用豁了门牙的嘴，发出古怪的声音，吹喇叭哨子。对付这些孩子，我向来有办法，我从皮包的夹皮层里，摸出一幅橙色耳塞，我迅速地把它们塞到耳朵里。我的世界依然是我橙色的世界。

我还遇到过一位可爱的路读伴侣。粉色的小包裹包着，整个脑袋拱在母亲山形的胸部，一路上都没有拿开。她的一只小腿耷拉在母亲的腿上，另一只小脚不偏不倚放在我打开的书页上。粉色的袜子、肉饼子一般的脚，显然是把我超大的书页当成了温暖的小床，我倒是紧张得大气也不敢出，我将就着把这一页书看完。我小心翼翼地抽出书本，翻开下一页，那只肥嘟嘟的肉饼子脚倒是不紧不慢地、理所当然地又压在上面。有几次她的头上冒着汗珠的母亲忽然发现了这种情况，呼啦一下，一把就把那只小肉饼子塞回了肚子。我的书本清净了一会，清净的书页似乎也却少了什么。

也还会遇到特殊的路读伴侣。有一次我刚上车，我的右邻就开始打电话。客人你昨天一一都通知到了吧，下午五点之前再发一次短信。房间一定要三个八，这点务必给我定下来。三个九也行。海参小米粥要一人一份。木瓜炖雪蛤一人一份。鲍鱼要三十块钱一只的。西湖醋鱼来一份，还有神仙鸽子、玉带虾仁……哦，龙虾那么重的没有了，那就换成面包蟹……客人不能全到？你赶紧再给我核实一下，看例菜要去掉几份，刚才的菜我再重新编排一下……我迅速把橙色耳塞塞进耳里。我发现那香味还是不绝如缕，屏气凝神香味更劲，深吸一口气却什么也没有。我的耳塞竟然搞不定它。我一路闻着香气，一车厢的人都闻着香气，不知道高铁有没有咽下口水。等我下车时，那道盛宴还在继续，而我一道菜也没看见。

还有我的同事，我们经常一同出差。买高铁票我经常是隔了几个时辰再买，我得确保我们中间穿插一定数量的人，不和同事们坐在一起。要是和同男事坐在一块，路上他们时不时要讨论，我们先到什么企业，再到什么企业，若是纳税人找不到或是不配合，我们应该怎么办。若是和女同事在一起，除了讨论必要的行程、案情，有时还要讨论孩子、房子，再抱怨抱怨工作为什么这么忙，人为什么老得这么快。我若是抱着一本书岩石一样地坐在他们中间，显然不合时宜，有时就只得附和地说，觉得一路的时光全是浪费了。而我离他们远一点，并不代表我下了高铁行动就会慢，并不代表我到现场工作积极性就不高，再说那些案情我们已讨论好多遍了。可是每次我打游击似地买票，还是经常性落在他们中间。

现在我越来越担心有一天我老了，我的路跑完了，我到哪里去读书？有一次我从火车上下来，我并没有急于回家，我坐在地铁口的椅子上慢慢地想，火车把一拨一拨人送出来，又把一拨一拨人拉走。火车在不远的地方穿梭往来地跑，我忽然想到，火车把我扔下来，火车把我扔到这里，扔到这椅子上，就是想让我在这里安安静静地读书，火车在不远的地方跑，我在这里看书，我再也不要上车下车了，再也没有谁突兀地闯进来了，这整个地下大厅、这整个火车站广场，这漫天漫地都是我的路读时光了。

想读的时候读一会儿，想划的时候划一划，抬起头来，站台上左顾右盼的时光向我走来，一节又一节的车厢向我走来，没有谁知道书是这样读的，没有谁知道一个渐渐老去的女人的时光是这样度过的。这是我和火车的秘密，这是我和书本的秘密。

这也是我和远方的秘密，和时光的秘密。一直有这样的一列火车在等着我。

在二十一层楼

站在二十一层楼的阳台上，向远处看。每次都会涌现“势如破竹”“破冰而出”之类的词。

总觉得这些矗立的楼群应该像点什么，像竹、像冰？像祖宗的牌位？但这牌位摆得有点太低了，而且用“破竹”“破冰”来形容也不合适。像古时朝廷大员捧的笏板？朝廷上那些玉的、象牙的、竹制的笏板，因过于敬畏、恭谦，而显得有点呆板，远不如眼前的这般俊逸、洒脱。

它们聚在一起应该在做些什么，比如祈祷朝拜。他们在朝拜谁？老子、孔子？玉皇大帝、如来佛祖？老子、孔子应该没有这么大的格局，他们一生在大地上布衣芒鞋、食不果腹，把他们捧到天上，怕是他们自己都不习惯、都不敢相信。那一定是神仙了，天君，此君只应天上有。眼前的这一切既气定又神闲，它们只会臣服于天。

远一点的楼房，像一个又一个方框，有黑屏、白屏、彩屏，有的中间镶一道银箍，像武士的脑袋，有的则项上举着银牌。老天站的太高了，笏板也太多了，他们得在这笏板、笏顶上想办法，凿洞眼、挖窟窿、拉横幅、拉彩带、挂灯笼，总之它们希望能被关注到，被天君垂爱是多么大的荣耀啊。我这个小人儿，像一个虫子，也钻在笏板的一个小孔里，瞪大眼睛东张西望。今晚我难得有兴趣去看世界，世界却未必这么热心观瞻于我。

笏板上的珠子越来越亮，越来越多，有的周身透明，有的上半截熠熠生辉，下半截不知埋藏在哪里，或者遗落在哪里。它们在夜里都想乘风破浪，或者都正在乘风破浪。它们都是变色龙。如果把这些楼幻化成人的话，那这些楼有的是理想家，有的是冒险家，也有阴谋家，更多是朴实无华的人。五光十色、五花八门，他们共同构成这壮丽的夜景。

那个通天塔，分明就是穿旗袍的女人，美人鱼，它周身挂满鳞片，未语含羞、未语含情，它想诱惑谁?

那边不远处有金山、银山。天上若有毛贼，应是仙贼，他们若到人间作恶，金山银山定是他们打劫的第一站。人说珍珠美，我看灯光比珠光美十倍。这些贼若将这些珠子一颗一颗摘下来，他们将摘多么久，将搬运多少回，这天庭彤云将是多么的锦心绣腹、霞光万丈啊。

这些笏板、塔、山都想干什么呢，它们都争着朝天君靠一靠、再靠一靠，是想让天君赏一个更大的官，想再挣一顶宝鼎华盖?

平日我在地面行动，见到高楼总是绕道就走，这些楼地基太结实了，墙太有棱有角了，我稍不经意冒犯它一下，我的胳膊、腿马上就会瘀青一块。它对冲撞它的人可是一点不客气。而今我站在二十一层楼，它们却如此苗条秀气，弱不禁风。我担心风一吹它就会倒，看那幢楼，已经向前倾了。不要说是风，只要我稍稍伸出胳膊，或者向它吹一口气，或者冷不丁打个喷噓，它们就会有好戏看。我不得不退后一步，我感到我威胁到它的存在。这些不同凡响、看起来友好的家伙，倘若长嘴，肯定会一齐咧嘴向我笑，嘲笑我。一个人一生都在低处走，难得有这样的闲情面对这些豪迈的家伙张狂一回、得意一回、虚张声势一回，天君能明白我、会谅解我。小人物有时也可以比画一下、有时也可以在角落悄悄地向大东西虚晃一下拳头、示一示威。

我若是再站高一些，站到飞机那个高度向下看，这些楼就更是矮趴趴的一片，这群楼是小麦地，那群是玉米地，这块是红薯地，那块是大蒜地，还有甘蔗林。庄稼地中间有枝枝杈杈的小径，中间来来往往都是奔赴田地的人，过去的种田人自行车、摩托车后面绑着一些叮当作响的家伙，如今的种田人开着车，两手空空地钻到地里，半天不见出来。这些地在他们指尖的敲敲打打中，像潮水一般一圈一圈往外溢，又像橡皮泥，被整体向上拽。

我向远处看，路上跑动的全是车，这些车像是一个个走在上学路上的孩子，怀里揣着父母给的学费，头也不回地，一溜烟地向着学校的方向跑。抑或是被驯服的狗，赶着替主人捎口信，正温良地、乖巧地、头也不回地向前方赶。这个时候孩子、车子与狗都是一回事。有目标有方向，均匀地、坚定不移地向前跑是多么美呀。再过一些时候，跑动的车就会变成两只眼睛在跑。夜里到处都是成对的晃动的两只晶亮的眼。慢下来的车，像一只动物，确切说，像过年时穿插在秧歌中的被一只绣球挑逗的狮子，两只铜铃眼，一只阔嘴巴，走走停停，东闻闻西嗅嗅，可惜无法吃一口草。这年头动物连草都吃不到了，改吃饲料。人在它的肚子里直接灌上了油，省了它咀嚼、消化、吸收。灌了油的肚子，得时时捂着，像一个穿西服的男子得时时躬腰敛腹，不是省油这个事儿，它得捂着它的恭谦、它的味道，它得由内而外地散发光芒、清爽。这些硬气的家伙在你看不到的地方任人踩，踩一脚蹿一阵子，不踩它就得按部就班地慢下来，趴在地下俯首待命。一只喊停就停、动不动就被禁鸣的、孤独的铁皮兽。

停在路两边的车像青蛙，眼睛一鼓凸一鼓凸。像有什么话要说。但它什么也说不出来。人不让它说话。人若让车说话，一个停车位它们至少会吵半天，甚至会打起来、互相碰瓷。人吵到半夜就会回家休息，车子却可以吵到精神焕发。停在暗处的车，此刻像蚱蜢浮在草丛里，夜露会打湿它的背，它都不吭一声，这种涵养是现代人多么欠缺的啊。停在路灯下的车，黑的白的长长的两条线，木木呆呆的，没有生气，没有生气的东西倒也可怕，像断了气。它们完全没有白了天的精气神，所谓的创意造型，尊贵卓越，高贵领先，这个时候统统都像影子一样滑落到地上，若是贵族也是被削了籍的贵族，说是一堆生铁也不过分。车子在白天可爱，房子在夜里可爱，运动的、流动的东西才可爱。有使用价值、有价值的东西才自信。被使用才会神气、有光泽。这一刻，一只晒壳的乌龟都比它更能吸引我的目光。

一辆摩托车带着拐弯、极致地“嗷”地叫了一声，它的轮子似乎被猛地崴了一下，那玩意儿经常被崴，但轮子也不会掉，然后又能飞快地像燕子似地飞走了。车子当中只有这家伙善叫，像驴。还不被禁鸣。它只是被崴了一下，你又不能禁它走，你也不能只让它转圈跑，世界又不是磨。

大巴车拉着一排灯泡在跑，像一个蜈蚣，或者百节虫。我希望路上跑着的都是大巴车，它把路上的人都拉回家。人啊，该回家的时候都回家，该休息的时候都应好好休息。

天上的星星还没有出来，它们微弱的光从来没有像现在可以忽略不计。它们也无法和地球上的任何一颗星比美。地球才是星工厂，地球比什么时候都更造星。天上的星是什么样、到底有多大，人早都无须仰望了，地球上比星星更重要、更繁杂的事，白天加夜晚想都想不完呢。月亮在不在头顶都不算是个事了，谁在不在头顶都不算是个事了。最要紧的是眼下手头上的事。人间最美的是月亮，应该改为天上最美的是月亮。月亮只能是天上最美的，人间最美的、最丑的都轮不到它了。

人们不再需要星光和月光，树木、花草、露珠还要不要星光和月光？动物们还要不要？江河湖泊还要不要？我们这个时代到底还需不需要它们？远古时候人们说，月亮是天空的眼睛，如今没有了眼睛，还会不会有谁为此恐慌？

如果能够选择，它们会不会像流星转身离去，它们像流星一样去追寻农耕时代，去追寻远古时代，它们去追寻自己的大漠边疆。如果能够，我们还愿不愿意留在这里？我们愿不愿意像流星一样飞身离去，我们能飞身、退守到哪里？

此刻我抬头看天，心想人要是活在那里也很可怕，残残缺缺灰白的一大片，乌云唠叨个没完，月亮、星星半死不活，没有一棵树，没有一盏灯。人若真在那里开疆拓土，人间的灯火就会一盏一盏飞到那里去，有了天灯天火的世界一片光明，它们终于变成了另一个人间。那是我们最终的家园吗？

想不明白天上的事，我低头看脚下的小区，我看一个又一个人在我的脚下走，我站在阳台上琢磨一个字，为这个“人”字叫好。造字的人怎么敢把头省略掉，我在二十一层楼上看，人确实是没有头的，也没有胳膊，也没有性别，只有两只脚一前一后。发明这个字的人，应该没想到几千年以后，有人站在半空，思绪却横穿时空，和他创造的那个一撇一捺完全重合在一起。应该说和他创造的那种灵感完全重合到一起，那种惊喜不知道他能不能感受到。又说仓颉造字是以观察兽的脚印为灵源创造出来的，不知他当时趴在地下，是怎么感知到半空中的事的。

这个看不见脑袋的人一直在树丛中行走，他身边的树全完全变形了，一簇一簇像扁平苔藓，又像贴在平锅底的蒿子粑粑。山里人家蒿子粑粑做的味道好，倘若刚从平锅底铲出来，两面焦黄，冒着草香，这真是春天的味道，原始的清香才会让人垂涎欲滴。此刻的树冠饼子若能吃，那一定是夏天的味道，香味浓郁，沁人心脾。稍远一点，我才能看见树桩，像穿白色的袜子，像姑娘的腿，只不过它是单腿立着，倘若它长两只腿，那一定变成走树了。我还从未见过长两条腿的家伙恒久地立在那里，一条腿舍不得用。

一个人骑自行车滑过去了，此刻从我的角度来看，这人前脚绑着一个大轮子，后脚绑着一个大轮子。偏这大轮子上镀了光，此人像前脚蹬着一个大月亮，后脚蹬着一个大月亮。若是一只动物前脚绑着一只大轮子，后脚绑着一只大轮子，那也就太可笑了。此刻那个人把两个月亮蹬得呼呼地响。

一只狗出现了，它在小区的路上游，它有鱼的脊背，它模仿起鱼来惟妙惟肖，一只活灵活现的狗鱼。它的前世就是鱼。不知道它此刻用的是狗腿，还是鱼尾。一个人拉着一只拉杆箱出现了，那跟在身后的，我一会儿看着像狗，一会儿又像拉杆箱，这时候拉杆箱和狗也是没有区别的。

这会儿虫子在自家门口叫了。很多人还走在路上，那些公交车丢下的人也太多了，像一个老式的收割机，杂七杂八丢了一地的麦穗。那些人低着脑袋迈着疲倦的腿，一个一个路过虫子的门口。自从发明了灯，人就比太阳忙多了。人至少少活了五至十年。人这么逆天地发明做什么呢？此刻人应该无所事事地坐在石头凳子上，安宁地摇着蒲扇，听着虫唱才对。唉回到家的人晚上还要做事情。这年头人都像蚯蚓。人不如虫了。

仿佛是为了应和我的观点，此刻虫声大振。我仔细听，楼下人的声音是听不到的，间或只有小孩子的尖叫。真不可思议，这小东西发出的声音竟然壮若海潮，这声音可比它们的身体有影响力、有感召力多了。这半空都是虫声，仿佛半空有田、有地、有草，这地球夜间原来被虫声厚裹着呢。我跺脚，虫声一点也不减。我再跺脚，虫声还是那么肥沃。这虫胆子也真够大的，竟敢藐视云中之霆击，这虫眼有时真不敢小瞧。这真是莫大的发现。

此刻围绕在我身边的，只有风。这二十一层楼的风，长长的大鳖应该横飞斜逸吧，如果不是冬季，它都堪称是最好的伴侣，它没有在万众瞩目的情况下出现，也不会身披金甲圣衣，它只是默默地追寻，轻柔地缠绕。风也可能是腰缠菊绿丝裙的姑娘，她急急忙忙地往外飞，迎面撞上了我，她的身子那么柔软。风也可能像海水，一大片一大片漫溢过来，它荡到我的身上，影子一样没过我，只留下薄荷的清凉。风在夜晚是多么体贴入微啊。在二十一层楼听着虫声，与风相依相守，谁能说人生都是惆怅呢。谁能说人的一生不曾像风一样被鼓荡过呢。

已经是夜里了，我还站在悬空的楼板上，上不着天下不着地东看一眼西看一眼，除了风声虫声，眼前便都是可有可无之灯。我需要被注意到吗？此刻我的双手斜搭栏杆，一言不发、神态安宁，那得什么样的人、什么样的机缘巧合才能在半空与之相交、相遇。

我忽然听到身后水管里的水“哗”的一声往外涌。我惊讶它此刻的存在，我更惊讶它此刻的回话。它沉默无语这么多年，这个时候为什么会“哗”的一声？

天上的水往下流，地上的水会爬楼梯。这么多年它有没有对着远处的楼房“哗”的一声？倘若今晚我不在这里，它还会不会“哗”的一声？

此刻我不再心潮暗涌，我低眉敛目，为这些活在我们身后不起眼的事情。

倾听火车

一

呜呜——哐哐——一辆火车驰过平原，它的声音盖过村庄所有的声音，它打破了这里的沉寂，标志着这里从此与城市接轨、与各种未谋面的事物接轨。村庄原来是没有方向的，炊烟的方向就是它的方向，骡子、马的方向就是村庄的方向。自从火车来了以后，一条弯弯曲曲的铁轨，就成了村庄的方向。火车把村庄唤醒了。一个没有火车的村庄只是一块没有肥力的庄稼地。

火车驰过城市，这个城市就更加不安了，火车站就是躁动的中心。这个城市总是有太多的东西往外拉，火车白天出城，晚上也出城，这些东西在外面绕了一大圈，又被火车从另一个方向拉了回来。被拉走的人和事物迟早还是要被拉回来，城市却迅速扩大了，火车会变魔术。火车开动前，总是要吼上一两声，就是这一两声，把城市吼散吼开，把城市吼得一节一节长高。人的声音看似庞杂，比麻雀还要吵闹，火车一来他们就没有声音了。火车走过的方向才是人的方向，风的方向，才是漫天飞舞的事物的方向。火车的身后房屋和瓦片断断续续跟着跑，那是城市伸出的手。火车让城市越来越不认识自己，城市在不知不觉中威风凛凛。

火车的声音还包含着另一种巨大的力量。有一次，我们一大帮人排得像一条长龙样等在站台边，火车正呼啸赶来、地面正悉索不安，所有人都闭着嘴、扛着风。一个男童忽然出其不意地大声说："总有一天我要到火车上去上班！"小男孩的声音比火车声音还大，所有的人都听到了。他的年龄显然没到老师跟他谈理想的年龄，上帝通过火车的口，把一个孩子的命运事先做了安排。火车的声音里有一种威严、神性、不可逆转，它在传达上帝的指令。我相信在火车上工作的人，年少时都或多或少听过火车的汽笛声，并且为笛声所吸引、所折服，要不然他不会到火车上来，并且一干就是一辈子。有的孩子看着火车心里说，总有一天我会跟着火车到远方去，长大后那个孩子果然跟着火车走掉了，那声火车的汽笛声就是召唤。那列火车就是上课。

多少年后，我对火车的声音越来越疏远了。在拥挤的人群中，有时我们不得不停下车来给火车让道，我们对它发出的声音不知不觉捂上耳朵。再也没有年少时赶火车的欣喜了，火车站甚至是一种杂乱无章、不安全的地方。我看过许多火车站候车大厅，我甚至能想象出从另一个火车从出口出来以后，那里的街是什么样子，那里的路是什么样子，用不了多久那个地方空气也不再新鲜了，我们要奔赴的地方其实和我们的出发点并没有多大不同。这个想法很危险，它暗示着青春正在远去，中年正不知不觉到来。必是一个人的思想先停滞了，双腿才有停歇的意思。

而如果有一天，我有事没事地总爱往橱窗面前凑，不是为了买东西，只是为了和坐在那里的一排又一排老人拉拉呱，说说笑，消磨消磨时光，或者在太阳照到的一堵西山墙下，有事没事地一晃半天，面对不远处驰过的火车既看不到，也听不到，那时候老年真就来临了。一列火车都不能驰入你的生命，还有什么声音能打动你呢。

我对火车的声音保持着一种警惕性。

二

火车的声音是有颜色的，是黎明的红、是晌午的黄、是枯树桩的暮。

火车的声音是有梯度的，是高山，是草地，也是地衣。

火车的声音是有半径的，是都市，是村庄，也是小站。

——是高贵，是贫穷，也是卑微。

——是离家，是回家，是前不着村后不见店的悲凉。

——是开始，是结束，也是无始无终的颠沛流浪。

不知道火车知不知道呢。

三

我的生命里一直有一列火车驰过。

年近不惑，我住到了铁轨旁边。那个时候我已经不想上火车了，我只想听听火车的声音，我怕我在没有汽笛的角落里，静静地老去。

火车隔几分钟就来叩我门窗，我拉开窗帘，白皮的、绿皮的、蓝皮的，甚至是沙皮的、花皮的火车，它们用三只大眼瞅我一下，“嘟”的一声，算是打声招呼，然后迫不及待地远去了。留下的是气势轩昂的撼动。是的，是撼动，我的心脏能强烈地感受到。门窗也感受到了，玻璃与墙在阴影里抖动起来。我离开得远一点，躲在房子的深处。

有时候火车过来，它发现我不在窗口，便使劲地敲我的窗，踩我的墙，喊我的名字。它一次又一次地敲，声音越来越大，甚至是愤怒，甚至是哭泣，有时它想唱一支好听的歌，可是那支歌唱得太牵强。

我担心有一天这所小房子会被它吹倒、拆掉。

我不再到窗前。我对火车有了一种恐惧，甚至是反感。我觉得它不是让我清醒，不是让我振奋，反倒像索命鬼。它想让我跟它一块走，哪怕去流浪。可是人只能按着人的速度，在路上走。人如果按照火车的速度，在铁轨上奔，那只能丧命。四十岁时我犯下的错误，那就是走近。

睡不着的时候，我就倾听火车。

一大群人过来了，他们在推一块石头，弓腰到地，哼哧哼哧地向山坡上面推，他们哼哧哼哧地顶着，丝毫不敢懈怠，终于没有声音了，想是石头被推上去了。一个贼跑过来，一群人在后面追，追着追着，“哧”的一声泄气，贼被抓住了，如果是“吱扭”一声转弯，那一定是贼跑掉了。前面的人死命地跑，后面的人死命地追，也不知道后面的事怎么样了。半夜的时候，常有一只野兽跑出来，它沿着铁轨呜咽，饥饿的声音传出好远。过了几分钟又来了一只野兽，它在铁轨上疯狂地转悠。也许我应该和它们一块去游荡，你看在黑暗中它们是多么无所顾忌。饥饿与黑暗也许是一切事物的源泉，也许我应该出去看看。或者我到附近的火车站去，看看能不能办点事儿，帮助管理员掐掐表，看几分钟放出一只，或者帮助他一块打开栅栏，把它们都放了，到黎明时我再帮它们都清点回来。

在夜里我开始打着火车的主意。既然它那么能干，而我彻夜闲着。它总该能给我办点事。

如果我有一车的货物，那就好了，我就把它们一件一件甩上车，在某一个人不知的地方，我的朋友会手脚伶俐地把它们卸下来，那我们就会好好地净赚一笔。或者我自己干脆爬上火车，在黑暗中想什么时候下就什么时候下，想逛多久就逛多久，省了那个叫作路费的东西。或者我把街边的东西一件一件搬上火车，火车把这个城市拉空了，别人都不知道，火车把这个城市拉走了，别人也不知道。

如果火车夜夜给我送来的是亲人，那么我是多么欣喜；如果火车夜夜给我送来是牛奶，那么我是多么丰盛；如果火车夜夜给我送来是恋人，那么我是多么美丽。

可是我坐了一夜又一夜，火车就在我的身边大口地喘着粗气、黑灯瞎火地跑，它怕我喊住它。它没有给我装上什么，也没有给我卸下什么。

可是它和我还是有着解不开的关系。

我把困惑说给我的朋友听，他说，你去写诗吧，写一首给火车的诗。你看火车多像诗。

早晨的时候我打开窗户，火车慢吞吞地出来了。铁轨边有穿黄马夹的人，三四个，拿着火钳，弯着腰，正专心致志地夹纸，乱发与纸篓扣在他们的后背上。铁轨湿漉漉的，又黑又长，他们弓着的身体像草丛中钻出的几个大南瓜。中午的时候我打开窗，铁轨黑乎乎的，而在不远的拐弯处，轨面、轨壁都被打磨得铿亮。傍晚的时候，我又看到几个穿黄马夹的人横在铁轨上，二个人趴着，三个人弯腰站着，后面一个人提着工具袋伸头向前看，地下是几件散落的油迹麻花的铁家伙，弯腰站着的那个人，手里的板斧足有半人高。铁轨生病了，他们是在修理。

夜晚火车最好看了，一个一个亮着灯的小窗子像水晶窗，里面的人像坐在太空中，走动的人像是走在太空中。里面温暖而又平实，没有谁把头伸出窗外，没有谁知道铁轨坏了一颗牙，又刚刚补上。铁轨不说话，它们只会卧在低洼处，有山地的地方过山，有水的地方涉水，它只负责平稳地托着一车人，把他们送到目的地。

有一次，半夜我爬起来，我似乎听到有雨点匆忙的赶路声。就着火车头上的灯，我看见火车的脸上并没雨柱、雨帘，在椭圆形的老式玻璃罩里，只有火车机械地“突突”地赶路。关上窗，躺在无边的黑暗里，雨点又漫天席地靠拢过来，一粒挤着一粒，一粒踩着一粒，到处都是雨点碰撞的声音，还有轻微的惊讶声，这是黑暗在做游戏吧。早晨我起来，铁条上挂着一串乳头状白色水珠。头顶弥盖多日的大雾已散，地下泥土润成砂浆。我知道昨夜谁来过，那不是露珠，城里从来不下露珠，露珠只散落在乡下草丛。那是雾雨，像松针纷纷落下。昨夜，是火车喊我来看。

火车把主要的人送到目的地，火车给我丢下一串灵感。

我对火车了解得太少了。也许有一天我会到铁轨上去。

我和火车终于搭成和解。原来我和火车之间缺少了一首诗。

我和高山也搭成和解，我和它之间缺少了一架梯子。我和深海也搭成和解了，我和它之间缺少一艘铁皮舟，我和我认为不可能的事物也搭成和解了，我和它之间缺少了一条小道。那梯子、那舟、那小道就是一首诗。

如果我一辈子住在火车旁边，我就一辈子写下去。没能谁比我知道火车更多，人们叫我火车诗人。

如果有一天我离开火车，活到陌生的地方去。有人对我指指点点，我不再害怕，有什么声音能大过火车呢，我的身体里装着那么多辆火车，每一声足以压倒一切。如果有一天，一个庞大黑影向我袭来，我将蹲下身子，把包裹摊在地上，取出我的板斧和钳子，我连一辆火车都能修好，我还怕什么呢？

这是火车给我的另类启示。

回到合肥

有些地方是适合装在心里的，比如故乡，比如他乡。那个他乡不仅保存了你人生的第一次远足、不仅保存了你天堂般的笑脸，倘若还差一点保存了操场上的月落无声、欲语还休，那个地方当真就是你人世间永远的圣地了。那个时候时光真慢啊，慢得是一天挨着一天过。可是当分手的那一刻真的来临，时光就像搪瓷缸里的香槟，一碰而尽之后，一滴也倒不出了。随后的一年又一年这个地方只能装在心里了，不这样又能怎么办呢。时光又不是大雁能飞回去。有些地方注定只供翻阅。

二十多年前，我从合肥毕业离开，二十多年以后，我怀揣一纸调令重又回来，回到合肥。说是踌躇满志吗，不全是，这个年龄对待前途、感情都不会用力太猛了。说是喜悦吗，也不全是，我走过的、住过的地方到处都留下我的因果，它们不是尘土也不是柳絮,不是一时半会就能拂去。说是一步三回首吗，也没有，如我这般跌跌撞撞，一步一步跨鸿沟、越长桥，说是没有归心似箭也是矫情。

从原单位提走了住房公积金，转好了党组织关系，一个人背着双肩包，心无牵挂地向合肥而来，在心里觉得一定要有个仪式才对。古人攻城略地，杀声震天动地，射箭、搭梯最终将旗帜猎猎插上城门。这次虽然没有人为我推开厚重的城门，但意义一样重大，一样是占领、占据。一个人的一生能有几座城。仪式要有线路、地点，要按部就班，要庄重，厚重，能烘托，要具有鲜明的、时代的、历史性的纪念意义。包公墓、李府不用说，那代表着合肥的形象，是合肥这本厚厚的泛黄的书籍必翻的一页，滨湖则引领着合肥时尚，是两千多年古城最奔腾、最绽放的一页。

在火车上，特意选在临窗的位置坐下，看着这座城一幢楼一幢楼地消失，看着一条河交缠着另一条河，看着绿田一块一块新鲜活泼。唉，这个地方，这么多年它对我有没有过一往情深？

二十多年前，那个女孩应该是坐在对面的位置吧，每一次的往返都是一次欣喜雀跃，旅途对她来说充满憧憬。最后一次毕业回到家乡，当时是怎样的心有不甘。而这一次，火车带走的不光是我，还有二十多年前的她，让火车带着我们沿着过去的轨迹再“咣当咣当”一次，让我们回到当年的出发点，回到汽笛鸣叫的地方，回到当初的日升月落。

没有去李府、包公墓，也没有去滨湖。在火车站下车，我对出租车师傅说，去老火车站。师傅不明白，说没有老火车站。又说这就是老火车站。又说你是要到南站吧。我说，是老火车站，是旧址。他想了一会说，是某路某路吧，他这样说我又不明白了。他说，你到那里坐什么车，铁轨早拆掉了，要坐车得到合肥南站。我和他说不清楚，想的不是一回事。我坚持说要去遗址，他说了一声随你，不久就把我扔在马路一侧。我极力睁大眼睛，面前是一条通天大路，四周全是楼盘，每一幢楼似乎都触及到了天空的深邃。我一次又一次踏入的售票大厅呢，那人满为患的候车室呢，那凉风飕飕的站台呢？想当年，在那个站台上，清瘦短发的他在最后一秒硬是从车窗塞两听健力宝给我。火车急不可待地“呜”的一声远去，几片落叶徒劳地沿着铁轨追了几步，留下同样落寞的他，垂着头推着黑色的自行车一步一步往回走。健力宝在车上一动也没有动，回家放在书桌上仍一动也没有动，后来不知哪去了。我的目光从马路移到半空，又从半空转到地下，忽然马路对面一处檐角吸引住了我，那似乎是站台，真的是站台，我简直不敢相信自己的眼睛，围墙那么高，但是围墙仍没能禁锢住它，它的双翼极力地向半空舒展着，它仍奋力地在飞，它保持着飞的欲望。我扭头，我的后背也是一堵高墙，高墙之上，一截断了翅的翼仍硬硬地扑棱着、撑着。啊！我正站在站台的正中呢，一定是这里了，当年的我坐在车里，他站在阳光下，我让他回，他搓着手不回，也不说话。古老的站台，你早已把这一幕都忘了吧，可是这个人一直把这些都携带着。回过神来我的眼前没有车厢，也没有车窗，只有两截遥遥相对的、剥脱了颜色的飞檐，尴尬地站在垂垂暮年里，一条叫作“胜利路”的马路，在中间大行其道地胜利穿梭着。我的心“呼呼”直跳，我终于到达了此次行动的第一站。这次仪式的起点。那个出租车师傅真的会扔人，他准确无误地把我扔到了历史的深渊，我梦中想要抵达的地方，那个时候的火车站。至于那个清瘦短发男孩，是留着相见，还是留着怀念，我一直没有想明白。

没有告知旧日同学，也没有告知我在合肥的姐姐，仪式过于盛大，还是一个人去完成、觐见。初春的古城，一个人背着包，就这样慢慢地嵌入，就这样仍是好奇地把双眼留在人世间。啊！九狮桥，狮子还在树丛中昂首，它们还没有跑出去，依然这般威严剽悍，细致缜密，严谨生动。久违的面孔，久违的体温、呼吸和心跳，它是我要拜见的第一个友人。想当年那个小丫头是如何惊诧地仰着脸，用手指头点着到底是不是九只。真难想象我都跑出去二十多年了，绕了一个圈子釜底游鱼一般回来了，它竟还能立此不动，依然一幅慷慨豪气的样子，它在等我吗，它知道我今天回来吗？时光落下无数的风雨，它可一点不显老，它把暮色都藏在了哪里？

大东门、小东门、四排楼、三孝口……我心中默念着这些名字，那么多年，夜间我会常常走出自己，来到这里，而每次竟都是从西边进城，我是一只北方的燕雀啊，这一次，同样是七拐八弯，我没有迷路，时光到底有一天把一条大路摆在我面前。时光无情。时光有情。急驰的车辆，炫目的楼房，善变的广告词，请原谅我的目中无人，这都不是我寻访的主题。我想来寻的就只是那一个个路牌，只要它们还在我的心里就有根，就热泪盈眶。路边树木多数曲折还光着身子，树你告诉我你是不是原来的那一棵，如果不是原来的那一棵去了哪里？这长街，这青铜一样的身躯，你告诉我，当年那个女孩在这里有过多少次往返徘徊？春天的风啊，夏天的雨，头顶的白云，街边的糖炒栗，这古老香甜的气息，你们用赋的形式存在，存在在我的梦里，今天我要一一喊出你们的名字，我也允许你们喊出我的名字，并请你告诉我二十多年的日东月西，是不是为了今天的相聚？今天让我们彼此都放下一颗赶路的心，让我们再一次心手相击，让说出的话和未说出的话都颗粒饱满，回到记忆之仓。

就这么一路前行，我终于来到当年读书的大学门口，尽管我的母校已化作了别的高校，成为别的高校的一部分，但在我心里，它仍然是它，是我血肉相连的一部分。它向我袒露新面孔，更多向我呈现底蕴。那桂香一样的浑厚岂是人人都能懂的、赏得的。这里，唯有这里，是我灰调的山水，是我生命的巢房，是家园与殿堂。我所有的路途、历程仿佛就是有一天能够抵达这里。

二十多年前我作为一个新生是从南门进学校，而今学校主门是东门，我缓步走在校园内，缓步走到食堂大厅，大厅门锁着，从门缝里望过去里面摆着乒乓球案，原来这里曾有过多瑙河一般的蓝色、海魂衫一般的圆舞曲，那青春的舞步这么多年一直在这里回荡，如今这苍穹一般的大厅低矮得像大棚了。缓步走到女生宿舍，院门像过去一样紧锁，透过栅栏望过去，凝视了好久，终于找到了我当年住过的509宿舍，阳台上结着一个红丝球，仿佛在向我召呼，啊，心有灵犀也不过如此。缓步地去寻教室，教室门前的大树已完全遮住了白墙、遮住了往昔。就这么缓步地走，竟走到了南门口，南门口明显变小了，史河路还在，只不过由弯曲变成一条伸展的水泥路了，出门向西，一路逶迤去寻鱼塘，去寻田埂，走了很久，我又回来，我只寻到成片的楼房、满眼的陌生。寻一间最低矮的面馆，要了一碗炸酱面，像二十年前那样一根根地挑起来吃，搪瓷缸消失了，香槟再也买不到了，店家连香槟是啥也不清楚了。眼睛却不时地向校门口看过去，门牌有点暗，想拿一块抹布抹过去。时光都弄哪去了，在我离去的日子里，母校开了一个东门、增了一个北门，西面又增加了一个操场，不用说新楼是这里的主人。时光的小脚以这里为中心，它向北走啊走啊，新楼就像波浪一样，一圈一圈向后涌，时光的小脚向西走啊走啊，时光不仅荡平鱼塘，踏破田埂，不仅立起高楼、花园，还硬生生辟出一条青阳路，而今这里像交响乐一样日夜演奏，这里已跻身在一环之内了。

我也回顾自己，这么多年，下过车间，上过夜班，提过硫酸、硝酸，在市场上开过发票，按旬按月去报账，跑过银行，去金库对账，获得了证书，提高了学历，养大了孩子，想一想一样也没有落下，也没有虚度光阴呢。但是我来到这里仍是惭愧，二十多年我增加了年龄，而这里却换了天地。

缓缓地去结账，却不由自主地嘀咕，真应该听班主任的话，留校做一名大学教师。结账的黄发耳钉男孩随口问，那为什么不留下来，我说，偏啊，偏得谁都想离开这里。黄发耳钉男孩惊悚地、瞪着铜铃一般的双眼说，你说这里偏？你说这里偏？

我没法跟他说，不是一样的人。

出了面馆，抬腿向五里墩立交桥走去，时光的小脚走啊，走啊，它不仅向远处走，还向高处攀，此时的五里墩像一个巨型立体灯座，一条路旋转着亮的是黄灯，另一条路旋转着闪的是红灯，它们像彩带一样招摇，搞得我也不敢去寻疑探踪了。

想当年我们一行男孩女孩是怎样在这个路口狂追猛打啊，唉那个黄发耳钉男孩，我怎么能跟他说明白。

收拾好心情，寻一个地铁口回去，电梯优雅地送我至大厅深处。地铁光速一般地前行，我听到一个声音在说，我把城市还给你，我把红墙碧瓦还给你，我把粮食蔬菜道路还给你，我把二十多年的青春还给你，把轮回还给你。啊，今夜我是谁，以后的我又会什么样？

地铁不接我的话，地铁默默地前行。从毕业到重新回来，这个地方肯定有很多我这样的人，合肥作为一个地标，一直都存在在每个远行者、奋斗者的心中。我早已眼花看不清窗外的情形，我只知道这个地方有一颗不服老不服输的心，合肥你告诉我，奔腾的、流动的你，明天又会向我推开一扇什么样的门！

别人的屋子

从包里摸出一串钥匙，很费力地打开一扇防盗门，心想这里以后便是我的家了。

我的对门是谁？我的楼上住着谁？这一幢楼上都是哪些人？我的亲戚朋友知道我住在这里吗？他们不知道。可是我母亲和我姐姐却知道以后要找我，一定要到这里来，能找到我的地方不是家又是什么？

头几次还没有转过弯来，总感觉自己走错了地方，心里有些怪怪的，虽然我是付足了房租的，但房租是房租，感觉是感觉，这会子它们确切地表达出了不同的含义。我想我对门也有类似的看法，有一次我和她背对背地捣鼓着房门。

比我感觉还要有感觉的是别的一些东西。我推开房门的一刹那，总能听到一些没能掩饰住的声音，窗子的、门的，甚至柜子的声音，仿佛有谁突然在屋子里停止钻动、走动，仿佛一整块黑暗在拆裂，然后有一些灰尘惊骇地飞起来。

是的，终于有一片阳光误入歧途似的发现这里了，终于有谁来搬运这一屋子沉沉的黑暗了。自从那女子把房门锁紧后，灰尘和黑暗最后也懒得再动一动身子了，灰尘和黑暗最后谁也分不清谁、谁也离不开谁了，它们成了一块黏合的砚台。如今门开了，帘卷了，一位女子在尘埃挥舞的光线中站定，一屋子寂寞停止滋长。让它们更为吃惊的是，尘埃中的女子并非先前的那个女子，她是谁？先前的那个她哪去了？这中间出了什么事？是的，屋子不知道，不会有人和它商量。它只知道这屋子从此又住进了一个别样的女人，她和她都是一个女人。

从那个晚上起我再也没有离开过。房子也已清扫了一遍又一遍。我在空荡荡的屋子里这转转，那看看。我在找什么呢？厨房里零散的摆着几件旧餐具，餐桌上空荡荡的，书柜里并无一本书，床头柜收拾得过于干净，也不知以前装的是什么，空荡荡的大床尤其显得宽阔，这会儿已换上了我的被褥。但这屋子绝不仅仅是这样，这屋子明明弥漫着别的什么。青花的瓷碗还淡淡地发着蓝光，餐桌已露出浅浅的木纹，书屋明明还散发着书香，半旧的窗帘依稀印着她喜爱的落叶、条纹。记忆，是记忆吗？这屋子里满满装着的，应该是她的记忆，或者说她的时光，一屋子破旧的时光。那里有她的味道，无论我如何清扫，它们都挥之不去。那是我永远也抵达不了的地方。

在屋里我也找到了一些有价值的东西。一本时尚杂志，翻翻全是精美的饰物和化妆品，几张放大的压在玻璃桌面下、已经无法剥离出的彩色照片。那应该是她的照片了，我只见过她的姐姐，她姐姐很负责任地帮她签租房合同，而她已经远赴他乡。我还找到一堆碟片。衣柜里我还发现两个悬挂在衣架上的香囊，白纱囊内装着干枯的花骨朵，硬硬的，玫瑰浓郁的香味还在。掀开沙发巾，一个硕大的布娃娃正躺在沙发上睡觉，它已经沉睡了很久了，她一定早等着一个人来发现它了。我掸去她身上的灰尘，让她端坐在大衣柜里，我离开的那一天，我会原样让它躺在沙发巾下，让回来的她，或者后来的她，揭开沙发巾时，我们都会会心一笑，那是我们的秘密。

第一天晚上，我躺在别人家的大床上，心想着可能出现的事情，比如会不会有火车的声音，喇叭的声音，车轮子的声音，空调滴水的声音，早晨会不会有狗叫鸡鸣，风声可以来，鸟声可以来，其他但愿勿有再访。我躺在别人的位置上，感受她的睡姿，感受她的感觉，想着她做过什么样的梦，恍惚中睡在这里的不知是我还是她，后来做的梦，不知是她的，还是我的。

一开始屋里的东西，她是她的，我是我的。床是她的，席子是我的，柜子是她的，衣服是我的，冰箱是她的，食物是我的，锅是她的，饭是我的。后来有一些东西，比如这只碗是我的，还是她的？这勺子归我，还是归她？这刀、筷子到底是谁的？这些东西后来是她的，也是我的，因为只有它们自己能分清楚了。我这么费力地想区分它们，只是想有那么一天，不带走她的，也不留下我的，但很多东西已经是不可能的了。比如那个灯座是她的，灯泡却是我的，水龙头是她的，下面一截水管是我的，马桶是她的，盖子却是我的，沙发是她的，里面一排细密的小针眼却是我母亲缝的。这成了一种证据，一种我留下的挥之不去的印记，那里面有着我浓浓的气息。即便她以后一遍一遍地清扫，她也无法抹去这一切，这里面有着她无法抵达的空白。这是一种缘分，我的和她的缘分，我看着镜中的自己，对她说，也对我说。

如果这种状况能永远维持下去多好，如果这些东西能持之以恒为我一个人服务多好。闸刀总是被我战战兢兢地推上又推下，灯泡总是一个一个借故离去，当黑暗聚集在她家屋顶最后一个灯泡旁边时，我家乡的老爸就会及时地赶过来。我找出她家破旧的不锈钢梯子，并且费力地将它支撑开，我扶着爸颤颤巍巍地爬上去，他仰着头，手里握着螺丝刀，那时我只能看见昏黄的一小片灯光和他不再有一丝黑发的后脑勺，他的影子在墙上虚幻地晃动着，有着一种不真实的庞大。那时我心里总是不平静，我像个小女孩似地不切实际地暗自祈祷，让一切都赶快恢复成原来的样子吧。灯泡果然一个一个亮起来，屋里一会比一会明亮，爸从梯子上下来，他很有成就感。我却暗暗责怪旧灯泡、旧梯子、旧桌子、旧家具，这些旧东西，只会引起人伤感。

我和房子默默地相守着，我在屋里待的时间越来越长。别人晚上喊我去吃饭啊，去喝酒啊，去打牌啊，去逛街啊，我说我不去。似乎是房子不想让我去。外面的世界那么大，只有这所小房子能庇护我，给我安全感。世界是世界，房子是房子，世界并没有关照过我，这座小房子却给了我它能给的一切。房子若长者，先前庇护着那位女子，现在庇护着我，我在房子里做什么，说什么，房子总是默默地关注着我，支持着我，给我安慰给我力量，人世间竟没有一个人若房子般懂我，这不知是我的悲哀，还是人世间的重大疏漏。

我对这个房子越来越有感情。瞧，她的东西和我的东西搭配在一起，便成了我们的床、我们的衣柜、我们的鞋柜、我们的餐具，它们由上至下，由表及里，由此及彼，营造出一种和谐的氛围。它们相得益彰，像流水一样婉转富有生气，它们向我传达一种信息，它们已是亲密的一家人。

有时我在屋里呆呆地坐着，一些古怪的念头一个一个不怀好意地冒出来，她家的马桶有没有坏啊，地板有没有磕掉一块，墙上有没有多出划痕，冰箱还制冷吧。其实我一直战战兢兢地拥有着这些东西，使用着这些东西。这是一种感觉，一种凉意，一种敌意。无论我使用多久，这种感觉都不能随时间流逝，反倒是随着时间流逝不时浮出水面。这些东西里蕴藏着一种微妙，这些微妙时不时磕碰着我的心境。

所以无论这所房子还有多少闲置地点，始终再没见搬运工人搬进新的东西，该买的不该买的，都让它们待在原地。无论我多么依恋、无论我多么像主人一样进进出出这所房子，但心中的那一道防线都还是在的，这与你想不想都没有关系。就像某人和某人，无论心中怎样海誓山盟，但终不能做到天衣无缝，总有一天还是要退还给人家，不是你的就不是你的。有时候，一整晚上我都在房间里呆呆地坐着，想着我和房子的关系，想着某人和某人的关系。

在房间里坐得久了，下意识里我似乎在等待一个时刻的到来。我在等待一个人。当我把房子快住成自己的时候，当我把东西快用成自己的时候，当我把梦也都做成自己的时候，那一个时刻忽然就到来了。她在楼下跳着脚说，我要涨房租啦，或者说我要回来啦，房子要卖啦，这对我都是一个意思，那就是我要离开。我将要离开，而且再也回不到这里来。现在我能做的就是尽情地享受着这里的时光，这段以后再也回不来的时光。窗外已是万籁俱静，屋内灯光寂寥，一切都没有什么异样。

时光到底是什么，我们该如何留住？

我的离开绝不是简单的离开，任何一种离开都不会是简单的。我的第一个房东，在清点了她家的冰箱、洗衣机、空调后，提出了马桶要换、空调要修、电视机顶盒要赔。这些东西有她用坏的，有我用坏的，有时光用坏的，但既然我是最后一个在场的，那么就不能和我没有关系。

我的一个朋友说，能用钱解决的问题都不算是问题。

我的另一个朋友又说，钱归钱，事归事，这样做人比较清爽。

这回我还是准备了一些钱，用钱解决问题通常是最快捷的。快捷应该成为我们这个社会最时尚最奉行的标准之一，快捷应该成为我们这个社会最优秀的品质。虽然我并不十分情愿。

其实这些东西，既不是我的，也不是她的，都是时光的。在变成时光的之前，我们都在为它争争吵吵着。东西若是知道，不知道会不会伤心？东西若知道我难过，不知会不会安慰我？毕竟我们有过相依相偎的时刻，我们共同组成过一个叫“家”的东西。

在我拿走了我所有的物品之后，在我和房东交接清楚之后，我对着她的房子，她的物品说，东西，再见。房子，再见。这是我最后最不应该忘掉的话。此后此情此景，此房此途，我将永不再现。

现在，我还坦然镇定地住在这间房子里，住在事件的这一端，离事件的那一端还有多长时间，还有多远，目前我还不知道，但是毫无疑问这间房子已经成为收容我快乐与忧伤的驿站。它是我人生旅途中通向远方的垫脚石，也是我溯回源头的一块又一块砖。

火车站

火车在呼啸中前行。朦胧中一个标准的女声传来："蚌埠火车站就要到了，请下车的乘客抓紧时间做好下车准备。"多少个站台在薄雾一般的时光中倏然而过，唯"蚌埠火车站"会让我猛地一惊，尽管早知道它会出现在我的行程中，但当它真的出现时，我的心还是那样异样地激动，我竟不知不觉地站了起来向窗外望去，在这个既不是故乡、也不是他乡的地方，我在这里待了六年，然后又离去。

有多久了，再也没有从这里上车下车？车站大概相当于古代的驿站、长亭、短亭吧，但是没有人在这里置酒，也看不到夕阳山外山，到这里的人无不是专注地盼着早点上车，早点下车。这个年头谁还会把车站和浪漫连在一起？

我喜欢这里的凉。盛夏季节乘出租车奔到这里，简直像进了仙人洞府一般，没有景也不要紧，坐个十分钟八分钟，人仿佛年轻了好几岁。我喜欢这里的暖，隆冬季节裹一身雪花进去，这里的暖霎时能融化你心头的冰。

我熟悉这里的一切，知道哪里有卫生间，哪里有开水房。原先开水房附近总是弥漫了方便面的味道，近两年方便面的狂躁、狂妄期过了，人们买吃的一般要到二楼。二楼有肯德基、永和豆浆、大娘水饺、南京鸭血粉丝汤。有一次天寒地冻，我匆匆进了站，我一手拖着行李，一手拿着折叠伞，伞上的雨水哗哗地往下滴。电梯带着我缓缓升向二楼，在半途上箱子却滚了下来，我站在二层楼的阶梯口，看着箱子一截一截往下滚，一直看它滚到地上不动为止。那时我觉得我的人生真失败，几十岁的人了，还是东一程西一程地乱奔，走着走着自己都不知道该往哪走了，都不知道自己是否应该再继续走下去。我一个台阶一个台阶地从二楼走下，用冻僵的手拉起倒在地上的箱子。我不知道这箱子还要伴我多久，也不知道我这样一次又一次拉起箱子奔波有什么意义。后来我在二楼又吃又喝，二十分钟以后，我从这里迈向站台，迈向风雨。

我熟悉这里的挤，也深知这里的寂。有时深更半夜一个人提了行李影子一样钻进候车厅，那感觉不像进站，反倒像是偷偷摸摸的小偷，孤零零一个人坐在影子里，候车厅空旷得可怕，二十来个人影东歪一个西歪一个缩在排椅里。东边的肯德基打烊了，西边的大娘水饺柜台上的碗、筷用厚厚的白纱罩得严严的。只有开水房的热水还免费供应着。真不敢相信这个人满为患的地方也有不为人知的另一面。那个时候怕再是心如钢铁的男子也如我辈一般，心里惶惶的，盼着火车赶紧来，好撤离此地。

这里还有一个地方，车站派出所。我是经朋友介绍进派出所的。那会我的手里握着一张火车票，火车十分钟就要开了，我扑到派出所门口，朋友说你去派出所找某某某，某某某还真的在，他领着我在屋里走了一段路，又上了一个楼梯，出了门就是候车大厅，他领着我验人、验包一个程序不少，然后紧走几步把我丢在闸机口旁，自己转身走了。我拿着票最后一次“嘀”的一声，头也不回地跑向高空栈道。我刚才还在想，下次我直接去找他，看看能不能把该省的都给省了。但还是有规矩好，我在高空栈道上跑，可能是风吧，风把我的心吹得比什么时候都飘遥、都神志清醒。

真想在高空栈道上再那么跑上一回，但那样的日子说没有就没有了。队不用排了，城不用出了，我已永远是城外之人了。这里的人总是喜欢“俺”“俺们”的叫，我也曾经想改口，心想叫了“俺们”也许就和他们一样了，但“俺们”终于没有叫出口。多少次我站在路过的火车上看，看栖岩寺渐渐跑过，看小山头一个一个作别，看淮河从巨幅变成薄暮一线。我看着那段时光走远，看着自己成为路人，成为时光里的过客。再热闹的人生也有经不起翻阅的时候。

小树林笔记

一

近日接到通知，去参加一个文学培训班，心中像是中了奖一般怦怦地跳，这和食宿全免没有关系，这和文学有没有重要性也没有关系，世上万事万物存在都有重要性，重要性是普遍意义上的含义。这和重视有关系，这和文学得不得到重视，和我得不得到重视有关系。心中一暗喜，便联想到一些外国大作家，他们生前默默写作无人问津，他们死后故居也只是钉一个牌牌，里面还卖着皮鞋。这样一比，觉得中国文学还有点意思，毕竟制度光顾到我们这些人了嘛，光顾便是重大意义所在。哪怕只给你一根火柴，这根火柴所包含的意义也是不同寻常的。

车子拉着我们远离灯红酒绿、远离村庄。渐渐地我们感到不对劲，或者渐渐地我们感到很对劲，我们穿过一片树林，又穿过一片树林，车子上了一个坡子，眼前又出现一大片树林，我们在远离人烟。

近日与人的交往越来越隔阂，而与草木却不知不觉走近，这么方圆几十公里的树木足够我们相处一阵子的了。它只是一个小树林，但也有几十年、几百年的参天大树，不过和古杉、古松相比，它们还处在幼年时期。因此我把自己在这十几天里即将学到的、看到的、想到的，以及云的阴影和时光的碎片撷取下来，取名叫小树林笔记。

第一天报到，四点多钟就没事了，各自活动。十几间茅草屋伫立水畔，松林隐隐，看山望水。乡下人单纯，一层茅屋架了两层楼高，“人”字形茴草长长披下，墙面糊满泥巴，屋里却是空调、马桶一应俱全。一个城市人即便下决心回到泥土中去，即便留了长长的脏乱头发，他的内心也还是城市人，回不去了。茅草小屋深知人的这点想法。茅草小屋在这里叫茅草别墅。荒山野岭，茅草别墅在这里有点瘦，有点冷。在路上散步，时不时遇到同学，五十多人哩，互相看看，没有对话，因为还不认识。五点半吃晚饭，吃过后又散步。更深露重，散到腿冷，回到房间，一看手机才七点多，真不敢相信。似乎是生活当中的一些事被揭走了，只留下空荡荡的我们游走在更加巨大的空荡里。

回到三人房间，那两姑娘都半躺在床上玩手机。我也学她们半卧床上，看窗外。窗户是巨大的落地窗，山坡树木历历在目，坚韧、隐忍，当然也在沉思，它们似乎让我相信沉静是万物本性。它们用一种利索的方式表现出来，让我凝视或是幸福了好一阵子。静在漫延，巨大的静覆盖在这里，连黑暗也被覆盖在下面。看了一会儿竟困了，静催眠人的本领真大。中间的姑娘突然发话，她说，我左边躺着一个瘦子，右边也躺着一个瘦子,这让我怎么活？她不肯说她体重。又过了两天在课堂上，别人安静地等老师来，她却又突然发话，我前面坐两个税务局的，后面坐两个支部书记，旁边也是个党员，这让我怎么能坐下去？她是个卖茶叶的。后来我观察，她真是不比别人吃得多，她是不该想的不想，由此我得到结论，忧愁让人消瘦。在这么安静的地方，突然听到她这么率真的声音，也是一件很享受的事情。但愿没有什么能打搅她内心的静。但愿静也能深入我心。

第二天早上九点半开班典礼，十点半结束。下午二点半开班会，四点结束。余下时间吃饭，散步。时间太多了，似乎所有的时间都淤积到小树林里来了，那一片一片的绿似乎就是时间在凝结，那一片树林就是时间的化身。城里的时间哪去了，城里的时间掠过缝隙都汇聚到小树林里来了。看这里的树木多么苍郁自在，它们都沐浴在时间里。我们在时间里散步，第一次感觉不用争分夺秒了，时间将我遗忘，或者我将时间遗忘。但是才第二天晚上，就有人在嘀咕，受不了，真让人受不了。但是到底哪点让人受不了，又难以言说。

林间到处是松、樟、女贞、桂、玉兰，落叶的是银杏，还有好多不愿报上名字的，它们更愿意隐姓埋名地活在山中。有的树是挂着牌子的，一棵树牌子曰“无患子”，高大，树叶长卵形对称，形态俊逸、疏朗，似乎表里如一。还有一株树叫“栾木”，绿叶之上，屋叠烘托着红色花苞，树下也跌落了一层花苞，那花苞还紧紧包在一起，颜色鲜红，刚刚落下，而更多的是血色在落日下慢慢消耗殆尽。我剥开一个四角形花苞，四粒黑色小豆聚在一起，像四个光亮的小脑袋。我又剥开一个花苞，一个黑色小甲壳虫却没头没脑地跑出来，掉了魂似地不知往哪跑，真遗憾，你应该在这么美好的房间里死去。四粒豆子会长成四棵小树，而你却再也不会钻出泥土，生命就是这么不公平。我这么一个无心举动，破坏了一个小虫子最后幸福的晚景。

在林间散步，我想起我的那几盆刚买不久的花，我能想到它们在我走后，一天又一天的模样。而眼前万物，天大地大，郁郁苍苍，不疾不徐，无声往复。我的那几盆花，却要依赖我的爱活着。我是万物的主宰吗？当然不是，但是它们的确只能在我的爱里简单地活着，花的命运真是各不相同。生命如此顽强，又如此孱弱，想想让人惆怅。

水中有莲、蒲草。秋天的睡莲开得有点小，红萝卜贴着水平面雕刻出来的样子，莲是圣洁的象征，代表神性的力量。蒲是草根，代表着荒芜，荒芜的蒲像是脱掉蓑衣并且裹在腰间，它露出青绿的上身，并且高傲地举着两根蒲棒。在这个尚未开化的地方，它们纠缠在一起，或是纯洁地生活在一起。

林间僻静处有清风茶座，无人，与世隔绝的地方，四五张桌，十几张椅围成几个圈圈，有茅屋看守，有秋千。只能是明月清风常来的地方。秋天的光芒照在这里，静止，美好，有点感伤。

二

听老师讲课，都是全国一流大师，讲作品，讲经验。学识、口才、能力都极好，这些是一个成功人士的成功所在，也是一个人的魅力所在。有学识，而口齿木讷，多半会赢得人们内心尊重，只是这尊重比较隐晦，并且会随时间消弭。那些滔滔不绝的人，倘若内心没有一壶水，人们的敬仰只能是一阵子，没有种子落在土壤，怎能希望它来年长出一片树林。两者兼得的人，人们的敬仰有了温度，有了温情，并且还多了眼神。听听课堂内响起的掌声，就知道他们获得了多少眼神。而且他们并无滔滔不绝，只是如数家珍，只是涓涓细流，他们自信一定可以把一束急促的浪花推送到平静的山谷，倘若他们能一直说下去，我们也一定能袖着双手听下去，化作顽石般地做他们的学生。至于能力，他们分布全国各地，我们有待知道，但能力最终多和官职、经济挂上钩，这点我们不能对他们期望太高，我们也不希望他们在这方面能力超常，他们在某个领域是权威就好。

课间出现一次插曲，老师紧盯着课堂的某一处讲课，大屏幕静止不动，屏幕上出现一个美女，美女一只腿直立，另一只腿微微后扬，身材颀长，轮廓清晰，凹凸有致，美中不足是身覆墨影，美女在旋转，男学生屏息不动，女学生心里在嘀咕，鼠标鼠标，就在我们赞叹老师还有这爱好时，老师发话说，看到大屏幕上的图案了吗？你们说她向左转，还是向右转，认为她向左转的请举手，一些人举手。认为她向右转的请举手，一些人又哗地举起来了。认为她一会向左转一会又向右转的请举手，一些人又哗地诚实地举起来了。各式各样的都有，说明大家都看到了。一千个观众心里有一千个哈姆雷特，老师的意思是这样。看大家的心思都跑哪去了。

每次课毕，掀起掌声高潮，老师站起鞠躬，坐下，掌声又响起，老师又站起。有掌声可以，但掀起高潮不易，发自肺腑的就更不易。课间也会掀起高潮，闪光灯哗哗地响，不论从哪里来的学员，也不论以何种方式，都以能以在十分钟内和老师合张影为荣。也有一次高潮没有掀起来，课毕，老师一挥手，说不好意思我等着要赶飞机，就此告别，他几步走到门口，回首停留，再挥手，“用作品见”。这回大家不约而同举起左手，右手还在记笔记，掌声的高潮没掀起来。

也有的老师因找不到地点在小树林里多转了几圈来晚了，他们一上讲台就说，不好意思，耽误了大家的时间，待会把大家的时间给补回来。看他们说的，还要给我们补时间，真谦虚。

跑神是习惯性的，以前开会养成的，神一直在追求懒散自由。以前跑七留三，现在跑三留七，这回我一直在拉住神，不让神跑。神这回疲惫不堪。这回才知道自己是什么容量的U盘，几十 GB 的东西往里灌，发大水了，U 盘失效，知识溢得到处都是，门口溜达的老母鸡都长见识了。把每一天每一分钟都活成警惕的鹰的愿望，希望每一天都能捕到一大堆新鲜猎物的想法，终于落空。

第一次勤于记笔记，并且认为有必要。字迹工整流畅，检索性强，可观摩。字下划上长长横线，说明是重点，以后要留心。不用蚯蚓似的曲线，不美观，似乎不利于以后阅读。有的句前缀星号，四角星的不用五角，五角太正规，四角像星星、像杨桃，可再照耀一次，可再回味一次。少数几个词会加框，黑色的，显眼，亡者的姓名才加框，给这几个词加上框，你说在通篇有多么重要。一行行字中，也会有突出的一块，挤在一块，是后来想起来又补上去的，或是后来的随想，划个袋装状的样子插入其中。这个本子后面空白页以后可以用来写诗歌，我发现对于我，存折本可以找不到，诗歌本一定会留下，诗歌本按年份序号编，手拉手一个都不会少。讲到最后一天，最后一位老师讲结束语，我想这页可以挤一挤，少记几句，不用再启用一页了,毕竟以后本子还要写诗歌嘛。谁知这结束语越讲越多，最后只剩下老师一个人在讲，我不得不重新开启一页，她都讲到唏嘘落泪了，我还在乎这一页纸吗？结束就是开始，结束就是要抵达茫茫地平线。

下午课后，离吃饭时间还早，几个人结伴坐了两辆车到肥西三河古镇。麻石路，断车辙，宫灯，拱桥。街边一家木匠铺只开一扇门，红脸木匠赤臂推着老式的刨子，刨花一条一条长舌头似地比长比卷，他在做锅盖，旁边一妇人支着一口大锅，边熬糖边捏糖人。在杨振宁先生故居旁我们一一照相。先生故居边便是一人巷，几十米幽深，不知谁在这里长年出没隐遁。在巷口照相，似乎更可以找到隐匿的光阴。巷子纵横，巷子深处多有老人守候无尽光阴。行走或者歌唱总是喜欢把故乡带在身边，这是谁的故乡？看到一样好东西，几个铁环银亮亮地靠在一起，男人们争相取来，用钩子一勾，银环哐啷哐啷地跑起来，远方有很旧很旧的风吹来。

在小树林里生活，还逃出去过两次。一次是因为水果，水果全摆在小树林外面，在街市。没有水果的日子在小树林里游荡，日子过得蔫蔫的，像男人遍摸身上没有烟，烟现在一样是奢侈品。已经有水果被源源不断送进来,少数几个人欢呼雀跃。看着别人啃着新鲜苹果，心想友谊这东西真伟大。郁郁寡欢的人，郁郁寡欢地看着别人，再郁郁寡欢地看着小树林，小树林里空荡荡的连喜鹊都觅不到半颗水果。中午开口借车，宿舍门口停了少量的几部车，他开车带着她和她，一块出林。山路弯弯曲曲，山林或高或低，秋天的树木绿过想象和记忆。那一刻阳光清澈，刀形树叶银光闪烁，生活如鱼得水。友谊万岁。

她牙疼，依然是开口借车，他带着她和她再次出远门。这回像是冲出小树林，小树林里遍地长满中草药，可惜华佗再也没有转世。车子跑出数十公里，日暮到达上派镇，没有躺椅、没有令人恐惧的呜呜响的钻牙仪器，没有讨厌的银针银勾、药棉球，只给开点药。开始想念灯火通明的医院大楼，车水马龙的街景，红绿灯。对红绿灯的印像已经模糊，小树林里的警察学员已经有点惴惴不安，他们行将失业。

社会实践课，到桐城采风。方苞、刘大櫆、姚鼐，老师不说我们也知道他们的用意，看看人家是怎么勤于苦读，是怎么持续发展的。看过了说心里没有触动，没有小看自己一眼那也是不可能的。看桐城老街，看文庙祭孔，看六尺巷，“千里捎书只为墙，再让三尺又何妨？万里长城今犹在，不见当年秦始皇。”宰相肚里能撑船。看看人家文采，想想人家胸襟气度，那个作为个体的小我又矮了一寸。车上的同座,每次我们下车，他都是给人看包、看书。我就问他，你怎么不下去看看，见不得人家的好和荣耀？他看我一眼说，十几年前我在这里卖过菜！我立马问他，你那时有什么感觉，感到别人伟大，自己渺小不？他说，养家糊口要紧，哪想到什么伟大渺小。那你这次来有什么感受？有压力不？他说，看好自己的书，写好自己的小说，想那么多干什么！我眨眨眼，又眨眨眼，我很实在，他很老练。

三

讨论按课程表安排进行。分小说组、散文组、诗歌组。有趣的是，有些人在本组发言过后，又像土拨鼠似的背着双手，悄悄踱到另一组，他们想知道别人在说什么，或者他们想在这个组再露一脸，总之有些人在这个洞口出没，又到那个洞口探探消息。他们不想错过本年度的精彩时刻。我们诗歌组讨论精粹：

骑车有驴友团，羽毛球有羽毛球俱乐部，你们文学还有俱乐部？稀奇。我们文学叫沙龙，比你们那叫法还时髦。

在文学面前你逞什么能？别看你是官员，在文学面前你摆什么架子？你和种地的就是弟兄，文学没有职务之分，文学没有乡下人。这是文学超拔所在。

农民、教师、警察……各行各业的人都可以写作，文学这事可以干。

我来学习就是为了见一见想见的人。

写诗的人把自己关在屋里写诗，老婆卖裤头、卖菜养家，这样人可敬还是可憎？

鸟鸣，你能听懂吗？你听不懂。苹果好吃，你能知道它有何营养？你不知道。所以不要问什么是好诗，诗是说不得的。

诗歌可以疗伤，可以治好忧郁症。诗歌比手术刀管用。

内心气息相近的人，找到他们并和他们相处。

诗人是世界的批判者，诗人往疼痛处写。

也有的人轮到他发言了，他不愿意说，主持人坚持让他说，他忸怩不愿意说，主持人一再坚持让他说，他一再忸怩不愿意说，主持人认为他能吐出金子。唉，讨论什么时候才能自由讨论。

深更半夜，在小树林里谈话。非正式会议。三个人，二男一女或二女一男并不重要，重要的是三个人，三个人的含义便是公开，最大好处是有人佐证，少是非，当然最后一条，打起架来有人拉。谈话没有主题，随心所欲，但谈的都是重要东西，不重要的已经不重要了，重要的东西有一天你非拿出来说不可。谈话内容庞大芜杂。但没有说国际形势，国内要闻，没有说卫星、航母，这是白天应该说的事，夜晚的小树林若再谈论这些事，像密谋起义，有嫌疑，不说。我们说的是一个人的内心。一个人的内心藏了多少东西你能知道吗？你不知道，能让你看透吗？当然不能。而内心里那些埋藏得最深的东西，它们似乎也希望有朝一日能重见天日，而这样的晚上便是它们最适合的场所。踏着软软的草地，用一种幽冥的方式出行，用一种触须去探察人世间的荒凉。安静之中有叹息，有苦涩，像山风出行，像草叶上露珠滚动。

谈话背景，不是像主席台上做报告的那一种，那也是白天应该做的事。那么庞大的夜空，那么沉郁的小树林收缴了你所有的武器，揭掉了你的面纱，去掉了你的伪装，你就是一棵树、一棵草、一粒尘埃、一滴水，一个来到人世间探寻秘密的孤儿，两袖裹满清风。在浩渺的天空之下，你就是赤裸的自己，你注定要在创伤中前行。

谈话的特点，坦荡、信任、重建。像漫游，没有谁一定让你说，说过了也并没有要收回来的意思，和重建赶赴有关，与妥协无关。久已没有说过这样的话，但并不生疏，很顺，似乎天生就应该这样说话、行走。谈话的氛围冷静、清晰，走向远方，像写作的人。

什么都能谈，谈什么都能引出下一句，共鸣感强。越是正式会谈越容易谈崩。谈话留有余裕，为以后再谈留下接口。没有形成《开罗宣言》《日内瓦宣言》这样宏大的东西，我们这个地方捉襟见肘，只是一个小树林，小到电子地图册上放大虽然可以找到这样的地方，但太草根化、贫民化。谈论的内容虽然没有条文，但都印在我们心里，能够印在心里的东西便都是好东西，因此我把这次谈话命名为小树林谈话。

今晚说得多，做很少，夜晚过得很快。茅亭和一棵碗口粗的松树见证了我们的谈话。这和咖啡屋谈话不同，和在城市的任何一个角落谈话不同，这便是小树林的独到之处，离开了这样一个看不见入口和出口的地方，或者随处都可以作为入口和出口的地方，所有的一切都会失之交臂，失去光泽。一个人的一生没有过一次小树林谈话是遗憾的。

四

包里藏有一把小刀，不久每个茅草小屋都知道我有一把小刀。每个屋里吃水果的时候都会想到我。他们不能连皮吃，水果太精贵，每个屋里来人的时候，水果都得削成片，每人只能尝一点。我有一把小刀，每个人都得分一杯羹给我。拥有一项专利或绝活多么重要。

我有一把小手电。晚饭后我们一群人回宿舍，松影把山路垫得或高或低，我们高谈阔论，每个人都像喝多了酒。我依稀记得女友曾送我一把小手电，我把手放到包底探一探，手电果真滚在包底，我悄悄拧开，那拇指长的手电赫然发出一道强光，他们如此诧异，小树林如此惊惧，仿佛我手里握的是一个怪物，仿佛我的小手电便是光明的出口。我们在又大又圆的光圈里前行，风与山林再不敢跟我们作对，黑暗中也没有谁再敢对我们挤眉弄眼。而我却沿着林间的栈道，跨过长长幽暗的时间走廊，我和女友重逢在旧地。剥开人事、物事，才发现浮世间还曾经有过那样一份婉转的心意，只是我当时那么的不在意。小树林的夜晚从此有了一份挥之不去的牵挂。而她那晚的失意早已滚落在草丛里。她也早已忘记。

天鹅，你要到哪里去？团松裹着雾气，长松针尖上挂着水滴，巨大的稼草长在路途上，任何人走过都要绕过障区。

杂树掩映着小路，盘根抵达瘴气，黎明翻动着庄稼。

苦艾与野菊似乎越过雷池，怀抱隐疾。

林中的湖泊森远，需要按捺住几世的寂寞，你们才能相遇。

路边到处都是眼睛和耳朵，它们收集生死，天鹅你不要陷入陷阱与误区。

他们说的天鹅是我。

晚上没有酒馆，没有卡拉 OK，小树林里只有纯种的黑夜，就像这里纯种的黑猫。晚上串门，从一个茅草屋串到另一个茅草屋，几个茅草屋串到一个茅草屋。自己的房间太冷清了，得一团人靠在一起取暖，这样生活才有嚼头，夜晚才有奔头。聊天、喝酒、打牌，只是喝酒没有下酒菜。心襟这个时候可以裂开，甚至可以敞开、铺开，一个人的一生需要几个这样的晚上。啤酒和黑夜就是发酵剂，当然还有对等的朋友。茅屋外的风声可以再阔大一些，黑夜也可以再阔大一些，甚至可以再空寂，再惨烈一点，让一生中该来的那些事都来，今夜没有人会在乎这些。让血溶化一次冰，让炉火熔化一次铁。落寞的人今晚可以不要落寞，你看云端里的人今晚也只能屈居茅棚。人的一生难得为自己喝彩。电视连续剧插不进来，广告插不进来，游戏插不进来，生活在这里摒除垃圾。这样的晚上，一个人的孤独是可耻的。有人这样告诫。

傍晚我们在小树林里诵诗，我们一首接着一首念，像是一连串的美好不间歇地走过来，它们拉成一个美妙的大圆圈。我们诵诗的声音想是传了很远，已经有很多的诗人慕名赶过来，他们说诗歌不能被垄断。我们在烛光下诵诗，烛光也拉成一个美妙的大圆圈，你看到没看到，你听到没听到，它们都优美地存在。想吹灭这烛火的人，只能把这烛火吹得更耀眼。远离这小树林的人，他们哪里知道小树林的奥妙所在。

每次上课上到正中间，我总是感到肚子饿得咕咕叫，想是压力大的原因吧，或是思维在路上紧跟慢跑，像马拉松，被拖的吧。早晨白面馒头、鸡蛋小菜和米粥。鸡蛋让人记忆深，袖珍，那母鸡得先变成母鹌鹑，再下鸡蛋，也难为它了。不知营养是否能赛过鹌鹑蛋、核桃或是枣子之类的东西。中午吃饭自助餐，四菜一汤，白米饭，和我参加过的会议比，伙食要差好多，但是很多人都以能在这里喝杯水为荣，更别说还给饭吃了。文学本也和大鱼大肉、荤拼素拼、油水沾不上边，文学本来就是清淡的，也可以说是清高的。大家拿着托盘推推攘攘的，我的一个学友问我，早晨的馒头比不比平时的馒头大，我说不吧，早晨的馒头做的蓬，她放心地点点头说，难怪饿得这么很，我还以为饭量大增了呢。看看，我们这一群被饿坏的人。

我们都是同学了。一开始多不认识，还是和同来的几个人抱成团。圆桌吃饭的时候我们挤在一起，晚上串门的时候还是往熟人屋里串。上课座位不能扎堆，桌上有名字，就是事先预防某些人扎堆。第一天开班会，班主任让每个人一一起来做自我介绍，基本上每个人都这样说，我叫某某，来自于什么地方，写小说或是诗歌，欢迎大家到某某地做客。也有的人三言两语道出了他们的地域特色，醒目，有琥珀光泽，一下抓住了我们的视觉听觉，并且顺带记住了琥珀中的那个独特的、有点张扬的蜘蛛或蝴蝶。语言的魅力真大。特色让我们记住了一批人。分组讨论的时候，有的人观点新颖，激活人的想象。有的人观点犀利，像隼张开翅膀。观点让我们又记住了一批人。培训快结束的时候搞晚会，有的同学那歌声直上云天让天旋，那舞姿直扑地下让地惊，舞姿让我们又记住一批人。我有同桌了，第一天上课的时候，把我的前后左右都打量一遍，命定这是一次殊遇。晚上串门，学打牌，铁定心思带一门技艺回家，交了一批牌友。晚上在一起喝过一次酒，避开那么多同学几个人躲在一个包厢里，让食堂加餐炒菜，这多秘密啊，像地下党搞活动，由不得你记不住这几个人。还有一次，我们过了三河古镇，不想回去，出来一趟多不容易，胡吃海喝一顿过后，去唱卡拉OK，我不会唱，听大家唱，谁唱得好，我就鼓掌，由此结识了几个歌友。我们看古镇，有人替我照相，那个古院落，那个人，经他这么一咔嚓，照得真标致啊，由此我认定，这个瘦高、留着长短发的年轻人就是我以后理想的摄影师形象。还有些人实在没有为我干过什么事，眼熟，我会很快忘记他，但也不一定，他们可能会在你以后生活中若即若离出现。我们内心的小箭头在驶向别人，别人的小箭头也在驶向我们，那么多小箭头交汇融合，水有点浊。到离别的那一天，大融合，有波澜，有泪滴，恨不能随波逐流，是一家人了。多少年以后我们中的某些人和某些人相聚，小树林里的各式人物会被一一请出，相识的得到加深，那些若即若离的人物再一次若即若离地浮出水面。这种场面以后会一再加深。有的是越走越近了，有的越走越远，真的就看不见了，但是他从我们同学的花名册里就是不肯退场。第一次做同学，第一次兴奋地说话的时候，恨不能将对方的舌头理直，乡音有时候太惹麻烦了。但是我们以后再见面，首先激荡我们的还是那异常兴奋的莫名乡音，乡音带着那个人独有的味道，作为一种标记，贴在那个人的身上，乡音和那个人一起变得难舍难分起来。

结束。终于到了结束的时候。因为要准备闭幕晚会，我们把所有的精力都倾注在这件正经事上，没有留心结束的逼近，没有留心那铺天盖地的庞大。当万千重担落下，当一切就这么忽然结束，就要这么裹着行李踉跄离开了？随即有寒风像黑丝绒般侵入，我们像秋天里的树叶，等着被秋风最后一次翻动。

晚餐后最后一次在小树林里散步。草木赤裸，褪尽欲望，沉静如一泓秋水。这些曾经吸收过阳光、雷鸣与闪电的树木将会一直留在这里，而我却要退回我自己。弯弯曲曲的小路，我把松林留给你，我把灌木留给你，我把月亮、清风，无边的安静留给你，我只带走我的小手电。小路沉默安详，这时间之径像一条蛇游离在草丛里，它将等到的下一拨人是谁。你们这些站也站不长久，坐也坐不长久，留又留不下来，你们这些匆匆忙忙干什么都不能长久的人。松林上的天空高远，泛着草木灰的亮光，明天将是一个好天气，那是归乡的心情吗？自然的秩序就是让万物各就各位。

时间滴滴答答，时间似乎像沙漏怎么滴也滴不完，时间就是最大的谎言。

锃亮的耳朵

一

早晨起来，觉得哪里不对劲，像是睡闷了。上班走在人车互不相让的大街上，不由自主跺跺脚，又跺跺脚，我想跺出我体内的寒、体内的神，精气神，瞧初冬的早晨，一切是多么透明。中午下班走在斑马线上，在左右扭头看人看车的空隙，脚不由自主又跺了几下。路过一个小型广场，中午的小广场没有什么人，人都压在马路上，我环绕着广场慢走一圈，太阳很好，不由自主又想做那个动作，跺脚，我想我这是怎么了，脚怎么了。

我忽然明白一个事实，我的脚步声没有了，脚在寻找它的声音，这是一个新鲜事件。这么多年，影子、脚步声，还有我，我们三个三位一体，从来没有分开过。瞧，影子是多么忠实，即便是我远行，即便是我中弹，它都默守着我脚下的土地，没有谁能拽走它，或割走它一块。还有那脚步声，它一直在明示或是暗示我，你的双脚多么有力，你还很年轻，你还有很多很多的路要走，脚步声就是明证。

现在，我成了一个没有脚步声的人。我把远方弄丢了。

我那么谨小慎微地走，我还是丢掉了东西。在人生的旅途上，我是不是开始走一路掉一路，掉一件少一件了呢？

我从包里掏出手机，又有几个未接电话。

耳朵呜呜的，一直在呜呜的。好多声音从我的耳朵旁边跑掉了。它们无视耳朵的存在。我的耳朵拉不住它们了。耳朵开始有意识地找它们，从大街、从广场、从树下、从旮旯，找它们回到耳朵里去。

我开始爱幻想起来，幻想有一天，在我早起的某个时刻，耳朵一激灵，声音“嗡”的一声飞回来了，或者在我使劲吞咽之际，耳朵一激灵，声音“嗡”的一声飞回来了，或者像我曾经的一次军事打靶，在噗的一声之后，耳朵惊晕多日，多日之后声音在外游荡够了，觉得在外游荡也没有什么意思，终又悄悄地溜回到我的耳郭。

耳鼓胀胀的，有什么东西在向外推送，小心翼翼地一串一串向外送。有时我按按，在我按住的当下，它们马上停住了。它们懂得适时收手。

就这么顶住了七日。七日之后，终觉该去见见医生。

在经过了一连串的检查之后，医生看着我的检测单，他很平静地告诉我，你得了神经性耳聋。

就这样得了神经性耳聋！

走出医院的大门，心里迸出一句话，你的耳朵叫驴毛给堵住了。这是我们乡下骂人的一句话，经常是骂不听话的孩子的，耳朵叫驴毛给堵住了，而不是说被棉花给堵住了，想是驴毛更厉害些吧。现在我的耳朵就被驴毛堵住了。我千辛万苦从乡下走出来，小时候的诅咒还是如影随形地应验到了我身上。

我把脚步声弄丢了，我把手机声弄丢了。不久我还要把喇叭声弄丢。这些车子早上吵、晚上吵，这以后你们还吵给谁听。你们也有噤声的时候。

还有楼上打孩子的声音。哭声是从一个七八岁的男孩嗓子里发出的，夜晚经常是一声赛过一声，可以听得出打他的那个父亲一点都不手软。那是一对农民工夫妇，我白天看过他们，头发都是乱乱的，一幅没有精神的样子，夜里打起孩子来倒精神十足。多少次我停下笔来谛听，我想我应该去把那男孩子领回来，告诉他们家人说，我这里正好多一张桌子，我可以和那个男孩好好谈一谈。但是我不是他们家什么人，那个男人会用什么样的眼光打量我？世界上最晦暗不明的目光莫不过如此，人与人之间最远的距离也莫不过如此。

还有我的对门，近日我在家总是听到一连串钥匙的声音，接着是一个五六岁小女孩的哭声，爸爸我实在学不会呀，我实在学不会呀。接着是一个男人的声音，他一点也不着急，他说，再试一下，再试一下，一定能学会。还是那个小女孩的哭声，爸爸我实在开不开，我开不开门。接着又是一连串钥匙响动的声音。

这个女孩的父亲或是母亲，在夜里的时候，不知是谁会偶尔嗷地先叫一下，接着你嗷一下，他嗷一下，像扔砖头似的，一块一块对扔过去，所幸不久就停住了，想是屋里的砖头准备得不够充分。

这些声音本来就和我没有什么关系，现在我把这些声音统统还给他们。以前我在他们面前装着自然，装着不知道他们的任何事情，现在我更坦然、更放心地走自己的路了。只是我以后还能不能知道，那个学开门的小女孩到底什么时候才能打开自己家的大门呢？

至于屋里的声音，坐在马桶上，电水壶尖叫的声音。刚把双手湿进水里，手机催命的声音。

从今后再也没有这些刺耳的声音。

窗外再也没有风声、雷声、雨声、下雪的声音。天上该下什么下什么，那是天的事情。我的耳朵再也不屑管这些事情。

也再没有生的声音、死的声音。棒喝的声音。正义的声音、非正义的声音。

也不要再考虑什么是分贝，它们到底有多大量的分贝。

大海的声音，花开的声音，露珠滴落的声音，心跳的声音。这些心底的声音，它们会不会也被带走？那会是在什么时候？

不要碰我的耳朵。现在心中只有这一个声音。

晚上睡觉前，把手机定好闹铃，把这东西端端正正地放在枕头边，不知道它明天是否还会准时叫醒我。

这个用声音和我保持联系的家伙，不知道以后它将怎么过。

夜里睡觉，梦到过一次带血的耳朵，那是凡·高的耳朵。

还梦到过一群人在跳舞。我听不到她们的脚步声，她们也听不到自己的脚步声。

我以后会干什么呢？我这么一把年纪了，还能变成贝多芬吗？

二

到底是什么原因引起的神经性耳聋？这是一个迫切的问题。

似乎也没有吃过药物。

染过一次发，是不是用了毒药水？是不是吃了毒大米？以此类推，还有毒牛奶、毒馒头、毒鸡蛋、毒蘑菇、毒红枣……上次吃过一次螃蟹，人类把该吃的东西吃遍了、吃完了，连这么丑陋的东西也不放过，螃蟹藏在污泥里，螃蟹一生气浑身长毒，人类一吃到它们，耳朵呜地一下就背过气去了。这是螃蟹唯一能做的事情。

再或者就是近年才流行的“雾霾”“沙尘暴”这些个词捣的怪？电视里天天都在播放空气指数。每到一个季节，田野里的秸秆总是明明灭灭，有人点火，有人灭火，有人被关，有人被放，电视、报纸上每天都在为这个事长篇累牍报道。人的两眼照例流着泪，嘴巴咳嗽咳嗽的，嘴巴一咳嗽，耳朵一生气，两耳一背，什么事也不问了。嘴巴不能不议论，因为嘴巴咳嗽着，报纸也不能不报道，报纸需要增加发行量。耳朵不再想知道了，耳朵不听不行吗？上帝开始揪驴毛堵一些人的耳朵了。

也或许是我自己的事。我家的巷口，有一个卖盒饭的，白铁皮手推车里，有红油烧的鱼、红油的茄子、红油的豇豆、大块的红烧肉，那个穿着白大褂的姑娘总是麻利地给别人盛菜，歪着勺子舀一下，又歪着勺子舀一下，多次才把泡沫饭盒点满，她似乎是舍不得多给，但又得把泡沫盒子装满，她就这么点啊点的，每回用电子秤称完报过价目后，勺子又都故意地给饭盒里再点一次，好让别人心知肚明，她向饭盒点勺子的频率极高，也很好看。她每次就这么点啊点的，然后我用一个塑料袋子装着，提着菜一盒、饭一盒上楼去了。

后来自是好长一段时间不买她的饭菜了，也还是日日从她家手推车前过，我有时在观察她，看她接电话的手是不是迟钝，我有时也在观察我们小区里的人接电话的手是不是迟钝，是不是越来越多的人也像我一样，揣着手机，没事人似的，专等着别人急吼吼地来提示。

如果有一天，刚好在我走过她家的白铁皮手推车前，忽然有人没收了她的家伙、她的饭，或者某一天她的手推车忽然不见了，墙上贴着一张告示，她的手推车被公家整治了，她被查出使用了地沟油，那么好了，我的心就终于放下来了，瞧瞧，终于被我猜对了，早就觉得她的态度那么谦卑似乎在包藏着什么。可是我日日从巷口走，她日日在我面前点菜，用勺子挖一下，点一下，又用勺子挖一下，点一下，没有穿制服的人来收拾她，人们还照样用一个塑料袋装着菜一盒、饭一盒走掉了。这是怎么回事呢？

近日去了一趟九华山，别人去拜佛，我也跟去了，我这一拜，佛一高兴，我的耳朵呜一声就好了。从山上下来，坐在车里，耳朵呜呜似乎更厉害了，我用手揉着耳朵、摸着耳朵，心想佛也不管我了，佛什么时候会管我。车子里坐得挤挤的，一个孩子坐在母亲的腿上，母亲不时按住他的腿、他的手，不让他手舞足蹈，孩子的嘴也不闲着，他的母亲大喝一声道，瞧把你阿姨吵的，把阿姨的耳朵也吵聋了吧，看阿姨不打你！我一向还怀疑，我这耳聋是不是大街上的声音吵聋的，这母亲的言论，却给我的耳聋另开辟了一条思路。但我没有苟同，我的耳朵可以聋，孩子的心灵不可以玷污。

我像放电影似地日日把这些东西无声地过一遍，又过一遍，我急切想揪出其中的主谋。他们是如何对我下手的，我想弄清事实真相。

总之，我认为耳聋了，是我吃了不该吃的东西，住了不该住的环境，做了不该做的事情。

不久母亲到我家。母亲终于知道了我耳聋的事。母亲随口就做出了结论，冻的，肯定是冻的，你想你天天坐到半夜，坐得浑身冰凉，耳朵能好受吗？耳朵一不好受，不聋才怪呢！

我愣着神想了一会，我长时间地坐，颈椎会痛、坐骨神经会痛、胃会受凉、五脏六腑会受凉，凭什么耳朵老是热乎乎的、直愣愣地为你服务？耳朵想通了，耳朵想体现自己的重要性，耳朵呜地一下子背过气去了。

这是我听到的最直接，最不容置疑的结论。谁又敢肯定它不是元凶呢？

三

以前对于未接电话，我给人家的解释是，哎呀，真不好意思，手机在包里没有听见。

或者是，哎呀，真不好意思，我听到手机铃声了，手机在包里就是找不到。

现在我给人家的解释是，真不好意思，我得了神经性耳聋。

朋友对我得了神经性耳聋，首先是不相信。瞧瞧，眼神既不空洞，也不飘忽，甚至嘴角还挂着笑，怎么会就得了耳聋了呢？怎么看也不像啊，谁得你也不能得啊。

还有的朋友是惊奇之后，表示了极大的热心，没有关系的，没有关系，放宽心，能治好，该吃就吃，该喝就喝……

还有的朋友是大手一挥，说，没事的，没事的，能治好，现在除了癌症，啥病都不是病，该吃就吃，该喝就喝……这话我就不爱听了，什么叫没事的，我摊上大事了，这倒霉的事叫我摊上了。什么叫能治好，我都吃了两个多月的药了，耳朵还呜呜叫。你这么急吼吼的样子，根本就没有心思就这个问题和我谈一谈。你这是不关心我，不爱护我，心里眼里没有我。你这是草菅人命。

还有的朋友态度是，不就是呜地一下耳朵背过气了吗，不要理他，该吃就吃，该喝就喝，说不定哪天，耳朵呜地一下又回来了。你要是得了这个病，你就不会说这个话了，我现在站也不是，睡也不是，那个呜呜的索命似地跟着我。再说，你怎么能知道声音就一定能找回来呢，它跑远了、跑丢了，到处找我找不到怎么办？你这是误导我，你这是不负责任。你这是让我过一天是一天，过一天少一天。好死不如赖活着。

我其他的朋友就不这样讲。有的朋友说，用双氧水洗，洗过后再涂酮康唑，这个软膏一涂就灵。临走了，还不忘叮嘱一句，一定要试试。过几天还要打电话询问，涂了没有。还有的朋友说，去吊水、吊青霉素、吊头孢，一吊就管用。他们不劝我“怎么活不是活”，他们知道生命的意义在于当下。他们不劝我草草度日。我把这些都当救命稻草似地收藏着，哪一天医生对我失望了，或者我对医生失望了，它们就该派上用场了。

针对我的这个病，我的朋友无一例外地都劝我，要吃好喝好，该吃就吃，该喝就喝。这个问题说到核心上去了。自从我得了病，就再也不知道啥叫吃好喝好了。

朋友们聚会，要给我倒酒，我说我得了神经性耳聋，不能喝酒了。一圈人都在叫，倒上倒上，酒能活血，一活血耳朵就好了。经过几轮推搡好不容易达成协议，倒一小杯看着。一小杯看完了，人家端着一杯酒站在你面前，人家“滋儿”一声下去了，你说人家能放过你吗？刚才一开始说自己胃出血的那个人也不再坚持了，那个说自己痛风的人也不再坚持了，桌子上一开始还说有得胰腺炎的、口腔扁平苔藓的，那个手里提着一个大水杯，杯里装着黑乎乎的保肝护肝药的，现在也不再说我有病了，一桌子都是满上满上，走一个走一个。

人活着就应该是奔着快乐去的，谁能拒绝酒赋予我们的快乐呢？谁能阻挡我们奔向快乐的步伐呢？

吃完饭回来后，我疑心耳病又加重了，或者本身并没有加重，但疑心也是一种病。

后来我再外出吃饭，我不说话了，躲在一拐角。既然不喝酒，还叨叨啥呢。我埋头吃东西，吃完了盘盘碟碟杯杯盏盏，再吃主食。吃完了主食，人家正喝在兴头上。人家正说得兴高采烈，人家活在天堂里，你坐在小板凳上。你们无话可说。你们活在不一样的世界里。别人嘴都在动，你的嘴已经动完了，你的嘴只能闲着。别人白天清醒，而你呜呜独醉。现在别人沉醉，唯你独醒。你说你这是什么人生。

后来别人再叫我吃饭，我支支吾吾推三阻四不去了。因为我坐在那里实在不知道应该怎么吃，我还能怎么吃。现在我才知道拥有一双好耳朵的吃，才是色香味俱全的吃，才是世界上最动人的吃。

不出去吃了，偏偏又知道谁和谁围在一块吃。人家吃得热气腾腾、妙语连珠，人家一晚上云里雾里的。你说你一个人在家，默不作声捧着一只碗，整晚都蹲在黑影地里，吃什么能吃好、喝什么能喝好呢？思前想后，日子越发回到过去一般。

自从我得了这个病，我和我朋友之间的关系变了。虽然他们中有的人仍试图对我好。但是我正在远离他们,我正在泊去。我们之间的关系就像一锅老汤，那味道渐渐寡了、淡了。

四

我听到过最美妙的声音，那是任何一双好耳朵都不曾听过的。

我到我们市医院治疗。我歪着一边耳朵接受光束探测，然后又歪着另一边耳朵接受光束探测，光束肯定没摸索到什么问题。年轻的医生给我开了一张单子，叫我到听力测试室。在听力测试室，护士把我关到一个小玻璃房里，给我带上耳麦，吩咐我说左耳听到声音举左手，右耳听到声音举右手，她把玻璃门关上，坐在对面遥控我。耳朵还没有全聋，当然还能听到声音，叮的声音、嘟的声音、当的声音、嘤的声音，声音那么小，怕惊醒我似的，只是那么小心地害羞地盯着我一下，小心地神圣地电击我一下，它像微小的颗粒，仿佛拿着抹布轻轻一擦就能擦掉。

那是夏夜星光灿烂，大地深处发出的声音。我轻轻俯下身子，把耳朵贴在树叶上，我继续俯下身子，把耳朵贴在大地上。翅膀抖动的声音，真空盘旋的声音，叶子落下的声音，踩踏树枝的声音，一只小虫子被打搅的惊讶声。或是根本就没有声音，只是萤火虫的荧光一闪，只是小虫子的虚晃一枪。我不敢抬起脚，抬起脚就会发出踩灭二亩地的声音。我甚至不敢咳嗽，怕惊跑了它们。

我不停地举左手，举右手，或是忘了举也不尽然。我听得太认真了，有时忘了自己的存在，有时忘了大地的存在。

我以为此生仅有幸聆听一次这样天籁的声音。后来我到省城医院接受治疗。我拿出我们市的结果单，省城医生不看，他让我再听一次。也许他认为我听得太嘈杂，也许他认为我听得太不可思议，也许他认为我举手举得太迫不及待、太不合时宜。总之他要我再听一次。我珍惜这样的机会，老老实实又听了一回。

我记起了一件事，那是在我上次聆听的时候发生的。我正在聚精会神地寻找大地深处的声音，如果我不找，它们就会在我的眼皮子底下统统消失掉，我抢救性似的，找一个是一个，忽然手机爆炸似地响起，我想把手机的声音捂住，事实上是赶快地打开了接听功能，我要和天籁之外的声音对话。护士忽然发现了什么，她大喝一声，你怎么能听电话，赶快放下！经这么一闹腾，你说多少声音走形、不翼而飞了。

我还记得有一次，我正在做心电图，在打印机将打未打、即将输出结果的时候，忽然手机响了，那个时候我接听手机，心跳得不正常，我不接手机，心跳得更不正常。这天外的声音，粗鲁得近乎无礼，但是我们又都无时无刻不带着它、惦记着它，生怕搞丢了它、怠慢了它。似乎只有它在，我们的生活才纳入正轨。可是有了它，我们的生活又哪一天安顿过呢，即便是躺在医院也不例外。我们需要被它唤醒吗？

和这最美妙的声音能相媲美的，我以为是瑜伽的声音。“让我们选一个最舒服的姿势，盘腿坐下，现在请将你的注意力放在你的身体上，由内到外去关心你身体的每一个部分……将注意力集中在你的呼吸上，让你的呼吸越来越慢，越来越深……并且在整个练习过程中保持这种呼吸方式……”我最喜欢瑜伽的最后一节，“让我们轻轻地仰卧下来，请你闭上眼睛，放松你的面部表情，把你的双脚分开 30 厘米左右，让你的脚心放松，让你的脚背放松……让你的小腿、小腿肚放松，让你的膝关节、大腿内侧放松……让你的骨盆区域得到充分的加强和滋养……”

假如能在这种声音里静静地睡去，让夏日深夜里嘤嘤嗡嗡的声音萦绕耳畔，让这些声音轻轻轻轻地贴近你，让它们感受你的呼吸、你的心跳，这多么好。再也不用为耳朵的前途担心了，也不用担心自己能不能成为贝多芬了，也不用担心自己成为游离的一分子了。这个被驴毛堵住耳朵的女人，这个生活总爱给她搞点恶作剧的女人，这个听到过最美妙声音的女人，心安理得得像一个婴儿，她静静地躺去，她将不再接受任何考验。她躺成遗忘，躺成骸骨，躺成大地的一部分，然后和大地上的声音融为一体，这又有什么不好。

五

坐火车到另外一个城市接受中医针灸治疗。这是个和我生命有关联的地方，这些年来我反反复复坐着这趟火车去看和我生命里有关联的人。

这次坐上这趟火车去看医生。为治疗耳朵已经浪费了太多上班时间，且这回是每天都要去针灸。为此我请半天假，上午在单位上班，下午去治疗。亦即是中午坐火车走，治疗完毕，晚上坐火车回来。第二天中午再坐火车走，晚上再回来。没有比抢救一双好耳朵，更让人活得有耐心。以此类推，人在危难之中，想拽自己一把的愿望是多么强烈。

火车还躺在铁轨上静静地等我。这趟火车哪个车厢我没坐过？甚至有的座位是重复坐过，有的地点是重复站过的，甚至整列火车每个座位我都有可能目测过、染指过。我又走进这列火车，车厢里浓重的酸味儿“嗡”的一声向我扑来，基本上照例又被呛得一个趔趄，但站稳脚跟，适应一会儿就闻不到了，如果有座位的话，一会就会觉得有一种暖暖的美好。这回是站着的，两个车厢之间的吻合地带，似乎吻合得不是很好，地板在脚下扭来扭去，带动着身子也在扭来扭去。车厢里照例很嘈杂，即便我耳朵出问题了，我还是能感觉到它们的嘈杂程度一点不减。车厢里坐着是坐着的，站着是站着的，照例是腿贴着腿，腿靠着腿。腿边都是行李，行李架上也是行李。车厢里每个人都捧着一部手机，他们都紧紧捏住自己的声音，每个人都神情庄重木然。

我听挤在我旁边的三个姑娘讲话。一个姑娘讲，就这样回去，怎么和家里人交代啊。另一个姑娘说，没办法交代也得回去，早上八点钟干到晚上八点钟，不被主管管死才怪。第三个姑娘说，再干下去，耳朵就被震聋了，不给钱也得走。三个姑娘一时陷入沉寂。我听明白了，这三个姑娘在厂里干不下去了，不给工钱，也卷铺盖回家了。除了每个人一个鼓鼓的包，也没见什么行李。我忽然觉得我们市的老板有点太抠了，她们就这么空手回家。我突然又突发奇想，以后耳朵要真不行了，我是不是适合在这样的地方干活，瞧，耳朵再也不怕被吵了，多大的声音也不是问题了。这三个姑娘给我提供一个新的适合的地方。但我不愿往深处里想。一会儿一个姑娘说，瞧瞧我回家还给孩子买了新衣呢，她一定会高兴坏了。另一个姑娘说，我也给孩子买了吃的，他最喜欢棒棒糖了，不知道他还认不认我。另一个姑娘说，马上要到家里了，我要找小学同学到小吃街大吃一场。她们像是马上要扑到家的样子，一会又说得兴高采烈起来。年轻真好。不像我因为一双耳朵，弄得就像活不下去似的。

我另一侧还有一个姑娘，她和那三个姑娘就不一样。她一上车，挤好站立位置，带上耳麦，就开始“播报”。她双眼低垂，面含微笑，音量适中，语气温软适度，她在对自己讲。比播音员讲得动情多了，并且始终不看我们，身边再多的声音都不是问题。世界上没有任何声音能打断这个源源不断的声音。火车一直在开，这个声音一直在延续，火车也需要这样的声音。世界也不能缺少这样的声音。在这样的声音里，人人都是美好的。即使有一天我听不到这样的声音了，能看到这样一个美好的场景，我的内心也是湿润润的。

我的膝盖还抵着一对人儿。男的坐在一个大麻包上，两眼红肿，头发蓬乱，半截身子趴着车窗向外看。他的对面是一个女子，半卧在一个麻包上，伸长两腿，扭着半截身子，也是趴着车窗向外看。他们漫无表情地在看，似乎车厢里任何声音和他们都没有关系。因为是冬天，车窗外面是黄一阵、褐一阵的大地。如果有一天我听不到了，我是不是和他们一样，也把一车厢里的人都丢在突如其来的寂静里，自己睁一双茫然的眼，在茫然地逡巡着。

突然我听到一声雌壮的声音：“你说我和谁在一起，你说我和谁在一起，我和一屋子的男人在一起！”抬眼望去，可不是一屋子男人嘛，尽管也有很多女人，但这样讲也是可以的。我差不多突发性地笑出声来。抬眼望去，这是一个面色红润、中等个头，身材结实的微胖女子。她被挤在人群中间，她把手机贴近耳朵，正在很有情绪地讲：“你说我干什么去了，你说我干什么去了……你说我能上哪，你说我能上哪……”感谢我的耳朵，它让我听到了最近一段时间以来，甚至有史以来最能让我笑话的一句话。如果没有这一句话，在以后再也生不出波澜的世界里，我靠什么来回暖生温，靠什么取悦自己。

我和这个“和一屋子的男人在一起”的女人一同下车，跟在她身后走了好一阵子，甚至有了某种心灵上的依恋。

六

我和父亲之间的关系，因这耳聋意外而更走近了一步。

从我有记忆开始，父亲就不停地揉自己的耳朵，一侧一侧地揉，光照在脸上，脸一侧一侧抖动、变形。

父亲年轻的时候面部受过伤。那是1975年的春天吧，全国广播事业大发展，各乡村普及广播、喇叭。在水泥预制场他和同事们一块“大炼”电线杆，一根一根水泥电线杆需要急切地从县城列队到麦田、到大队部。他搅拌水泥、挥汗如雨，钢筋在模板里越拉越直，他不知道他一生的厄运就此来临，钢筋不小心崩断了，正打在他面部的三叉神经，他当即血流如注。不知道怎样被送往医院的。我当时在院子里跳皮筋，跳得一头是汗不肯停下，不明白他出了怎样大的事，也不知道他被送往哪家医院，更不知道他后来都到过哪些地方治疗。只知道他后来回家了，变得不再是我们印象中的爸爸了，他变成了一个我们不敢相认的人。

再后来就是耳鸣，宿命似地一生跟着他。不知道去过多少家医院。想弄聋自己，想去死。他不能睡觉。这些话讲过多少年，我们都听习惯了，习以为常了，也就不是事了，大家都照常过日子，大家不再问他怎么过日子。

他以前爱给我打电话，说家里的事，喜欢直呼我的大名，仿佛这样更显得郑重。但他声音大得吓人，我在办公室给他回话，他在那边用大号声音回我，你说什么？你说什么？后来我跑到走廊给他回话，再后来我跑到卫生间给他回话。我给我母亲讲，以后家里有事，你给我打电话，我找不到地方给他回话。母亲牢牢地记住了我的这句话，以后不论是谁给家里打电话，母亲总是快步抢前，接电话成了她的专利，而他只能看一眼了。后来我给他们配了手机，两个人共用一部机子，手机一直掌握在母亲手中，他不再有对话权，他也就更不乐意摸那个东西一把了。我的一句抱怨的话，让他在这个世界站立的位置又向后退了一步，他从此不再给我打电话。

耳聋招人嫌。有一次我回家，正好在一楼街道边碰到他们，他俩正准备一块出去办事。母亲眼尖一下看到了我，先是和我打招呼。父亲却揣了钥匙，一个人向前奔了。母亲在后面喊他，我在后面喊他，想是那天风大，风把我们的声音又都吹回来了吧。要不，他怎么能不闻不问，一个人一直向前跑呢，父亲一向走路的速度并不快，那天不知怎么了，似乎是脚不沾地地行走。也许没有比目的地更为重要的事情了吧。世界一向把父亲丢在后面，这回是父亲把我们俩丢在后面。我希望能有什么事情止住父亲的脚步，但那天父亲一个人一直在向前走。

我以前回家，先给家里打个电话，要是母亲接，这个家立刻可以回。若是我顺路回去，这个家能不能进，还待考证。我在门外喊开门，我在门外重重拍门，我给屋里打电话，门不认识我，门不给我开。我打母亲手机，母亲说在外面这就回去。母亲到了家门口，拿钥匙开了门，父亲在屋里稳稳坐着。

我和母亲说话，然后再用大一号的声音翻译给他听，他常常站在外围，微微伸着头专注地听，似乎我们说的是天下头等大事。他有时也会插一两句嘴，但常常是因为插的时间、地点不准，常常把我们弄糊涂了，我们都不知道下句该说什么了。他也不明白我们为什么刚才说得热闹，现在又不说了。

我母亲就骂他，你这个聋子。有时我们觉得这样骂他也不亏，后来还是觉得有点愧疚。

现在我也和他一样了，伸着头、专注地听别人说话了。也许不多久也有人这样说我，你这个聋子。

我现在试图了解他，他活在怎样的一个世界里，他过着怎样的生活，他谦和的外表下，都掩藏了些什么。不如把自己弄聋了、不如死了算了，是在一种什么的状态下说出的，几十年来一夜一夜睁着眼，那是一个又一个什么样的夜晚。这一切我们所知甚少，甚至绝少想过。他留给我们的只是一个面露笑容的生活。

而我一直想背叛他，从少年时代起就这样想。远离他、背离他。做一个和他完全不一样的人。

对他而言，这个世界过于宏大，而他似乎还没有准备好，他不知道如何应付这个世界，去处理他身边有关的事情。对突如其来的事情总是手足无措。不爱说话，不知道如何和别人交往，害羞。怕参会发言，怕照相。别人找他的事，他竭尽全力，而他断然不肯找别人帮忙，那是求人，他有极强的自尊。实话实说，不圆滑。他抱怨自己，办不好事情，在儿女面前也抱怨自己。并且不奢望被家人原谅。他想突破自己的核，成为一个自由的人，能为儿女谋福利，能让妻子不操心的人，他想让她们过上好日子。但他做不到。想有一个强有力的父亲的心愿一直伴随着我的少年时期，直至我长大成人。

他有一个丰富的内心，一生热衷于编书、写书，毛笔字、钢笔字遒劲有力，这些字似在表露着他无法言说的愿望。在听力衰退了以后，他不再能倾听世界，他更热衷倾听文字，他找到了更适合他存在的世界。他有丰富的感情，但不表露，似乎说出来是一件不合时宜的事情。他的眼睛温纯善良，直到老年，眼神里亦有孩子似的天真。他就坐在我的对面，隔着三十年的光阴，我打量着他，他带着老花镜专注地看报纸，我们始终无法自如交谈。

我反省自己，想自己是一个什么样的人。我希望自己独立，精明而干练，能独当一面，让人心悦诚服，让人心生爱慕。而事实上，我亦垂着长长的胳膊，无力地看着这个世界。无言，无助。不愿意让陌生人走近，不加陌生人 QQ，不和他们说话。对待好的人和事，不肯攀附，亦不肯俯就。内心不安定，没有安全感，压抑。希望随遇而安。渴望朋友，但不愿主动示好。若有感情，必他（她）先给。孤独，在情感的世界里自给自足。眼睛温润，时常为些小事流下莫名感动的泪水。若有风暴，内心却能做到波澜不惊。我和世界没能妥善相处，和自己没能够妥善相处，我以为是他没有教给我怎么做。

我最终放弃了对他的抱怨，时光教我学会忘记。我和他重新融为一体，在这个世界里，没有什么能比对方给予我的抚慰更能管用。没有谁能够伴我们度过漫漫冬夜，伴我们度过一年又一年，除了他们。

我坐在椅子上，他教我揉耳廓、捏耳垂、敲耳鼓。他想把他一生对付耳朵的经验传授给我。他身上的某个疾病也必将在某个时候在我身上呈现，如足踝上的几个白癜斑。有一个年老的父亲睡在隔壁，他在前面引领着我，教我不慌不忙地应对疾病，教我不慌不忙地老去，这是一件幸福而又心安的事情。

有时候他站在阳台上，看着窗外，揉自己的耳廓。我站在客厅对着镜子也在揉自己的耳廓，并且长久审视这艺术品一般的东西。母亲看着我说，你和你爸越来越一模一样了。

这话要是专门针对父亲，母亲的话里肯定暗含一种贬义，这话说给我听，母亲的话里就有了一种我至今还没有品味出来的深意。

父亲，这么多年你不在我眼前，我一个人在外离你很久也很远，但我终究没有长成别人家的孩子，我终究和你一模一样了。

我们雷同的耳朵应该生活在天堂里。

现在，拥有一双锃亮的耳朵，走在马路上，我的成就感，我的幸福感是无法言喻的。

第二辑

底版

守门人

老李是个爷们。我再也没看到比他更敬业的门卫了。

我第一天到这个局上班，因为紧张、拘谨，又有点想表现，不知不觉抬头时发现办公室人全走光了。我穿过黑灯瞎火的走廊，从传达室经过，发现办公楼的大门紧紧地锁着了。整个办公室像陷入黑洞洞的深井，只有传达室的一只小灯泡陪着我。过了有一个小时，办公楼大门哗啦啦地开了，老李同志提了一包馍进来了。

他看到我一点也不诧异，随随便便地说，哟，还有人在这里啊?

他提了馍径直向走廊深处走，他的两间小屋子就在走廊的尽头。

他连道歉的表示都没有。

我在那里站了一会，不知道除了走，我还能干什么。

过了几天，我早晨上班刚坐下，忽然听到局长在办公室大发雷霆，“不像话，太不像话了！”听局长声音，是气得想把杯子摔掉。我们科长像兔子一样三跳两跳蹦向局长办公室。原来昨晚局长晚走了五分钟，结果他也坐在黑洞洞的深井里，只有传达室的一个小灯泡陪着他，那个小灯泡一陪就是一个小时。局长气得一夜没睡。我们科长找老李谈话，事情到了非谈不可的地步了。

老李同志慢悠悠地说，“我不能不买馍哟，我又不能不吃馍”。即便雷霆一般的事压下来，老李同志仍是这一副打不垮、压不烂的样子。老李同志不知道愁，是不会愁吧。

我们科长愤愤地说，那你得去找人，你得把在工作岗位上辛勤工作的同志统统都给我找出来。你不能只会看门！

我问科长，老李连局长也敢锁啊。

科长气呼呼地说，他哪个不敢锁。别说晚走五分钟，晚走一分钟都得锁。

单位里人哪个不被他锁过，有时一连锁几个呢。

原来老李是一视同仁的，并不因为我是新来的而单独拎出来锁。我了解了情况，心里好受多了。

后来，我果然发现，只要一到傍晚下班时间，所有人立马停住翻传票、翻账簿的手，账簿都来不及合上，拔腿就往门外走，有的女同志忘了拿包，她们转脸从走廊里折回来，拿了包，踩了西瓜皮一般地向外溜。

毫无疑问，老李买馍的时间到了。

大家干起活来，可能会忘记其他事情，忘记时间，但老李买馍这个事绝对不会忘。老李比闹钟还管用。几个男同志手机的闹铃就是“买汤圆卖汤圆，小二哥的汤圆是圆又圆……”在我们心里，那歌词分明是“买大馍卖大馍……”

有时候我们想，我们也应该感谢老李，我们傍晚少干了多少个五分钟、十分钟，这一年加起来我们为自己也拿回不少时间呢。我们单位晚上从来不加班，加班不仅要局长批，更主要是老李要批。我们局长一提老李，气都不知从哪出好，通常是一摆大手，一副“不要在我面前提起他，我一点都不想搭理他”的神情。不知道是不想搭理，还是不想招惹他。或者怕老李一加班就锁人或者锁他一整夜，局长不想和他夜里吵。总之局长不想和他有纠葛。有活回家干，有班回家加。老李总算为大家帮了些正忙。老李在我们单位的形象，就靠这一项替他拉分。一想到我们夜里不要加班，一想到其他单位对我们的妒忌，我们的心里就暖暖的。这是福利，绝对是福利。

有一次晚上我到办公室去，第二天我们一早要出差，我忘记拿介绍信了。我琢磨着老李应该躲在他的那两间小屋子里，晚饭时间也过了。我冒着北风走到单位大门口，我打手机给老李。老李同志不接，我就不停地打。后来我一边砸门一边咆哮。半个小时之后老李终于回话了，他说高中同学聚会，在外面吃饭，还得半个小时才能结束，你不能不让我吃饭哟。我吼着让他半个小时之内回来。半个小时之后，他回话了，他和同学到歌厅去了，同学们都在唱，同学们并不因为他是一个看门的就小瞧他，就放他走。你不能不让我唱歌哟。后来我一个人蹲在大门边。再后来我终于如愿以偿见到他了。

又有一次我本来想晚上去单位的，因为第二天早上体检，我的体检表没拿回家。鉴于第一次冰冷的教训，我打电话给老李说晚上就不麻烦你了，明早早一点开门，我去拿体检表。老李同志满口答应了。初夏的早上，我踏着满街朝晖来到单位门口，我给老李打电话，老李不接，后来我敲门、晃门、砸门，差一点用头撞门了，后来我一个人蹲在大门边。直到快八点，老李同志趿拉着拖鞋穿过长长的走廊来给我开门了。那个时候他正在吃馍吧。我狂奔到医院依次站在每个队伍的队尾。后来我查出血压高、血糖高、心跳快，我心里明白得很，那分明是被老李气的。

星期六、星期天老李从来不值班。我们局长给他 800 块钱一个月，所以这两天他得满市去找零活。这两天想到单位找老李开门,那简直是开牢门。金钥匙哗啦啦地掌握在老李的手中。单位原先多次想配几把钥匙，可是万一屋子里少了东西，那就不好说了，责任在谁是丝毫不能含糊的。所以老李始终是我们单位唯一的“掌门人”。万一有谁想冒这个大不韪，堂而皇之登堂入室的话，他也只会得到一句话，我在外面干活呢，回不去。我不能不生活哟。老李说的话句句在理。如果有谁一定想见到老李的话，那只有正中午堵在大门口，他中午不能不回家吃饭哟。

老李没有文化，老李除了“我不能不买馍哟”“我又不能不吃馍”“我不能不生活哟”这几句话外,其他什么话也不多说。沉默的老李，腰杆挺得逼直的老李，坚定不移地和我们单位同生死、共存亡。

让人称奇的是老李的房子。我们五楼只有我们单位和老李一家。老李的那两间房子，是私产。老李在我们单位的腹部底处生活着、居住着。老李的门前是二三十平方米左右的阳台，阳台上空挂着葡萄、葫芦、南瓜、丝瓜，我们观赏，老李收获。我们经常在瓜架下打电话、抽烟，老李把这个地点整得青枝绿叶的，这让大家很满意。阳台上还经常躺着一只狗、两只猫，狗猫经常打架打到我们办公室里去，但是大家谁也不计较它们，还挺习惯的，还挺喜欢的，大家办案子的继续办案子，审理案子的继续审理案子，问话的继续问话。它们是大家共同的宠物，走廊深处的生活既紧张又枯燥，审案子也需要看看狗、喂喂猫调剂一下生活。有人还专门给它们带包子、无花果。它们比老李受欢迎多了。阳台上除了放着狗盆猫碗外，靠着墙壁的还有木窗、木门、铁皮架子一类的东西，这是老李为夜间揽的私活。这阳台上常年还坐着另外一个人，老李的老婆，一个身材适中、白白嫩嫩、脸面像面瓜一样的女人，整日笑眯眯的，头发盘得干干净净的，看样子比老李要年轻十多岁。这女人从来不帮老李开门、锁门，很少下楼，也不去买馍，她经常坐在瓜棚下晒晒太阳，看看天，吃吃零食，打打毛线，头顶上三角裤、胸罩，以及花花绿绿的衣服则经常迎风舞动，这是她的杰作吧，其他再没见她做过什么。从不见两个人大声说话，更没见两个人吵过架。他们在花花绿绿的三角裤、胸罩下相当和谐地生活着。我们单位有两个男人离了婚的，看到老李还能娶到这样的老婆，经常长吁短叹地叹一阵子。老李把女人当笑面菩萨一样地供着，当然也引起走廊深处一些女人的妒忌，人比人气死人，瞧瞧人家是怎么托生的。当然要叫她们去找老李那样的男人，那比杀了她们还难受。

要从老李作为我们单位一员来说，他做的工作还真挑不错来。四点钟准时给各办公室送报纸，从不漏送、错送。隔几天会到各个办公室收报纸。只要谁喊一声，老李来收旧报纸，他立马应声，不要你动手，会花大力气地把那些东西搬走，有多少搬多少，顺便还把办公室收拾得条理分明，那一刻老李是可爱的。那一刻我们看到的是另外一个老李。当然这也是老李的一项收入。至于外来人来访，不该放进来的，老李像防苍蝇一样一个也不会放进来。那些收旧报纸、旧纸箱的，老李更像防贼一样防着他们，他们就是这个单位的贼。

后来我们单位搬家了，听说老李也想跟我们一块去。尽管老李也有诸多的好处，但是还是立马有人说，宁愿带老李家的狗去，也不带他去。要不把那个笑面菩萨带去也行。这回没有人替老李说话。带不带老李走,我们局长肯定也有诸多的难外，但局长这回还真表现出少有的骨气。

我们的旧办公楼一直没有卖，听说一直锁着，老李还做着那里的守门人。两个人被那么多没落的老房子包围着，他们是多么寂寞啊。我们常常想起那里面的忙碌和欢笑，想是老李一家也一样吧。

老保姆

因为工作调动，我终于要离开这座生活了六年的城市。

我一个人在昏暗的灯光下，慢慢地整理东西，整理这六年来积攒的点点滴滴，老保姆的形象油然就在眼前浮现。老保姆如果知道这个消息，一准会说，好了好了，这回你和你姐在一起了，我就放心了。我一想到你一个人，一天又一天孤零零地睡在黑暗里，我就睡不着。想到晚上下了班，没有一个人和你说话，屋子里没有一丝热乎气，我心里就难受。老保姆总是想把我托付给别人，早些年想托付给我的女儿，那孩了读书学习却越走越远了，去了美国，一年给她打不了几次电话。如今我要去的城市，我姐也在那里，虽然不住在一起，但老保姆认为热乎气还是能互相传递的。但老保姆转脸又会背着我们说，走了走了都走了，都去自己的家，过自己的日子吧。

我要离开这个城市了，离她更远了。几个月前，我们就在议论这事，每次，老保姆都说，你走了我就回去了，哪也不去了。她一次又一次地说，并用臃肿的手撩起围裙擦眼睛。现在，调动的愿望终于实现了，但对于她，她是希望这一天到来呢，还是不希望这一天到来呢？

每年都有几个月的时间，老保姆都拖着年老臃肿的身体从几十里外的县城来陪我，老保姆程式化的生活已深深地刻在我的心里。每天早上五点钟，就听到她窸窸窣窣走动的声音。七点钟准时端一碗蜂蜜水放在我的床头，嘱咐我说空腹喝蜂蜜水养胃。我迷糊着喝完水，耷拉着脑袋靠在床头，过一会，老保姆再进来汇报天气情况。有一次她说她梦到我外婆了，这让我吓一跳，我问我外婆说什么了，老保姆又含含糊糊地说，也没说什么，跟在我们后面走了一会，一下就变得和空气一样白了。老保姆经常把夜里睡不着，想了一夜的话讲给我听，这也是一天中我最闲的时候。我临出门时，老保姆递来伞、手套、围巾，然后，缩在门后看我往外跑去上班。中午我在单位吃完午饭回来睡。我进门先看了一眼老保姆在哪里，她坐在沙发上看电视，我就会一头扎进屋里关门休息。老保姆中午是不睡的，她会准时过来叫醒我。

老保姆也有放开闸门说话的时候。有一阵子失眠、焦虑纠缠上了我，老保姆和我躺在一张床上。她给我讲她年轻时的故事。她十八岁毕业第一次去胡集小学报到，七月份的雨下得没天没地，老保姆和她的母亲一人背着一个包裹，手里提着一根苇杆子出门。出了村，水就是路，路就是水。苇杆子探一步，她们俩就向前挪一步，整个湖里只有她们两个人，就这样胡天胡地地走，也不知道胡集在哪里。走了整整一天，蹲在水中的胡集小学真让她们找到了。上班第一天就遇到这种事，这件事在老保姆心中扎牢了根。老保姆说她带孩子上体育课，二十多个学生在操场上跑，跑着跑着教室就哗啦一声垮掉了。灰一下子就升上了天，真险啊。

还有一次老保姆和同事一同回家，走着走着，走到半路，两个人一起在小卖店买了一块饼吃，老保姆站在树荫下，同事靠在一堵墙边，饼还没咬一口，墙哗啦一声就垮掉了。结果回家的只有老保姆一个人。老保姆总是遇到这些巧合的事情，听起来像传奇。老保姆每次都讲得像刚发生的一样。老保姆的话有药用功能，我听了一会就开始打哈欠。我说，困了，睡吧。老保姆会立马住嘴。

有一次，她提着我的两双高筒靴出门去，她说你的鞋跟磨歪了，得提去修。天黑了，她又提着两双原样的靴子回来。我惊问怎么没修，她说，那修鞋的只用胶水，不用钉子。我说现在就是用胶水啊。老保姆愣了一愣说，我还以为人家骗我哩。第二天她又提着那两双高筒靴出去了，晚上回来，我看到每个鞋跟上都有两枚银亮亮的钉子，老保姆还是觉得钉钉子更结实，她说钉钉子的老太婆坐在楼阴影里，还问这是儿媳妇的鞋，还是女儿的鞋，她自己怎么不来。听语气，老太婆不光是想把鞋子修好，还想修好老保姆与这双鞋子主人的关系。

我穿旧的衣服、鞋，总是喜欢往外扔，老保姆知道了便要唠叨半天，在我们老家有个习俗，旧衣、旧鞋不允许丢在马路边，更不能丢在野外，这被认为是不吉利，但我总是不信这些。有一次，老保姆在小区里意外地发现有收旧衣服的便民箱，我下班回来，她欢呼着给我说，这解决了她的心头大患。

常年艰苦的生活，让老保姆学会了精打细算地过日子。我经常发现她坐在冰箱跟前，弯着腰把鸡蛋一个一个拿出来，又一个一个地放进去。我问是不是要买鸡蛋了，她说不是，我只是告诉你冰箱里还有多少个蛋，吃掉了多少个蛋。有时她把剩下的米一碗一碗地量，我想她是在确定买米的时间了吧。

老保姆满嘴只剩下几颗门牙了，她用上下的门牙嗑着豆子、花生米，豆子经常在嘴里滚来滚去找不着，在外人看来吃相不好，但我看着却十分心酸。年轻的时候她总说孩子多、要洗的衣服多、学生多，这些事把老保姆的棱角全磨平了，把牙也全磨掉了，那时，她经常牙痛，肿着脸去上班。这次老保姆来，我找女同学给她镶牙。女同学不负重托，给她镶了一口能活动的牙，老保姆很开心。我把各种零食放在餐桌的下面，餐桌是玻璃桌面，以前她指着东西让我吃，现在她有牙了，我指着这些东西让她吃，我希望她能甜甜蜜蜜地享用一回。可是她还是不吃。老保姆除了吃饭，就是喝清水。就这还血压高、血脂高，唉，真是喝稀饭的命。不久，我妹给我寄来一套化妆品，说是老保姆要的。我感到奇怪，难道老保姆要用化妆品了？老保姆说，这化妆品是送给我女同学的，是为了感谢人家，老保姆怕自己买不好，认为我妹是大城市的人买了放心。

老保姆对自己真小气，买鞋不要，买衣服不要，买好吃的不要，还净喜欢逛地摊。有一次我为自己买了一件皮大衣，我问她可太贵，其实是我心疼。老保姆立马说不贵，买得不亏。我让她拿在手里试一试，她说，唉，人老了，连一件衣服都提不起来了，有模有样的时候真该美气啊。老保姆想把对生活的真谛统统传达给我，说不要总想着等到老了、等到有了再怎么样，其实到那时什么都不能怎么样了。

带老保姆出趟门是件不容易的事，上公交车拖着腿向上提，下公交车我在下面接着她，我总担心她还没下来，公交车就会开跑。有一次在百货大楼买东西，她坐在一边的椅子上等我。店员带着我去拿赠品，我跟着店员疾步走，绕过了几节柜台，我看见老保姆用蹒跚的碎步向前冲，表情零乱，不堪一击，也不忍目睹。我忙喊住她，原来，老保姆以为我被人骗了，被迷魂药迷住了，要不怎么会一声不吭地就跟别人走？在老保姆的眼里，我永远是个长不大的孩子。

有天晚上我下班回来，老保姆激动地拉着我，要给我展示一件新科技。在昏暗的灯光下，她小心翼翼地打开一个纸包，摸出一包针。她说你看，我看了一会说，是针。她说，你拿根线试试，线往针上一划，线就能落到针鼻子里去了。我不信，她就拿了一根线在针上划给我看，划了一下，线落了空，又划了一下，线还是没进到针鼻子里去。她挺纳闷，这才恍然大悟被骗了。显然，老保姆买了一个沉重的教训。

因为工作的关系，我已搬了几次家，前几次搬家是在本市，这次搬家，是要搬到另一个城市去。前不久，老保姆也回到县城自己的家去了。此刻我孤单地在收拾一屋子的凌乱，我的心也是一样的零乱，我多么想老保姆就在我的身边。

说她是老保姆，其实她是我的母亲，但我觉得用老保姆称呼她最合适，保姆是照料主人和从事家务劳动的妇女，她在我的面前，就是如此大爱。诗经里有"凯风自南，吹彼棘薪。母氏圣善，我无令人"。意思是说，"和风吹自南方，吹拂枣树长成柴。母亲贤惠又慈祥，我辈有愧不成材。”面对母亲我何尝不是如此羞愧。这纷乱的心绪我能捆扎好吗？此刻却只有一句话冒出来，老保姆放心吧，我已经长大。

老来伴

父母来我这里小住，五月的一个星期天，我们坐公交车去涂山郊游。公交车开了很远，把我们丢在公路边，一辆出租车又载我们到涂山脚下，然后我们就凭各自脚力慢慢登山了。

到半山腰的第一个观景台，母亲已浑身是汗了。极目远眺，视力范围全是黄澄澄的麦田，比起先前的万亩油菜花一点也不逊色。这里是荆涂山风景区，荆山就在对面，两山相对，满眼滴翠。涡河、淮河在这里相交，一架大桥贴着水面把两岸连起。我们用目光逡巡，心想山下就是禹会村吧，让考古专家一来再来、让整个考古界振奋不已的“禹墟”应该就在那里的某个地方。

我们准备继续上山，山上有禹王宫、禹王殿，最早的庙出现在唐代之前。母亲却捶着膝盖表示那里疼，走不动了，她要在这里等我们回。她已满头白发，不再有年轻时的好奇心、好胜心了。我和父亲表示失望，只得继续相携向上。走四五十个台阶，我们就坐下来，父亲把衣扣解开，热气从后颈处向上冒。他的头发依然斑白，人还那样清瘦。我对他说，不急不急，看山就得坐着看，古人就是这样的。最终我们登上峰顶。他昂首站在禹王宫的匾额下，我给他拍照留念。又邀一女孩为我俩合影，她蹲下身子举着镜头，结果我俩都被拍得气冲云霄，很是威风。禹王宫现在前后五进院落，院内两棵古银杏树，盘旋如龙，树内又生出楮树。我们走走停停，山上雾气缭绕，青气迷漫，我想多陪他转一会儿，多坐坐，他说，回吧，你妈还在山下等着呢。他曾对我说，他这一辈子窝囊，活得不尽如人意。一方面他的个性决定了他在社会上的落寞，另一方面在家里，我母亲也没少啰唆过他。可是现在他才离开她一个多小时，却就又惦记着要回到她的身边。此生他是离不开她的。

下山的路走得要快一些。迎面遇到的人有的会主动给我们打招呼，“老爷子，下来啦”，父亲则用力地举着胳膊，响亮地回答：“我今年 81 岁了，还能登上山。”一个小姑娘拉着男友拖拖拉拉朝山上走，小姑娘说：“看看老人家，那么大年龄都能上去，看你个倭瓜样。”他说中间有几次他也差点放弃了，喘得厉害。但是这一趟不能白来，他终于赢得了这座山。

登涂山回来，趁着兴致高，过几天我们又去看“湖上升明月”，但这次父母却发生了不愉快。

“湖上升明月”是一位开发商在城外开发的一个景点，声名在外。出租车弯弯转转还是将我们带到了。正是春花烂漫时节，湖边的花红一阵白一阵，豪华一阵，简朴一阵。和花不同的是那一大片古建筑群，灰蒙蒙的，端庄肃穆。这些建筑有的是仿古新建，有的则是不知从哪搬迁过来的，用腐得快要身首异处的木头、门框，再重新搭建。有的楼门前可唱大戏，有的则是小巷寂寂、庭院深深。全都还没摆上东西，游人们从这门进，从那门出，上这楼，下那楼，都在思忖这些楼将来会派上什么用场，装什么东西。

那一天一开始就有点不对劲。下了出租车，我们沿着宽阔的马路走，路两边全是盛开的花，母亲突然弯腰摘了一朵，看得出她的心情很好，起伏的花朵奏响了她心底的某根琴弦吧。这个时候，有些事突然发生了。沉默寡言的父亲突然绷紧了面孔对母亲说，不要掐花，留给路上人看多好，什么素质，不像话……母亲的脸瞬间暴红，那朵花随后便被狠狠地摔在地上。她也不再看我们，就径直趔趄着向前走。母亲从来没有掐花的习惯。她倒是优美环境的积极维护者、守护者。我的父亲从来不会营造良好的氛围，倒是挺能破坏良好的氛围的。

我的心里打起鼓来，想起前一段时间我以为他俩在我这儿过得平平和和的，谁知三妹从宁波赶来了，我才知道他俩早已吵得不可开交了。原来父亲在家写家谱，母亲不同意，两人发生了争执。父亲写家谱，母亲就撕，父亲就再写。我下班时，两个人立马配合演戏，这个盛饭，那个端碗。这个刷锅，那个扫地。早上我上班，这个给我递围巾，那个给我递雨伞。我这边一关门，那边立马开吵。他们的表演在儿女面前曝光后，我问起这事，母亲则直接说，她跟他不搭嘎（界），不来事。他们都当对方不存在。

父母吵得最厉害的一次是年前。父母去办护照，妹妹准备带他们出趟远门。父亲的手指一触指纹机，冒出来的是山泉一般的“谢谢”。母亲手指一按再按，冒出来的是一连串的“请再输入一次”。工作人员说，老太太回家这两天不要洗碗干活了，用热毛巾把手捂一捂，过几天再来。父亲立马接话，她的血管先天就细……一出门母亲就怒眼相对：“我的手难道不是刷锅刷的、洗碗洗的、搓衣搓的、伺候你伺候的……你干这些活试试，看看能不能录下指纹。”我们赶紧打岔，说爸说的是血管先天细，又没说你指纹先天细。母亲立马嗤笑地说，那你们问一问，看看他的下一句话是什么。我们哆嗦着，谁也不敢问爸的下一句话究竟是什么。

事情远不止这一件。父亲在衣柜找衣服，他经常把柜子翻个遍也找不到自己要穿的衣服。他应该是在自言自语吧，衣服一脱下来，就被你妈洗掉了，洗了就再也找不到了……他只要一说这些话，一准就能被母亲听到。母亲就是立在他旁边的一个窃听器。母亲自是不会放过这个难得的机会："我给你洗衣服还洗出事情来了，我给你做保姆还做出事情来了，以后我再也不会给你洗了。”后来父亲的衣服还是干干净净的，但这句话母亲足足讲了半年多："你爸的话多伤人哪。”

年前我拉父亲去买衣服。父亲脸色微愠，用力甩开我的胳膊说，又去买衣服，衣服多得找不着，不买。母亲立马说，不要给他买，以后他冻死、钱多得扔水里也不要给他买。新衣服还是买了，母亲还给他提着，她跟在他后面说，你看你的那个脸子摔的，多像寒冬腊月，能冻死人哪。

父亲去医院做腰部康复，母亲陪他去，她也想做一个疗程，在一旁干坐也是闲着。医生看出母亲的意思，说阿姨也一同保养吧？父亲立马说，她身体好，她不是来做的……母亲在数落父亲的生涯中，又多出了这一抹泪的篇章。这一生她的内心坑坑洼洼、伤痕累累，而他也是委屈满腹、愁肠百结。他们就这样过了大半辈子 。

每隔一段时间，我们回老家，母亲就条理分明地一件一件给我们说事情，说的都是他的不是，真不知道她是怎么当他不存在的。有一次我对母亲说，你能不能不要一见面就说他这说他那，你让我们能怎么办，我们还能拿巴掌打他两下？她一下子嘴巴停在半空，僵持了几秒钟说，我不是这个意思，我也只是说说。我说你说了一辈子，我们都知道你想要说什么，还要说什么。后来我想我说这话也是不对的。我把她的话给堵了，把她的心也给堵了。

去“湖上升明月”看古建筑群的那一天，因为有了“掐花事件”，一路上我一直担心，担心“掐花事件”扩大化。一朵小花会不会演绎成漫天落红、一地残花。也许是因为园中水好、水边花好或是明清古建筑群遮挡了彼此的视线，他俩没有隔花、隔屋“对掐”。实际情况是，他们又都当对方不存在了。

中午回家又发生了一件事情，我们迷路了。正是太阳当头照的时候，我们出园。我们边走边寻出租车。结果就走进了一个住宅区，楼群把我们团团围住，说是步入迷魂阵、沙场也不为过。我快步向南跑看看有没有出路，又折过头向西跑，父亲则搀着母亲在后面慢慢地走。她说怪了，怎么一个人也没有。他接着说真怪了，她说要走也不能走得这么绝啊，他说走绝了房子留给谁住？他扶她坐下来，一会又把她扶起来。问她渴不渴，又说等打到车了，就去吃饭。我隔空向妹妹们喊话，告诉他们迷路了，他们隔着几百公里路替我们找车子。太阳把我们的脑袋晒得越来越耷拉的时候，出租车终于来了。他扶她起来，给她递纸巾，为她开车门。

他俩跟着我真是受大罪了。回到家我们都睡了一个下午。

睡在床上，隔壁一片宁静，我回忆着下午的经过，觉得老两口虽然争吵了一辈子，但老来伴还是没问题的，他们的爱不在甜言蜜语中，有些爱注定就活在磕绊中。

回家的女儿

我仔细思索了一下我昨晚说的话，可有词不达意、欲盖弥彰的地方。

临近中午我躺在床上接她从外地打来的电话，她说，妈，你好点了没？我一会儿就到你那里。本来我像是缺水，蔫了很久，这回听了她的话，像是叶子马上立起来的苔菜，活回来了，嘴里却说，别回来呀，你千万别回来。心里却转动心思，赶紧到火车站去接她。

我想起我妈妈，除非她病到不能下床，否则她一定会和爸爸一起摇摇晃晃挣扎着到医院，再除非是医院盛情挽留，否则她还是不会给我们打电话的。病痛不计前嫌，他们是自己的防护带，他们有自己的底线。我则悻悻地替自己开脱，我妈妈有五个儿女，一个事情可以翻来覆去说五次，而我就这么一个女儿。

我还清楚知道她爱吃的饭菜，只是她离开我这么多年，三年高中三年大学，我拉着她手的时光简直就像雨后的彩虹一样稀少，现在城市都看不到彩虹了，我的胳膊经常挽着的是空荡荡的风。我不知她口味变了没有，再看看我瓢盆遍地、缺油少盐，自从她走了以后我疏于管理厨房，我实在不能保证我能做出一顿像样的饭菜来款待她。

在火车站她见到我一下子扑了过来，一连声问，妈妈怎么样了，我担心死了。

我领她到餐厅，她说，妈妈这么破费啊，我饿死了，早上没吃饭。服务员给我们每人倒了一杯水，她一边喝水一边说话，我一早晨起来慌乱收拾东西，我室友问我干什么，我说回家看妈妈，妈妈心口闷喘不过气。我的室友们都说，那得赶快回家看妈妈，星期一的课我们帮你请假。谁说现在的独生子女自私、冷漠，那是我们总爱用全面的、发展的眼光审视她们，我们太希望她们完美，有一点缺点我们总是惊慌失措地把它们放大，好多东西都是交流出来的。家长们都爱犯自以为是的毛病。其实她们不是这样。我昨夜的手机一直都没有关，我担心听不到妈妈的声音。她边吃边说。

吃完饭，在我叫服务员过来之前，她把鸡头夹到一个空盘子里，说，鸡头里有重金属，妈妈不要吃，她把鸡脖子也夹出来，说鸡脖子里腺体有毒素，妈妈也不要吃，她把鸡翅、鸡爪子也挑出来，说，妈妈牙不好，也不要多吃，剩下的东西放在冰箱里超过三天你就倒掉，妈妈不要太节省。

中午到家，天热冲澡，她说我给你擦背。她拿着搓澡巾，擦得很慢、很轻，专注地像在看一件东西，现在的大学生气力是差了点。我想起我给妈妈擦背，像搓澡工一般用力，我就这么搓啊搓的，搓了几十年，妈妈的腰变粗变下垂了，妈妈的身架变宽了，妈妈的个头塌陷下来了，那一小堆肉不知道什么时候固执地拱在妈妈的后背上，像是我搓上去的，妈妈被我搓老了。如今我和妈妈一块去洗澡，我站在水龙头下，她坐在水龙头下，矮矮的松松的一堆。我给她搓背，总是擎住劲，我怕把她搓垮。如今这个女孩像擦镜子似地擦着我的后背，她专注地盯着镜子看，她在想什么，她以后会想起什么？

洗完澡她先到房间里去了，是她外公外婆常来住的房间，一张大床，席子早被我擦得光亮。收拾完东西我站在客厅里，我该回房间午睡,却想睡到她那张大床上去。我轻轻推门进去，门没有发出一点声音，一米八的床头并排放着双肩包、化妆品袋、抽纸、手提电脑、一摞书，她趴在一个大开的资料上，像考卷，这双肩包真盛货。她的小腿折在半空，足踝在我面前晃动。我悄悄地想走回去，她却回头说，妈你想干什么？我说我看你睡了没有。我轻轻把门带上，门还是没发出一点声音。

傍晚我回来得早，她说妈你要买件衣服，我们去逛百货大楼。百货大楼的生意正好，灯火通明着，在光洁的地板上，她在我的左边或右边，我们眼睛望着别处，她长长的胳膊不停地荡在我的胳膊上，她的手指终于柔柔地勾住我的手指。刚才在街上走,我们的胳膊像一个架上的两条长瓜,经常晃荡在一块,毛茸茸的,像要触电,我总想起小黄鸡或是她毛茸茸的小脑袋。但是我们家族上辈人的触觉就有点愚钝，感情含蓄。我从未揽过我妈妈在街上走,也没有搀扶过她,即便现在,除非过马路,除非上公交车，除非一定要搭上一只手或一双手，过了那个险要关口，那只手就立马缩回去，我总是让妈妈自己走。明知道搭上一只手感觉肯定不一样。但是我们从来不能明目张胆地示爱。我们都太含蓄。如今这个女孩的手轻轻搭在我的手上，像一只小宠物的爪子轻轻搭在我的手上，有一种羞于见人的慌乱。我不知道是怎么反手抓住她的，我与她又一同走在光洁的地板上。

她放开我的手，说妈妈你要试衣服。她总是叫我试，我得做出样子给她看。我对好的食物没有占有欲望了，对好的衣服也同样是，衣服是衣服，人是人，人心不鲜活了，什么衣服也扮不出靓。在试衣间，我轻轻撩开裙角一边，我在看我的小腿，有一块像血管扩张又像要静脉曲张，它们已发出暗示，想要征服我了。

她心目当中的妈妈，知性，穿着职业装，脑门光亮，发髻高挽，涂着口红，信心满满走向大楼。下班和三俩闺蜜在小酒馆或咖啡屋说着知心话，轻轻地摇晃着高脚杯。妈妈稍稍胖一点，富态，皮肤白，珠光宝气，妈妈整晚微微在笑。她让爸爸能带出去，能让她在室友面前有面子。那是韩剧里的妈妈。

到底一件衣服也没买。因为我实在没有大的场合要去，也没有让我焕然一新的人物要见，似乎也不是买衣服的时机。现实中的妈妈常闭着嘴，不说一句话，即便现在也是。

晚上回来冲完澡，照例她先回房间。我收拾完东西，站在空荡荡的客厅。夜的深处没有一点回声。我轻轻地推门进去，双肩包依然朝我开着，它还在兜售它的东西，东西这么真实醒目，她的小腿折起，足踝在我的面前晃动。我想走出去，她说，妈，你早点睡，我要考试，再看会儿书。我走回自己的房间，一页一页翻书，书页在我的手指上轻轻划动，直到她先睡。

第二天下午我早回，送她到高铁站。一白天总想着要回来看她，终又克制住。在候车厅，我们在铁质椅子上并排坐下。

空气中流动着一种躁动不安。她的头轻轻搁在我的肩上，我的头也靠过去。我们用这种方式来抵御不安。火车一阵一阵无声地从大玻璃透视墙飞过，她的头轻轻摩挲我的脖子，轻轻地拱着，试图想要寻找什么。终于列车员说“XXX 次列车马上就要检票”，人群呼拉一下多了许多，好多人和包快速拥向闸机口。我们俩在同一个时间站起来，她一把抱住我，我则轻轻拍她的后背，她的后背消瘦柔软，我轻轻地拍打着她的后背，连同贴在她后背的长发，直到人群所剩不多。她背着硕大的双肩包，走到闸机口，票塞进去，吐出来，她走进闸机口，转身向我挥手，朝前走了几步又回头看我，第三次回头的时候，没有找到我，她略带失望地逡巡一阵，和她的双肩包一同消失了，她要回到自己的世界中去。

闸机口开，闸机口关，闸机口不再动了。闸机口不知道什么叫铁石心肠，闸机口不会受伤。

妈妈是个美人，岁月请你不要伤害她。下面还画一个娃娃的脸。这是母亲节她发给我的微信消息。

现在你已消失在闸机口的另一端，我怎么能相信岁月。

祖父的麦田

一

在我十八岁之前，我最大的梦想就是走出麦田，走出这个泥泞的大平原，走出这里的劳累、贫穷、苍白、寒冷。寒冷是我幼小身体里最深刻的记忆。那个大平原的冬天，土地是冻裂着的，不是冬天土地也是裂着的。

我从不认为平原有什么好。山上有数不尽的野果可充饥，山好看。

我们的淮河平原，记忆中总是有一年一年种不完、收不完，把父辈脊梁压弯的麦子。麦子过后，就是插禾苗、种豆子，豆子落仓了，农人又套上那条老得不能再老的老黄牛，又急匆匆地向田野赶去，开始下一轮的麦种。那时候我们不懂得看风景。我们那里如果有风景的话，就是老屋门前的泥路上，在昏暗的光线中，一个又一个人牵着牛慢吞吞地走过，多年后牵牛的老头不见了，路上又多出了一个牵牛的娃。那个时候我就想土地真是个催命的家伙，一年一年牵着人走，一年一年又把人拖垮。

那时候我爱做梦，梦中爱跑，跑着跑着，听不见人撵了，听不见狗吠了，我回头影子也不映在麦地上了，它对我失望了。

这些让人操心的麦子。

多少年后，麦地一次一次送我出去。又多少年后，麦地不送我了。

麦地中间的小路因为少了一个人踩，又多长出一脚印一脚印的麦子，这些新麦可不会记着我，麦子终于把我忘了。我在城里把自己打扮得像没种过麦子似的。

多少年后单位组织一次旅游，我们照例兴高采烈的。城市人说城市有什么好看的，我们也说城市有什么好看的，除了看楼就是看人。我们要出去，去看山，看山是我儿时的梦啊。自从我看过山，山再也没有离开过我，山在我梦中都长成蓬莱状。

在一个山村，我们欣赏了千年古树、百年祠堂，还有一些永远在做回忆状的石桥，它们就这么回忆着，村里人就真成了它的梦，一些人在梦里不再醒来，一些人还在走动，梦似乎没醒。我们不知道自己是第多少批来寻梦的人。巷子一律弯弯曲曲的，弯曲得大风变成中风，中风变成细风，风吹过这个小村就没有了风。这里的门窗是那样考究，窗皮早已翘起、颜色剥掉，但我依然能想到几百年前一个又一个木雕师像啄木鸟似地一家一家地敲，一个又一个砖雕师在门楣上把块砖头当着金元宝似地描，他们比着敲、比着描，房子也是比着建。房子里一律有天井，水从四方天上来，又从墙角细细地流走了。还有美人靠，还有小船，只是房子一律都瘦小，美人靠、小船小得不能再小了。

我的一个同事悄悄把嘴凑过来，他说幸好我们没有出生在这个地方，要不然这会子我们也在院子里包着头巾，劈木柴、砸核桃、揉山茶呢，晚上窝在家里看月亮、闻霉味。

我一惊，正好有一个水珠从天井瓦片上滚落下来，砸到石板上，我知道童年的梦又一次轰然破碎并且摔出万道泥浆。就像不远处的水落下去了，我看到带泥的石阶、撑着房子的烂木柱子。

原来在我盯着星星，一心想做一只大尾巴狼进山的时候，无数只的大尾巴狼却在盯着星星，做着一次又一次出山的梦。

原来我吃着白面馒头长大，他们吃着野果野菜冲饥。

原来我在大路上奔跑，为这条路跑不到头、看不到边而悻悻的时候，他们的父辈却前仆后继在悬崖上凿路。

原来我在邻村看完电影，把松鸡撵得到处飞的时候，他们打着松火，人和小羊却从悬崖上掉下。

原来我和麦苗喝着大河的水,他们却用竹管小心接着山泉。

原来我们圈起二亩地盖房子,他们的房子建在一块崖石上。

我们的太阳是二亩地二亩地地照，他们的太阳是丝丝缕缕地漏。木格的窗里，太阳的光线细细柔柔，能握起一小把。

我们的庄稼要用大车拉，他们的庄稼夹在腋下。

在街上我摸着粗糙的土布，挑着宽大的老银手镯，端着他们的粗瓷大碗，我相信他们不是为取悦我们故意摆出这些东西，就像他们家里简陋的用具也不是故意摆在那里让我们看，他们的眼神还是多年前的眼神。大城市的人兴致勃勃地东看一眼西看一眼，东摸一把西摸一把，他们在捕捉新鲜，他们以为捕捉到生活的滋味，我却从这里体会到时光的狭隘，体会到那里的一丝咸。

我们往回走，又走回麦田，这块麦田是从我们家门口延续过来的。

麦田依然是憨憨厚厚的，再过两天收割机就要像一阵风刮过来了，再过两天土地就要像柔风一样躺着了，并且编着城里女人的松软发辫。

麦田，这是我祖父的麦田。有着硕大院子的村庄是我祖父的村庄。

我的眼睛像抚摸一本稻草人手记似地摩挲着它们。

我终于走回自家风景。

原来对一块土地的认识，是需要再用十八年的啊！

二

从我居住的这个城市，到另一个城市，65公里，如果不进两端市区，司机总是很有把握地把时间控制在一个小时之内。有那么几年，我不厌其烦地在这个绿色托起的桥廊上诗意地奔波，看风景，去见我想见的人。

这是平原腹地当中两个和我最有亲密关系的地方，地图上是两个墨点，我穿过的可是原物，大面积的冬麦、树林，还有长河、落日、村庄、小火车站，我猜我的汽车也很乐意用轮子丈量这块土地，轮子没有一丝辘辘的声音，轻捷、快速、微醉，车子的保养不应该总是在油污的厂房，这个样子出来遛遛对零部件也总是有好处的。

在高架桥上，人和车都有了视野，终于用到视野这个词了，极目远眺是好几公里的绿，这个绿不是无限的，到足够大的时候，就有一片树像蜡烛似地将它们环绕起来，整个田野就是一块一块绿意葱茏的蛋糕。现在这个蛋糕才刚刚做完，太阳的火炉才刚刚点燃，要让满地的蛋糕都热烘烘、甜腻腻的，还得要点时间。我不得不说，上帝也是有私心的，上帝在这里摆蛋糕铺子，上帝却让大面积的高山、高原不要说没有蛋糕，有时连一棵青草也不给。我们的土地很得意，常在地头前立着“基本农田示范基地”“良种培育基地”的牌子，我疑心前面冒着炊烟的屋子就是上帝的小屋，他的隐居地，他的后花园。

我没有去过草原，但是我敢肯定牧人们肯定羡慕我们的草原,麦苗也是草,一种母性的、充满灵性的草。可是我们的草原，不能像内蒙古草原，可打马、可斗牛、可摔跤，麦子在我们膝下，是麦子就不能踩，麦子被我们顶礼膜拜。常常我的眼前就是高远的天空、绿色的波浪，中间是一块厚实的、透明的空气，里面藏着一种叫作“忘我”的东西。我的目光像一只黑色的鸟在这里逡巡，忽而高飞，忽而又像石头样落下，不惊起麦浪，也不惊起时光。

可是“忘我”是几年前的事情,还是这条路,我还在上面跑，思绪的小鸟却常常被撞得惊慌失措地飞回来，钻在我温暖的体内，还是发抖。我不再放飞我的鸟，我低头看自己的脚尖。可是思想是多么不安分的东西，狭小的头颅不是它高远的天空，黑铁皮的空间也不是它的家，它的天性就是自由。等我说服自己又把它们放飞出去时，等到它们又忘乎所以时，仿佛有一声惊叫，或者是一声指责，惊得它们像一地的鹧鸪，支零破碎，四处分离……

在内蒙古草原，它们被称为帐篷。一顶又一顶，高大的、低矮的交错在一起，男人们在它的目光里放牧，女人们在门前挤奶，他们在这里休养生息，繁衍生命。

如果是雨后的树林，它们是成片的蘑菇。它们代表土地的意思、代表雨水的意思，它们歌唱这个世界，为呆板增添好奇，为平淡增加色彩。

在天空，它们是一堆一堆的云，白色是织女，黑色是天神。

在大海，它们是航空母舰。在别人的领域它代表一种不安，在自家港湾那是一种风景。

它们是一种实实在在的存在。

它们是一堆堆土堆。65 公里的路途上，去时我的左眼看到不下千座，回时右眼看到的还是不下千座。它们久久地停在道路两边，它们并没有飞走的意思，它们的体积还在膨大，它们的队伍还在扩展，它们是落在我们麦地的神鸟。

我调整我的眼光，努力让眼光不要碰到它们，眼光是可以跳跃的，思维是可以飞翔的。

不要看，也不要想。可是越是这样，思想却越是混乱、停顿。乱蓬蓬的荆蒿、蛇蚁的温床、狐狸的冢眠……

绿色的、黄色的蛋糕上，不是果酱、不是布丁、不是沙拉，是上帝推下的杂物，一堆又一堆。也许土堆是上帝派来照看麦子、陪伴麦子的。他们活着的时候一步不曾离开过麦地，死后化成土堆守候麦子又有什么不对？生是这里一茬一茬的麦子，结的穗个大饱满，老了躺下了，耕不动了，给他留着的那块巴掌大的土地也不争气了，结了一捧的稗子。稗子也是土地的儿子，稗子也是田间戴着草帽、开着拖拉机的小伙子的老子，儿子擦汗时他们陪儿子唠唠嗑，夜里给儿子看看田，农家的日子不就是这样一天一天有滋有味地过来的吗？

春天的雨水让所有的麦子向上窜了窜，田间的土堆昨夜还是一派被牛羊蹄子踏过的迹象，今早忽然全都膨胀起来，一个一个像金字塔般耸立，儿子们给先人培土了哩。新泥一块一块是锹的形状，嫩草一簇一簇头朝下，断根断须丝丝朝天，泥块一块压着一块向上走，到顶部一块浑圆土块压在正中。土堆棱角分明，雨一场一场地来了，土堆逐渐圆润，新草重又披在上面。麦子平平坦坦地绿着，先民们的岛屿一个又一个连成一片。

夏天那岛屿比平日又扩大了一倍。上面百草总也不好好长，这棵草霸占着那棵草的地盘，那棵草只得又强悍地盘居到别处去，乱蓬蓬的纠结成一团。荆条忽高忽低，不全是向着高处长，总有那么几根，很邪恶地斜向四周，打家劫舍的工具刀叉般插在一起。最糟糕的是树，那是世界上最不幸的树了，土堆上的树枝断叶残，全像是被雷电击过，只留下半壁江山，但细看全是陈旧刀斧、火烧痕迹。每年都有新老树枝被毫不留情地砍掉。这棵树自从被唢呐声送到这里，病态就注定是它的命运，谁希望麦田中间长着一棵真正的树呢，麦地的主人不愿意，土堆的儿孙也没这样想（麦地的主人、土堆的儿孙常常不是一回事），它们只是一种标志：树下住着一位先民，请不要打搅他们的安宁。

秋天，玉米秸被成排放倒，它们像躺在炕上一样整齐地躺在大地上，每隔三五步玉米棒攒成一窝，那是金蛋蛋、那是香饽饽。高大的土堆似乎缩了水，在秋天萎缩成一团枯草。秋天的傍晚，我曾疑心那是一个个草垛，土地被深翻了以后，我疑心那是一堆堆粪土。在空旷的田野上它们是那么孤寂、失落。

有一年冬天傍晚，我又从高架上向两边看，麦子还没出土，一地黑黢黢的，我忘掉了土堆的事，我看到无数隆起的斑点，我想那是一地的牦牛吧，因为不久前我才从高原回来，不，这个时候牦牛也该回家了。我又想起一树的乌鸦，是的这是一群冰冷的大鸟落在土地中间。等到灯光乍亮，车灯扫过麦田时，我才猛然醒悟过来。

麦田，那是我祖父的麦田。黑鸟是祖先无可奈何松弛下来的翅膀，黑鸟是不论飞多远，还是要飞回土地上来的信念。我的祖父、祖父的祖父就是其中的一只。

三

坐在长条椅上等人，忽然听到别人说坟墓的事，两个男人坐在椅子的另一端。天是青青的天，我的脚边每隔十步就摆着一盆鲜花，两个男人在说死人的事。我听到其中一个男人的烦恼。

他说，他们家的那块祖坟，最近几年，越来越成问题了。

坟墓已经卧在别人的田地里，上次父亲去世，他和人家协商了很久，人家才勉强同意入土为安，可是还有他母亲啊。

祖坟我们是年年培土，地的主人年年将土耙平。我们还是年年填，他们还是年年耙，那块坟地就一年一年增高，当然上面还种着麦子。当然这也不成什么问题。

他说，他几次回去，一个放牛的老头凑过来，对他说，把这块地要回去吧。他说，我不种麦子了。老头说，种什么麦子，你们做官的不缺钱，把这块地砌了，建一个墓园，竖几个坟头，立几个碑，随意长长草，种种树。

老头又说，你看这块地势多高，风水又好。

先前有几个当官、发财的人回来，也是这么做的呢。

男子回去一次，又有别人劝说他，农村地贱，也就是万把块钱的事啊。

祖坟的四周全长满磨盘一样、漫天漫地、晃晃荡荡的麦子。有的人家就真在磨盘上拉个小院种片草、栽片树、养几只牛、喂几只鸭。

男人又听到别人的声音。似乎是地主人的话，他说你看那块麦地，已经高得像山梁，牛都爬不上去了，他的族人再葬三两个进去，那块地还能种麦子吗，与其这么辛苦地耙犁，还不如给点钱让给他们家做坟地算了。

男子说，不如真把它们要了，拉个小院子省心。可是那是一片麦地啊，他又说。

四

祖父活着的时候，不是没有担心过他的麦田。二亩多的麦子，卧着四五座大坟墓。他不是没想过坟墓的事，比如一年一年耕种的时候，他总是要把皮鞭抽得“啪啪”地响，嘴巴“嗷嗷”地吆喝着，那条老得不能再老的黑牛才猛地一惊，一个踉跄拐过那个土堆，绊得祖父也是一个踉跄才跟上。他心痛牛，但又责怪它不省事，年年都记不住这个事儿。又如近几年耕种全是现代化了，儿子开着播种机“突突”过去了，把那个土堆犁得一愣一愣的。儿子开着收割机“哗哗”轧过去了，把祖坟轧得跟面饼子似的，气得他跟在后面骂，儿子不是黑牛，舍不得拿皮鞭子抽，但是儿子机灵，下次知道绕着祖宗走了。

不这样又能怎么办呢？谁家麦田不是这样？不是没想过犁、耙的事，谁希望自家的土地只长稗子不长麦子，但那是要顶着千古罪名、招全村人痛骂的，再说他也觉得这样做对不住祖先，他不知道祖先是什么意思，祖先不跟他商量，他就不能忤逆祖先。他一年一年蹲在地头，有时也想这样下去不是办法，总有一天麦地不再是麦地，是坟地，可是祖先没有给他一点启迪。

一年又一年，先人的牌位在堂屋多起来，一年又一年，旧的土堆边垒起新土堆。

祖父干完一天农活，总是慢慢蹲下身子，在地头前抽袋烟。和几座坟墓相比，祖父的身影是那样瘦小，宛若一只攥起的拳头。祖父的烟在黑暗中一明一灭，没有谁知道他和祖宗们说些什么。多少年后，祖父躺在他们的身边，祖父临走什么话也没留下。

土地上又多了一份活人的牵挂，在陌生人眼里，土地上又多了一道不想看，又绕不过去的风景。

祖父变成了神。对人世间的事全都看得清楚，又都不说，睁只眼、闭只眼。祖父像所有的老人一样对蹲在坟前的儿孙不再发一言，“儿孙自有儿孙福”，不是神又是什么？祖父和祖父的祖父一样，也留下一个土堆，祖父们没有生平可记，没有故事可流传，只有一个又一个不肯湮灭的土堆，在西风中摇着荒草，固执地证明着那些个曾经的脚步。这些个土堆又是那样的唯一，像一只半埋在土中的土陶罐，碎了，就不可复原。

五

祖父的土堆上开始长满了草，草年年除，除了又长，儿孙们终于像天底下所有的儿孙们一样不再有耐心，祖父的土堆变成了和别人一样的草窝。

如果你是一个爱干净的老头，应该早已厌透了那个乱糟糟的屋顶吧，看看上面都什么样子了，草是乱的，树是枯的，来来往往的鸟兽在这里遮风避雨，它们不付费、不管理，它们只负责制造噪音、制造垃圾，它们造穴、打洞、开门、换窗，偷梁换柱，祖父撵不走它们，祖父有时候也会气得吹胡子瞪眼吧，那真是人世间最理直气壮的寄居者，也是最糟糕的住户，它们在上面打打闹闹，把日子过得红红火火，我不知道老祖父戴着老花镜，盯着屋顶在想什么，又能想什么呢。祖父的小屋成了世界上最无可奈何、最无可救药的屋子。

如果你是一个善良的老头，看着那个姑娘夹着一本书走进麦田，或者拿着本书并不想读，只是想坐在麦田里和麦穗聊聊天，她刚想坐下，忽然看到不远处残卧着的土堆，那土堆被雨水削了一半，它亘古不变地蹲在那里，它冲她笑，它欢迎她来，她吓了一跳，像一只急飞的鸟急飞了出去，只是那只鸟今生都不会再飞回来了；又或者她夹了一本书，想到桃林里去，那一树的桃花正让人肝肠欲断，她听见它的呼唤，她不能不去，她迎面就走过去了，但是脚下随即就踩到一块断碑，你不希望她脸色苍白、转身尖叫着奔跑着去吧？

还有一些硕大的土堆，状若小山。如果你是一个贫寒的老头，就像我的表舅一样，一生都在饥寒交迫中挣扎，一生都在风雨中飘摇，那么这个硕大的土堆能否像馒头一样，给他一生温饱、一生眷顾？这个金字塔般的耀眼建筑能否霞光灿烂，给他遮风避雨、让他富贵逼人，或者像达官贵人一样端坐正中？这个想法当然是好的，不过泥土中的宏愿，下一世去实现不知会不会太难。这或许也是儿子们的想法，儿子们的想法当然是好的，要是老头子活着的时候能这样想就更好了。

如果你是一个作威作福的老头，你也许并不希望儿孙给你盖座二层小别墅吧，现在麦地里不再建土堆，那显然有点过时寒酸，已改建二楼小洋楼了。像李天王的神塔一般压着麦田，麦田里时常烟雾缭绕，琉璃瓦、小铜铃吓得小鸟也绕道飞，活着的时候威风凛凛，人们避之不及，死后化着一座塔立着，不要说活人不来，鸟也不来了。本来人死了，是非也该散了，不过那么一个塔立着，别人想忘也不行。雷峰塔让人说得多，说得多了，终究倒了，倒了大家都欢喜了。

如果你是一个古怪的老头，你也不希望死后再古怪一些吧，扎些牛头马面摆在墓前，纸器终究是要化为土的，要是坟也建成那样子，摆些造型，想是要威武些的，怕是威武不足，让人惊恐倒是有余。我常看着那些从荒草中突然冒出来的吓人的东西，想这些建筑不知算新潮还是复古，不知多年以后它能否如主人所愿，标新立异，并且具有一定的参考价值、科考价值。

如果你曾经是个知识分子，当然你有可能住在墓园里，那已经是一个大村庄了，或者是一个大城市，这里原来是一个松岗，现在松没有了，只有一个岗，岗上铺上了碑林。它们是一个群体或是一个部落，城市扩张到哪，它们就尾随到哪，它们甚至有点虎视眈眈地看着人类，它们梦想着占据那里，因为活人的世界里有活人气，是这个世界的主宰，而它们只有阴气。夜晚城市的灯光有多璀璨，这里的灯光就有多幽冥。城里望不到边，它们也望不到边。它们期待着，期待着城里的人在那边住得久了，厌烦了就会驮块碑住到这里来。这里没有树，没有草，白花花的太阳下，一个又一个水泥匣密密地排着，四十几度的高温，曾经想把它们烤化。夏天山风呼呼地刮着，没有了树的庇护，山风想揭掉它们的屋盖，雨哗哗地下着，山洪想把它们冲走。那个时候没有谁来照管它们，也没有谁想起它们。一个任凭风吹雨打而又风吹不走、雨冲不垮的地方。一棵树的位置换成了一块碑的位置，一片树的位置换成了一片碑的位置，一座山岗置换完了，再换一座山岗。如果你是一个知识分子，你曾为一棵树的倒下而呼吁、倡议过，现在你还会不会为此而焦虑，为儿孙而担心、喟叹呢。

如果你是个作家，当然你想一一读完那些生平纪事，可是碑实在太小，不能记载什么，但就这也读不完，老碑太多，新的住户们又总是不打招呼地随时随地挤进来，怕是统计学家也难以胜任这项工作。一个新的住户加入给这里的沉寂增加了一丝活跃，却也增加了一份悲剧气氛，他们总是踏着落叶的脚步，肃穆地来了，哀伤片刻又踏着落叶的脚步，肃穆地离去，把这座园子永远留给无声无息，这是一座废园，连蚊虫也不愿来，一个收留悲剧的地方，看来只能写悲剧了。

如果你曾经是个艺术家，这里的艺术氛围实在太不浓了，也有八角的檐角，竖着高大的墓碑，小院拉着索链，可是那和金钱有关，和艺术无关。这里也是富人的天堂、穷人的地狱。富人们高门大院，占据着风水宝地，穷人只能草草掩埋。一个真正的艺术家是贫穷的，艺术家只能住那样一个盒子里。放眼望去，到处都是那样的盒子。死有时是不得不的事情，可是有人连死也死不起。这样的地方显然不适合艺术成长，比如音乐、美术、舞蹈、雕塑，艺术要的是灵感与自由。这是一个单调乏味、缺乏人情的地方。

可是它们在山坡上俯视着人类，它们像黄沙般推进。它们有很强的繁殖能力，相互之间会攀比，并且给活人造成压力。它们顽强而又固执，它们有的是时间。它们有无穷的精力。它们是一种强大的力量。可是怎么办，没有人能阻止它们的存在。活人要住的地方，总得也要给他们一个去处吧。

六

那个世界到底是什么样子，这真是让人类汗颜的一件事，人类将为之惭愧。

人类对看得见摸得着的那把黄土一点信心也没有。任世间什么样的怪物、什么样的怪闻，人类都能迎难而上，任天上的什么事儿，人类也能说个大概，唯独对这个的事儿，人类只是睁着茫然的双眼，任凭荒草中的一点响动，就把自己吓倒。

人类用各种方法表示着对那具骸骨的尊重，土葬、水葬、塔葬，建坟、建碑、建塔，都认为自己的方式是最神圣不可侵犯的。

人类世界无论发生过什么样的争执、争辩，汉族的风水师从来没有和西藏的水葬师争吵过，按汉族的风俗，那可真是不可理喻的一套。但是他们没有争吵，其实也是没有办法吵，你不能说他不对，因为你不能证明自己是对的。他们平心静气，心照不宣，各按各的路子来。这个事有点含糊，但大家都不刨根究底。

人类按自己的意愿构建出了一整套丧葬文化，结构严谨、场面宏大，大户人家按谱子来，小户人家按规矩办。

喇叭吹、唢呐叫，一代代人都是这么被送下地。

这是习惯，习惯的力量是庞大的。造一堵长城容易，要想解散眼前的这支喇叭唢呐队伍可不容易。

其实细推也还是有点底气不足，毕竟是海市蜃楼、水中倒影，没有经过论证，又没有当事人出来证明。

这中间无论有多么像瓜缠藤、藤缠瓜那么复杂，其实总共只有一个问题，心理问题，人类的共同心理。

要是漠漠蓝天能给人类一个眼神，要是黄沙厚土能给人一个暗示就好了。

要是人们在大地上刨呀刨的，不小心刨出一句老祖宗的话就好了，我们就缺这一句话。不论是好话坏话，只要是老祖宗说的都好。

不知道那个世界的他们是怎么想的，人类是如此煞费苦心，他们会不会像观察小虫子似地观察着人类，他们会不会笑人类煞有介事，头发长见识短，孤陋寡闻。最后来一句闭门造车，瞎折腾。

七

一座土堆到底能维持多久？有些土堆是从山中凿出的，上面是巍巍青山，地下一凿一凿把山掏空，墓道、墓室都留下精美鱼纹。有的土堆是一筐一筐土堆就的，下面是黄肠题凑，墓室石条对接，吻合无缝，上面以假乱真覆以荒草穹窿。博大的土地，五千年的文明，一代一代帝王将相风光下葬，建祠立碑，希望荣耀永存、恩泽后人。可是最终留下来的又有几座呢？终究不是一座山，山还有天崩地裂的时候。这个世上能有什么是永恒的呢？太阳也不能亘古不变。而且看看那些个声名赫赫的陵寝，盗墓者的眼光离不开它，铁蹄踏过它，战火焚烧过它，终于有一天金银取尽，珠宝散尽，丝帛油彩风化尽，尸骨无存。一个绞尽脑汁的家园，一个机关算尽的地方，最终只落一片荒草，几堵断墙，一扇空门，等待着下一次劫难。

生前如果不是一座山，死后封一座山、赏一块林，或者凭借金钱权势造些石人石马，建些祭殿享殿，虽是光宗耀祖一时，只可惜名声比尸骨烂得更快。金钱堆就起来的，终究是粪土，粪土还是要回到荒草中去。

万古流芳还是有的，那是一个人不灭的英雄事迹，一个高尚不屈的灵魂。那个人可能是民族英雄、科学家、历史学家、诗人、艺术家、工匠……历史并不在意他官居何位，坟墓是何等规格，它记录的只是那个人做过些什么。

这样的人往往没有坟墓。甚至没有风光下葬，甚至坎坷磨难一生。黄沙掩埋了他们的躯体，他们的灵魂却在黄土下熠熠闪光。他们像月光皎洁，他们像太阳照亮人类的历史。

他们被埋葬在何处？他们被埋葬在人类的记忆深处，在史书典籍里。史书典籍也可以看作是一种坟墓，拂掉岁月的黄沙黄土，他们的面目在还原，他们的事迹在重新上演。他们博采众长、博大精深，他们人文荟萃，他们因古朴而可爱，因短暂而耀眼。文字铸就的殿堂，火奈何不了它，刀砍不动它，记忆抹杀不掉它，它是全人类的财富。

坟墓能代表些什么呢？

高大并不能代表儿孙虔诚，矮小也并不能代表儿孙漠然无能。

坚固并不代表天长地久，而破落也并不代表遗忘。

富丽堂皇并不能代表生前安康幸福，简约贫寒也不代表虚度年华。

一个没有墓碑的人，威名可昭日月也说不定。

仅是一堆黄土而已，黄土能把握些什么？最难把握的是人的心态。

八

这不关二斗米的事,祖父坟上的二斗米。对一个个体来说，现在谁稀罕那二斗米，谁家的粮囤不是满满的。可是祖父活着的时候，对土地是那么珍爱，田埂上总会有几把蚕豆，地头上总会有几棵芝麻。祖父看到哪里，哪里就会发芽，祖父走到哪里，哪里就绽出 棵庄稼。祖父就这么弯腰在他的田地里一遍又一遍地走，凡是祖父走过的地方，就不会再有杂草，凡是有祖父脚印的地方，就不会有秋后遗落的种子。地不能闲着，一闲就没有肥力了，就像人不能闲着，人一闲骨头就轻了。祖父是这么理解土地和人的。可是祖父去了，躺在麦地中间，祖父终于清闲了，清闲着的祖父终于不去侍弄麦子、蚕豆、芝麻了，可是祖父闲成了一堆稗子。

这也不关一棵树的事。对一个个体来说，自家地头的树都换成墓碑又能怎么样，当年整个山头的树还不是都砍光了嘛。这个世界变成什么样子并不重要,重要的是人类有办法去应对。

这是关于生存质量的事。死人和活人争地，活人不能被坟墓逼死，就像活人不会被尿憋死，活人会牢牢占据上风。可是人的活法并不相同，有的人住茅草滩头，有的人住花园洋房，有的人终年被蚊虫叮咬。有的空气指数良好，有的空气污染。有的人健康，有的人病态。有的人颐养天年，有的人英年早逝。

这是关于美与艺术的事。每个人都希望自己有俊美的外表，衣着光鲜，食物可口。乡下人希望瓦屋前麦浪万顷，白鹭翻飞，屋后青山连绵。城里人希望绿柳成行、流水通衢，小区住宅颐养身心。老人们在门前晒晒太阳，孩子们屋后放着风筝。

麦田里不需要黑衣人守望，城里人不需要蒙面客光顾。

这是关于寻找精神家园的事。向往、遐思、激越飞翔，人类需要摆脱肉体超越现实，寻找精神的向上，到达精神上的高度，神清气爽……没有幻想，人类还在用双腿丈量土地；没有幻想，潜艇就不会潜入海下，宇宙飞船就不会升上太空；没有幻想，就没有壮美诗篇与乐章。幻想是人类开出的一朵奇葩。

名山大川、万亩良田、绿草如茵，惬意、爱慕、爱怜……这是多么美的感觉，这是幻想的源泉。一堆又一堆的荒草坟墓能让人联想到什么呢？它们打断人们的视线，把灵感从头颅的果盘中撞落，让一地的浆果如土拨鼠般，从土堆边慌里慌张滚落、逃窜。

它们要是大地结出的果实，那就好了。

让它们沉下去吧，沉下去，给祖父换一顶麦顶，让那破败不堪的、像被狂风扯掉一块一块的茅檐，重新换成一整块崭新的天鹅绒，让黑黑的、壮壮的麦子点缀其间。让它们沉下去吧，沉下去，给它们换一顶豆顶，让豆子像珍珠一样在黑暗中闪光。

让它们沉下去，沉下去，在那屋顶上种上玉米，让玉米像红缨枪一样神气。

那个时候祖父卧在田间，祖父就是麦神、豆神、青玉米神，祖父吸着旱烟袋，耳听着作物拔节灌浆的声音，祖父的心里再也不长草了，祖父的两腿又充满了力量。

让它们沉下去，沉下去，让树木都像哨兵似地在城市周边集合，让飒飒的声音代替死寂，让脚步声代替风声，让月光和恋人成为这里的客人。

让它们沉下去，沉下去，让山岗重新活过来，让树木重新活过来，让鲜花重新活过来。让枯死的每一寸土地都重新活过来。

祖父变成了树神、山神。

一个人间天堂，不仅是人类的，也是祖父们的。活着的时候在麦田在树下，现在让身躯、灵魂还去那里吧。知识分子照样关注他的树木，去教育他们的孩子，作家去写一部悲欢离合的书，音乐家去谱一首曲子，雕塑家重塑一组雕塑，画家重画一幅长河落日图……

沉下去吧，沉下去，让墓石一块一块沉下去，让庭院一个一个沉下去，让村庄一个一个沉下去。让祖父成为一望无垠的麦田的守护者，成为城市花园的倡导者，成为山林沼泽的土地神，儿孙们总是要一代一代从这个世上离去的，作为土地永久居民的祖父们，守护着这个世界是多么责无旁贷、多么重大的事情啊。

九

让它们沉下去，沉下去。

也许有一天我们不再能找到祖先的住所。土地们不愿自己老是僵着脸，像块板砖，它们不时按自己的意愿摆动河流，舒展身子,方形的地块变斜了,路边的那块月牙地就成刀削状了,地头的那棵老槐树其实没有动，但是硬生生地让外来人觉得这棵树不是原来的那棵树。池塘里的芦苇不见了,山地凹了下去,凹地偏又升高了，路也多出来几条。才多少年，少时离家回望的眼睛似乎还没收回来，再扭头望时头发稀了牙齿也松了，额头的皱纹也抹不平了。地头也像日头一样在无声无息中运转，只是日头还是日头，地头却不是原来的地头，人却是转着转着就没有了。

活在过去岁月里的，只是那些庄稼。这些作物和过去的一样，似乎是过去的作物像羊群一样又被赶回来了。高的作物一样高，矮的作物一样矮，在一块地里你决不能分清这穗麦子和那穗麦子有什么不同，这弯豆角和那弯豆角又有何迥异，甚至你也不能分清这棵树和那棵树有什么不同。它们默不作声，它们这个家族世世代代默不作声，它们坚守着对土地的承诺，不愿说出哪里有真金、哪里有白银、哪里有宝藏，仿佛一张嘴就会泄露玄机、河水倒流似的。它们自然也不会告诉我们祖先在哪里。一年一年去修缮祖父屋顶的那些麦子，它们不愿炫耀自己的身份，就像许多优秀孩子，不愿过多标榜自己高贵的血统。祖父们像一把丢弃的镰刀，或废弃的碌子被埋在了土层深处。

其实我们很多人都已遗失了祖先，我们都是没有祖先的孩子。我们都是炎黄子孙，但是我们到底起源于哪一个部落，那些个部落后来分为多少派别，我们又属于这浩荡派别中的哪一支血脉，没有谁告诉们。祖先们在哪座山上狩过猎、冶过金、打过铁，在哪片水草畔喝住骆驼、扎起帐篷、放下孩子与柴米油盐，没有谁告诉我们。是什么原因让他们一次又一次地启程、辗转，背弃家园，他们都经历了什么，都有哪些生动有趣的事，也没有谁告诉我们。上帝不愿让我们知道太多，知道得太多我们也是神仙了。上帝给我们的眼睛可以看，但不可以看穿，可以想，但不可以想得明白。就像眼前的那几个土堆，你是弄不明白的。

我们这一群人其实就是孤儿，既不知道以前的事，也不知道以后的事。

以前的以前，以后的以后自然有别人掌管。

今天的这几个土堆，又能保存多久呢？它终于会从孙子辈的眼睛里消失，成为一段路，一片庄稼，最后成为一阵刮过的风，尘土落下是一片虚无。儿孙总是要向前走，祖先只能丢在身后。无论今天我们把它们修得有多高、有多坚固，也无论今天我们是多么不辞劳苦携儿带孙前来探望，它们还是会消失，还是要化作田地。今天化作田地和以后在渐去渐远的后人的后背中化作田地又有多少不同呢？只是中间少了一场又一场的秋雨，缺了一次又一次的波澜起伏。

十

每年有几次我会手持鲜花，或者是几束野花，来看祖父的麦田，如果可能我希望是麦田。像所有人一样在麦地边插几炷香，烧些冥币元宝。曾多少次我已经下定决心不再烧了，虽然我没有在麦地中间烧，也没有拔掉一片麦子、豆子，让那片地像秃子一样难看，可是麦子们会流眼泪，整片麦子都会流泪，祖父也会熏坏眼睛，就像我们这一堆人在不停地咳嗽。可是我不知道祖父的意思，我还是一年一年做着让麦子流泪、让自己咳嗽的事。我虽然离开了村庄，但是我会回来或者我从来就没有离开，我和麦子有着千丝万缕的联系，我和麦地有着难以割舍的血缘关系。走得越远，被笼子囚得越高，心中的麦地也越近。一个城里人可以没有月光，但是不可以没有麦地。心中没有麦地，那个人就是一根枯草，一个晃动在城里的枯草。

当然那块麦地可能已经是别人的了，就连祖父躺着的那一丈二的土地也是别人的了。可是那块地随时可以把我唤回去。

如果我不能站得很近，那么让我站在远一点的地方，像许多不能回到祖父身边的人一样，长久地注视着那个方向，为你烧炷香，然后俯身下拜。或者像其他的人，有些人，在一个墨色洇染的夜晚，尾随自己的影子悄悄出城，在通向麦地的岔路口，在背风的地方，找一只睡眼惺忪的路灯，停下，在蹲下的巨大阴影里，画只白圈，悄悄把纸钱烧了。要不然又能怎么办？

总得给思念开辟一条路吧。

可是消失的那些祖先怎么办？我们不知道要把心中那条思念的路铺向哪里怎么办？活着的人四世同堂或五世同堂，不论儿孙分布有多远，不论血脉分蘖了多少代，作为这个家庭的后裔，沾亲带故者，他们都能明白他们在这个链条中的位置，血缘至亲都分布到了哪里，这张网比蛛丝还要清晰，还要牢固。

作为祖先的那几个大土堆，那些土堆里的人，他们也是血脉相连、彼此熟悉。他们之前的土堆，都在哪里，他们的年长者也一定明白，他带着儿孙住在这里，他怎能不知道他风烟中的家乡、他的故土呢，他思念着他们，他千百次梦中回到那里。坟虽是没了，路也不走了，但是眼神不会错，它们时时都在抵达。

沿着一条河流，祖父们像一条洄游的鱼一代一代向上追溯，他会找到他们的亲人，他们的源头。

不论有多少个岔路口，父辈会找到祖父，祖父会找到祖父的祖父，祖父的祖父会找到祖爷爷。就像母亲会找到外婆，外婆会找到外婆的外婆，外婆的外婆会找到更古老的母亲，这条线像齿轮一样精密。

只是我们没有走过这条路线罢了。既没有看过祖爷爷，也没有看过更古老的母亲。他们不肯抛一个弧线给我们，也不肯在我们的梦中出现，怕后人们说他们过时、老土，像文物一样难看。

他们的坟墓我们找不到了，他们和过去的时光融为一体，像一只船倒退着倒退着，离我们越来越远了。也许他们就希望在旧时光当中，过着平平坦坦、与世无争的日子吧。他们也许会说，他们有儿孙照顾着，后人的后人们只管去耕田、经商、做官、写字，去过你们未完的人世生活，去接受那里的精彩，也接受那里的无奈与罪孽。

十一

也许这个世界并没有前世，他们就是一堆黄土。一些已消失融入土地，一些还固执拱着腰背。

没有生命迹象，没有生命密码。

我们和他们的关系就是人与土的关系，就是秸秆与灰烬的关系，就是一只羊与羊骨头架的关系，就是一条鱼与鱼骨头的关系。

我们守候的只是自己心目当中的神。

不是没有祖先，祖先只是化作了尘土飞烟。

祖先在哪里，祖先都在大地上。

祖先在哪里，祖先都在我们心里。

祖先在哪里，祖先就是我们自己。

十二

我只是一个过客，像萤火虫一般穿梭在人类时光河流当中的一小段，我也将回到亘古的未知当中去。

我欣赏着这个世界，留恋着这个世界。我深沉地爱着土地，希望每一寸土地都是母亲，繁殖着人类，种植着庄稼，密生着小草，簪满着鲜花，间或有鸟有兽匆匆往来。它们各得其所，恪尽职守，竭尽所能。它们欣欣向荣，都是大地的子民。

我希望土地平整，山川俊秀，湖水明净，天空不再有烽火、焚烟、沙尘。这是一场盛宴，在宇宙中经久不散，人类子孙将绵延不绝。

请原谅一个孩子对土地、对人类的爱。

第三辑

灯火

家住淮河边

父亲的遥望

我爸站在七楼的窗前久久地向北遥望着，阳光从窗外射进来，使他雪白的头颅仿佛点燃了一样。他在看什么呢？小区里的灌木被剪成一个个球状、四脚板凳状，紫荆花开得正好，紫色的凤冠间藏了很多的风，一棵树与一棵树的缝隙间还藏有很多辆车。路上的行人与狗一会儿走着直线，一会转着曲线。他们一会儿隐身在紫色凤冠里，一会儿又溜达出来。一个又一个大妈摇摆着身子从楼洞里出来，她们摇摆到附近的一个小广场上打钱杆，爸伸着头就会看一会、再看一会。

我爸的目光再向北，就是一个小公园了，树木在这里安营扎寨，花草淡定从容，这里稍稍远离县城中心。这里原来住着从河里走上岸的渔人，他们低矮的门前晾着破网，屋后则架着破船，再后来是一些陆续而来的外地人，他们像蜘蛛一样，房前的篱笆里网着黑黝黝的菜，屋后则网着黑黝黝的豆苗，这块土地结出的豆子都是黑的，这块土地没有别的能耐，就是肥。这些外地人闲时就蹲在地头拉呱，他们模棱两可的话里有一种模棱两可的味道。至于散落在身边的墓碑，他们并不在意，他们有时候就蹲在一截残碑上抽他们呛人的烟。再后来开发商就来了，渔屋、渔网、破船、外地人、模棱两可的话和墓碑统统都被卷起，另一幅城市蓝图徐徐展开。

我爸的目光再向北遥望，那里就是淮河大堤了，大堤上，高耸的绿色长廊密不透风地从西向东铺排，一点豁口都不留下。淮河里有船驶过，长年生活在淮河岸边，过去我爸只要听听船的声音，就知道河里驶过的是一条什么样的船，是挖沙船还是客船、渔船，是水泥船还是铁船、木船，是单体船还是双体船。与往年不同的是，现在的淮河不仅跑帆船，还跑气垫船，现在的淮河就是一个港湾、港口，是一个发动机的世界。

现在大堤上平平静静，断草的香气应该一阵接一阵弥漫，有大人领着孩子在散步，那份悠然、那份恬淡，只让人觉得世间美好，一切都在缓慢流逝，日暮而又道远。而淮河此时也是平静的，平静得就像河水都流到了别处，河床里空空荡荡。但若仔细看时，此刻的河水又像一个沉稳的富家女子，额头光亮，眼睛里有隐隐的光芒，它只有流水的韵味，而无流水的狂野。

我爸不仅知道这条河里走过多少条船，他还知道这块天上落下多少雨，这条河里装过多少水。他知道它哪一段是枝状的，哪一段是羽状的，它辐射着、迂回着、交织着、冲撞着来到小县城面前，这一切它怎么能瞒过在淮河岸边长大的他。

只要一说起淮河，我爸的思维立刻就不再撂荒了，他的眼光亮了，身体也不再僵硬了，站在他的角度，与他并排看过去，我感到他的思绪在浪花上飞舞，不，他的整个青春都在浪花上飞舞。淮河，也只有淮河能开启他滚滚如洪流的岁月。

我爸从梁武帝开始说起，因为战争的需要，梁武帝在五河、嘉山、泗洪交界的淮河浮山峡修拦河大坝，动用了20万民工修筑了两年时间，大坝才在河水中间合拢。他本想淹死驻守在上游的寿县北魏官兵，结果大坝被洪水冲垮，淹死了自家军民几十万人。这是发生在五河县境内少有的、被载入史册的大事。抗日战争期间，黄河花园口决堤。黄河水滚滚地冲了过来。人大面积地淹死、饿死，瘟疫流行，到处逃荒要饭。说这些事的时候，我们和他的心情一样沉重，仿佛看见那些混浊的洪水汹涌着扑过来。

淮河给两岸带来了深重的灾难，但也给我父亲带来了爱情，这也是自然生态的一种吧。那是1954年，淮河又一次发大水，河水像车轱辘一样翻滚，五河县境内一片汪洋。我爸那时候在县城上学，每次回家，都要和同学们凑钱雇条船，船把学生送到各家台子，回来时船再从各家台子把人接上。在这船上，我妈也坐在上面，那时我妈也是在县城里读书的学生。我看过我妈十八九岁的照片，清瘦的面庞，齐耳的短发，浅浅地向后拢着，上面卡着一小朵花。这张照片背景是黑白的，但是我妈的嘴唇是粉色的，面庞是粉色的，发上的小花是粉色的，这就是我妈学生时期的模样。船把我妈送到一个叫十字岗的台子上，我妈跳上台子，脚下滑了一下，我爸出于本能伸手扶了她一下，我妈并没有反感。这一扶，两个人的心就有了灵犀，船继续顺流向东，我爸恋恋不舍地回望我妈越来越远的背影。返回学校时，我爸又准能从台子上接到引颈眺望的我妈。他们站在船头，眼前水天一色，那是一条同舟共济的河，是一条真爱的河流。淮河的脾气再怎么大，也没有淹没掉两岸的勃勃生机，也没有泯灭掉淮河儿女爱的天性。

我爸说得最多的是1969年挖汴河，当地挖河不叫挖，叫扒，从宿州开始扒，扒到蚌埠，一直扒到洪泽湖。我爸那时在县广播站工作，也成了扒河工地上的一员。大堤上插满了红旗，民工们人山人海从早晨扒到晚上，再从晚上扒到夜里，他们喊着号子，推着车子，谁都不愿落后。每个总队下设工程队、医疗队、广播队、食堂，我爸在工地上编《新汴河战报》，属于报刊宣传队。英雄人物太多了，我爸和另外两个人采访编辑，一个人专门手刻钢板，一个人手推油印机，一直推到手发抖。不断有人在劳动中受伤，大堤上医疗队绷带都不够用了，手术就在大堤上做，许多人包扎完胳膊、腿又去工地了。大堤上最热闹的时候是夜晚放电影，一个地方放电影，电影场上是一片黑压压的民工。附近村庄的姑娘、媳妇当然心里也痒痒地摸黑跑来看，她们一开始是站在最后一排或角落里，电影才开始不久，她们就会被挤到人群中间去，民工们拿眼睛直盯盯地往她们瞧，那些姑娘们看电影的心思早都没有了，出又出不去，直后悔前两天发的誓没有用，说晚上不来怎么又来了，胆小的则在里面哭。直到大家轰笑着让开一条路，憋红了脸的姑娘才能挤出来。

我爸自从去扒汴河，就没回过家。那时我出生了，我妈也正从县城学校下放到农村，我妈心里也不好受。大禹治水三过家门而不入，我爸三年基本上也没入家门，后来，这条扒开的河叫新汴河，在地图上是一条直直的蓝线，这条河和我的生命一起诞生。

最近一次大规模修河，是 1992 年挖怀洪新河，我爸还想去编战报，可是战报已换了另一拨生龙活虎的年轻人。这次修淮河是从怀远县挖到洪泽湖段，重点工程是加深加宽五河境内的浍河、漴河、潼河。我爸在家待不住，这个昔日战地记者重又出现在大堤上，但大堤上已不是往年的人山人海，只见大船把河泥吸起，再突突地抛到很远的河岸上，几只船昼夜地施工，修好后的新河道比原来加宽一倍。二十五年了，淮河的水再也没有泛滥过，淮河彻底治好了。

我爸遥望着北方，看到的不仅仅是苦难的淮河，我爸的眼里还有广袤的皖东北平原，如火如荼的皖东北抗日革命根据地。这里有泗五灵凤县抗日民主政府、有泗五灵凤中学，中学就设在淮畔不远的弥陀寺内。学校学文化，当然更宣传贯彻抗日民主政策。学生们借住在弥陀寺附近的民房或草庵子里，他们身背背包，早出晚归。每当黄昏低垂，土琵琶、晚霞和炊烟交织在一起。学生最多达四五百人。

七层楼的高度，这是最适宜的高度，我爸站在这里像是一只搁浅的旧船。但是“波涛汹涌”“波澜壮阔”从来都是这块地的主流。时光不可能把一条河流塑造得那么顺风顺水，时光也不可能把一块土地塑造得沃野千里，它无法自拔，也不可能自救。那大堤上曾经站着那么多的人哩，我爸虽然不知道他们去了哪里。但他能听到他们在唱，我爸日日站在北窗，他一直在听听号子唱，更多是在听土琵琶唱，他们在父亲的著作里都是有名有姓的。

故乡的台子

我的故乡叫荣家渡，村子向南有南坝子，即淮河大堤，绵延几十公里，河水就在河床里滔滔地流过。西有西小坝子，主要是为了防止淮河上游的水像野马一样奔腾而下而修建的。东有东大坝子，是为了防止洪泽湖的水像水怪一样漫上来。这三道坝子担当的是长城的作用，四面烽火一起，不，是四面大水一起，村民们会日夜去垒坝子、守坝子，祈祷这三道坝子巍然耸立，总之这三道坝子应该算是祖上留下的珍贵遗产了。

村民们下地干活，不叫“下地”，叫“下湖”，荣家渡村后的地，分西湖、东湖。早些年，生产队长一吹哨子，“下湖喽”，村民们立马牵牛拉犁浩浩荡荡去下湖。这里的大事向来都是由淮河说了算。这淮河几场雨一下，河道就像破漏斗，三年两头破一次，十年当中处处漏。沿河的那一溜地叫水沉地，眼看小麦都黄了，两天雨一下小麦全沉到水底，想抢都抢不上来。但村民们还是年年种，这是村民送给淮河的礼物吧。倘若河水下得早，村民们还可以抢个早秋，种点荞麦、晚绿豆，下霜天之前抢收掉。倘若水围田地三四个月，不要说抢早秋，连冬小麦都抢种不下去了，所以这里的丰收只是偶尔的事情。

荣家渡分西村和东村，西村、东村都姓荣，中间像杂树一样，种着武姓五六家，栽着郭姓七八家。村里的事则由荣氏说了算。至于什么时候起床，什么时候集合、下湖、收工，得由荣氏吹哨子决定。工分怎么记、每家几垄地、芋头分怎么分、玉米多少穗，这也得由荣氏吹哨子决定。宅基地怎么划，台子怎么分，不用说，这事也不能由着黑洞洞的大石块、荆棘桩来决定。我们家的台子和隔壁家中间嵌着一道线，三年两头山墙跑到东边二三寸，过两年又跑回来一寸，我们家的小杏树，跑到人家台子上结几年杏子，有时又摸黑回到我们的院子待一待。跑来跑去的还有台子后面的地，中间的那一垄前几年给隔壁结几捆麦子，后几年给我们家结几筐芋头。两家总是为这些事争来扯去。但村里的大事还是由淮河说了算，淮河哪一年想要淹，它绝对不会挑着、捡着淹，不会藏着、掖着淹，不分荣家还是武家，一淹一片汪洋。大水过后，荣家也奔出去要饭，要饭的人数比武家多得多。

这里家家垫台子。垫台子可是大工程，这一带有谚语：盖得起房子，垫不起台子。可怜这几十里地全是一马平川，不长石头，这台子从底到上也只能是土的。这土台子却有看头，台子前后都镶着河蚌壳。河蚌是淮河的特产，也是淮河的馈赠，村民们随吃随摸。村民们回到家将河蚌和螺丝在土灶铁锅里煮了,然后热腾腾地“哗啦”一下全倒进腰篮子里,河蚌全张着嘴、哈着热气了，家人们围坐在一起，将舌尖似的小肉一块一块挑出来，这肉用辣椒、大蒜炒了，百吃不厌。倘若能放点咸肉，那简直是赛龙肉了。父亲却喜欢将肉和汤一锅炖了，锅里下上薄薄的面皮，肉是白肉、汤是浓汤，白面皮光滑透亮，连汤带面、连稠带稀，每人盛一碗，那真是稀世美味，外人不足道也。而成篮的河蚌壳则成堆地倒在土台子上面了。台子越老，河蚌壳越厚，在阳光下闪闪发亮，台子如镶了一圈金边。

荣家渡家家低矮的房子就立在高高的台子上，台子下是路，也是谷、沟。这沟是人走的，是牲口走的，也是水走的。那时候家家来往还是频繁的，晚上串门子就是夜生活。傍晚吃饭的时候，大人、孩子捧着碗，从自家台子上溜下来，再爬上隔壁家的台子进入人家锅屋。来人并不入座，只是端着碗靠在墙一侧，一边吸溜稀饭，一边不着天地地说着话。那时候什么都缺，就是不缺时间，时间过得也慢，离睡觉还远着呢。全村串遍，也就两袋烟的工夫。串门的好处是显而易见的，不仅能把自己全方位地发射出去，还能把全村各个信号全方位地吸收回来，再经过一夜一天的咂摸、消化吸收，变成新的消息，明晚再发射出去。荣家渡的夜晚在这收收发发中，越发变得活色生香起来。

村里的人家有互借东西的习惯，一个家里不可能备齐那么多东西嘛。这里人家借抓钩刨地、借锹排蒜头、借扁担挑水，外带借井绳。借毛驴推面，借牛下湖。借韭菜，今天你割我一刀韭菜，明天我再还你一刀。借面，新麦面下来了，再用碗一碗一碗地量回去。或者把玉米一穗一穗地数回去。家里来亲戚借碗、筷。这都不打紧，最让外人觉是稀奇的是，村民们还互借油瓶塞子，这是荣家渡的一大特色。那时油是好东西，家家都缺，借油张不了口。做晚饭的时候，常见一家主妇从容地从自家台子上溜下来，爬到邻家台子上，借了一个油乎乎的油瓶塞子，像宝贝一样攥在手心，拿回去了。那塞子外面裹了一层又一层的白皮塑料纸，里面是油浸得看不清什么颜色的芯。借到瓶塞的主妇回到家里，把塑料皮剥开，拿这油瓶纸芯使劲地往锅心里擦，这擦过的锅就不再涩，做死面锅贴也就不再粘锅，炒菜也算是见到油星子了。主妇用完这塞子还得把这个瘦了身的塞子退还给人家，等这塞子吸饱了油再去借。这油瓶塞在薄暮时分像钱币一样在各个低矮的锅屋里流进流出，它让家家锅底冒出油香，这真是个好东西。

这里的台子也有故事。城里人怕听“倒台子”，台子倒了没有靠山，很可怕。而荣家渡的一声“倒台子”，那便是骇人听闻的大事了。大水围着庄子，没有台子的人家，房子泡上十天八天，“哗”地就倒了。所以房子能不能保住，关键在于台子。大水平了台子，那些成千上万的河蚌壳子被灌了水，发出嗞嗞的声音，仿佛复活了一样。大水冲了台子，就开始冲房子，有些人家起先还骚乱一阵子，男人们忙着抬家堂，把家堂上的祖先牌位撤下，把一两个红糖罐撤下，几个人哼哧哼哧把这个家里唯一神圣大件抬到屋子后面，也不叩首，也不作揖，直接推倒在台子边。有门板的人家接着卸下门板，啃哧啃哧地把门神抬出去，抬到门前的台子边，门神沿着台子一一排好、放倒。夏秋的风推着波浪打在台子上，打在家堂神、门神的脸上，它们身上尚未被撕完的大红的官袍、黑色的帽翅还能隐隐看到，也不知道它们在想什么。活着的人也顾不得这死去的祖先和以前敬着的神灵了。

那年，我家有一个亲戚，他知道我家快没吃的了，就划着渔船过来，把船靠在我们家台子边，他一边和我们家人聊天，一边钓鱼，钓到的鱼分我家一半。我们家那年在大水里还能冒烟，全靠这门亲戚钓鱼给我们吃。这个故事现在听起来很浪漫，但那时人们是在生死上挣扎，体现出来的是真情。洪水下去以后，屋子没倒的，家里男人把家堂神、门神各司其位再请回去，倒掉的人家，搭个庵子先住着，能种荞麦、晚绿豆的抢着种点，等小麦种上了，家家户户就该关门上锁去逃荒了。

父亲记事时起，就和爷爷奶奶一起去要饭，爷爷奶奶挑着担子，担子里是锅碗瓢盆和旧衣服。他们到泗县屏山乡去，住在一个孤老头家里。老头两间破房，老头想是离揭不开锅也没有多远了，锅屋也用不着了，就让他们在锅屋里住了几个月，老头也不要钱，是穷人帮穷人吧。爷爷一家三口人一并排去要饭，泗县产红芋，屏山乡就是红芋基地，当地人拐粉、漏粉条。自己吃的是粉浆稀饭，即芋头渣稀饭，酸涩说不上好喝不好喝，但比没有吃的强多了。见有要饭的上门，盛一勺稀饭，见还带着个孩子，再盛一节芋头。一日三餐不饱不饿，可以活命了。晚芋头成熟了，人家起完了，爷爷一家三口就去人家地里刨。就这样刨了一个冬天、要了一个冬天，离第二年午收不远了，爷爷一家三口再回家收麦子。日头还在沉睡，他们三个人收拾停当就从屏山乡向着荣家渡的方向走，太阳偏西了才走到白行村。白行村里住着一个多年不见的姑奶奶，见爷爷一家三口上门，立刻到锅屋里和面糊，做了两块小麦面锅贴子给父亲吃，做了两块粗面饼给爷爷奶奶吃。那锅贴真香，父亲八十多岁了，在后二十年中，他什么样的饼没吃过，什么样山珍没尝过，但那锅贴子人间再也找不出第三块了。这三个要饭的，在姑奶奶那里真正做了一回人、做了一回贵宾，吃完了饼，力气也有了，一家三口归心似箭，摸黑往家赶。

要饭的人逐渐回来了，村子里开始人声鼎沸，狗叫声、鸡叫声把这个庄子举了起来，留守的老人眼珠子又活泛起来了，村庄又有了底气、活回来了。回来的人除了收麦子，还有的人家盖房子。盖房子是村子里的大事，一个村里常见几户人家在台子上摆开场子，挖坑、抬土、掺麦糠、倒水、和泥、踩泥，牛在前面踩，人在后面踩，都是半截泥腿子。麦糠泥踩熟了，谋划了几年的宏伟大业开工在即。这时一村人都来帮忙，吊线的吊线，砌砖头的砌砖头，撮泥的撮泥，提兜的提兜。等到上大梁、苫茅草顶的时候,再穷的人家“撒梁”这道工序也不能省。房屋男主人蹲在大梁上，星星点点洒下点着四个红圆点的白面小馒头、红花生。这是一次宣告，一次诞生。全村人都来看，都来抢，那是给足了面子呀。屋顶终于苫齐了，泥巴墙也糊好了，主人欣喜地打量着，是典型的“瓦镶金”，三层瓦上面拥着节节升高的金黄茅草顶。主人家摆下薄酒、饭菜，答谢前来帮忙的乡亲，没能来帮忙的人家会提着一些酒、肉上门，以表歉意，以示庆贺。

荣家渡人很快就能走出洪水的阴影，人们不舍昼夜地劳作着，淮河也呈现出对人类哺育的状态。他们从几十里地外挑回黄盆、瓦罐来家卖。然后，再把河滩上的大苇编成席子、折子挑出去卖。荣家渡那时候大小河边都长着漫天漫地的大苇，寒来暑往这东西一年一年向岸上扑，那真是芦苇的黄金年代啊，棵棵健壮，大面积奔跑、晃动，水墨画一般，人们就用大苇当柴火烧。我们家的祖上是荣家渡第一个会打席子、折子卖的人。

荣家渡大规模打席子、打折子是新中国成立以后，县政府成立了土产公司，专门收席子、折子，运到外地去卖，荣家渡的大苇这才红火了一阵。家家都在十五瓦的灯泡下弯着腰、退着走，一天一夜打一条，全家齐上阵，天不亮就拉着平板车进城卖。

这个淮河边上的村庄，它用倔强的意志与淮河斗争着，有时被淮河逼得快要绝望了，但柳暗花明又一村，有时，淮河给它以希望，仿佛天佑一般让人感恩，荣家渡就这样陪伴着淮河世世代代地生存下来，成了淮河与人类的活标本。

异乡人

荣家渡的人没事的时候喜欢蹲在墙角，屁股抵着墙，伸着头向村头看，他们希望能听到些事情，无趣的也行。一个木匠从村外过来了，全村人一起跑到大路上去看，一个打铁的从外面过来了，全村人一起跑到大路上去看。补锅的、倒铝盆子的、打火钳的、磨刀磨剪子的，这些从外面来的人，村里人看了样样新鲜。

我的童年喜欢跟在要饭的后面走，渐渐地后面跟着一群孩子，我们帮着要饭的撵撵狗，给要饭的撑撑补丁摞补丁的口袋。要饭不再是一个人的事，而是全村孩子的事。荣家渡的人并不亏待要饭的，有的盛稀饭，有的装白面馒头，家家都不会让要饭的空手走，他们也要过饭，知道感恩。走完全村，我们看着要饭的把半口袋干裂的馒头甩在后背上，迈着大步走了，我们目送着要饭背影直到消失，才一哄而散。

我们最喜欢看耍猴子的，耍猴人铝盆“当啷啷”一敲，全村孩子不知从哪忽然全冒出来了，上学的也不上了，全围在一起，脑袋跟着猴子转，看那猴子顶大砖、翻跟头，曲着两条腿东看西看，耍猴人的鞭子有时“啪啪”地抽在猴子身上，抽得孩子们的心一抽搐一抽搐的。耍到中场，耍猴人会捧着一个小铝盆挨个收钱，没有钱的只好灰溜溜地走掉，有的不得不掏出一分二分硬币，不情愿地“当”的一声放在铝盆里。耍猴的实在太好看了，再没有什么能比耍猴的能拴住一个孩子的心。

炸爆米花的老头也不知从什么地方来，到了村中间的大路上，他把风箱、凳子从平板车上卸下来，自己坐在矮凳上，一手“吧嗒”“吧嗒”地拉风箱，一手转着黑乎乎的圆肚锅，大路上立刻站了成排的孩子，有的挎腰篮子，有的端盆子。炸玉米的多，也炸白米。一毛钱一炸。炉膛里的火红彤彤的，圆肚锅越转快，很快就要发出那一声巨响了。有的孩子老早捂住了耳朵，有的孩子用盆在那排队，人早蹿出去老远，捂着耳朵伸着头向人缝里瞧，那老头黑乎乎的锅还在转，他似乎在炫耀他的特技，有时又故意捅捅火，那响声要响却又迟迟不响，孩子们撅着腚、瞪着眼在看，手也累了、眼也疲了、神智也不清了，这时候，“砰”的一声巨响，霹雷一般爆出滚滚热浪，那来不及堵耳朵的几个孩子瞬间被吓得飞出四五步远，有丢掉鞋子的，有磕掉门牙的，有打翻人家腰篮子把玉米粒洒了一地的，有掉了裤子、尿了裤子的。哭归哭，喊归喊，圆肚锅又转起来的时候，所有的眼睛又都一起盯着看。炸爆米花的老头一般会在村里连炸三四天。随后半个月里，孩子们串门时都会时不时地从裤子口袋里掏出一小把爆米花，黏糊糊的一个接一个往嘴里送。整个村庄都会沉浸在爆米花般的喜悦里。

村里过一段时间还有摇着小鼓的货郎来。全是年轻俊俏的男子，挑着个担子。首先发现货郎来的是孩子，孩子耳朵尖。荣家渡村肯定也有货郎与小姐眉目传情的故事，因为围上去的全是姑娘、媳妇，小孩子赖在那里不走，这可比爆米花吸引力大了，这里有各种颜色的刀切面糖，一分钱一块、两分钱一块，要大刀的糖稀插在棍子上五分钱一块，女孩子在挑各种发卡，黑卡子上粘着泡木做的蝴蝶，红的黄的想要什么颜色都有，全是一个样式，风一吹蝴蝶颤颤地似乎要飞，真是好看。姑娘、媳妇挑针线，各色丝线，婶子们则换梳子、篦子。婶子们把平时梳头梳下的头发全集中起来，用头发换梳子。姑娘媳妇则用辫子换，换针换线。小孩拿不出什么东西来换，身上只有一块黑黝黝的皮，大人经常骂小孩，看我不揭了你的皮，真揭皮的倒没有，真揭了皮估计货郎卷卷也会要，货郎什么都要。真跟货郎走掉的小姐似乎没有，总之这个货郎可比炸爆米花的有人气，也更招人喜爱。

能让整个村子神魂颠倒、不能自持的是皮影戏。玩皮影戏的人一般傍晚来，找一个开阔的场子，自己则躲在路边的一个黑洞里，三面白布把自己围住，里面只亮一盏灯。几百双眼睛铜钱般地把那一米见方的白布一层摞上一层，小锣敲过了一阵又一阵，经过难熬的等待，巴掌大的两个黑纸人儿终于出现了，一个是孙悟空，一个是白骨精。“话说唐僧师徒四人去取经，跋山涉水赶路程，唐僧骑着白龙马，八戒沙僧左右不离地行，四人来到白骨岭，白骨岭内白骨洞，住着诡计多端的白骨精……”那时全场只有这一个高亢的声音，下面几百个鼻孔、几百个嘴巴向着一个方向伸。

“好大圣，头戴软罗帽，身搭红披风，腰勒虎皮裙，脚踏伶俐风，他呀的一声喊，妖怪哪里走，那妖怪抽身挥剑忙回迎……”白布上那孙悟空是“哐啷啷”连翻几个筋斗，翻得荣家渡的人个个吃了花果山的仙桃一般过瘾。村子里人的一坨一坨黑压压地被施了巫蛊一般打坐在那里，不哭也不笑，那会儿雨来了不会动，淮河水冲上来了怕也不会动呢。

能和玩皮影戏的人媲美的只有放电影。电影有一阵子倒是经常放，放来放去又都那几部片子。村民在屏幕前面看，和在屏幕后面看是一样的，哪个演员该说哪句台词了，他们张口就来。哪个坏蛋出场了，他们经常一只眼一闭，举手就“啪啪”两枪，然后才轮到八路军放枪。他们都是好演员。夜晚荣家渡的谷底，经常是一簇一簇萤火虫一般打着手电筒的人，电影天天放，他们天天萤火虫一般地来，谁也挡不住他们对电影的热爱。至于家徒四壁的屋，大锁一挂就好了。没有锁也不要紧，荣家渡不怕偷，也不怕贼惦记。就怕贼不来呢，荣家渡要是进了一个贼，那是多大的一件新鲜事，比电影要有趣多了，像皮影戏一样刺激，能够荣家渡消遣好长一阵子。

可是村里耍猴的、炸爆米花的、摇货郎鼓的、耍皮影戏的并不常来，电影也是有一阵子没一阵子，如果他们能排着队儿地来，荣家渡的生活是多么美妙啊。有猴耍、有爆米花吃、有货郎与小姐，还有皮影戏，生活还要怎样呢，又能怎样呢，荣家渡人想象不出来，也不去想。

水鬼

死在淮河岸边的人，有淹死、饿死、老死的。村子住在淮河边，孩子们免不了要下水，但大人们是畏惧水的。凡是下过水的孩子，大人在他们的身上一划一道白印子，这事赖也赖不了，吃一顿破鞋底是难免的。尽管大人们管得严，但淮河岸边的孩子哪个不像泥猴子，都能在水里扑腾几下子。

村里小辉子是个例外。小辉子是一个七八岁的孩子，中午手里托着一个白铝盆儿偷偷溜出门了，白铝盆在河面上漂，小辉子推着盆向前游，他的后腿像青蛙一样灵活划动。铝盆漂向河心，小辉子的双腿却直直沉了下去。他的母亲一下午找不到小辉子，心里恐慌起来。小辉子的母亲似乎预感到了什么，坐在淮河岸边嚎，狼一样。家里人雇了一条挖沙大船，大船上有滚钩。天黑时分，小辉子被滚了上来，鼻子、嘴都滚豁了，不能用了。那孩子面口袋一样脸朝下被按在牛背上，喝饱水的肚子像西瓜，嘴角的血则向下流，她母亲使劲地敲着破铝盆的底，一声声地喊着儿子的名字。小辉子喝下的水到底没有吐出来，任谁喊也不作声了。看着小辉子的死，我第一次有了对死的恐惧，这死亡之河让我恐惧了好一阵子。

村子里被水淹死的大人是王氏。那一年是荣家渡重要的一年。大水围住台子三四个月了，荣家渡的人凑钱雇了一条船，去王集打油、买盐。船上载着八九个人向东划，谁知还没划到东大坝子，一阵大风刮来，那船忽然就翻了。男人们爬了上来，这王氏连个孩子还没来得及生，竟然在自家的庄稼地里淹死了。

这王氏娇小玲珑，肤白，见人低头脸红，极懂礼数。村里人没有不喜欢的。这王氏又十分勤劳，不论台子下水大水小，她总能背回一背东西。一背猪草啦，一背截得整齐的芦苇啦，一背捡的红薯头啦，一背豆秸啦，烧火用的棍棒头子啦，谁也不知道她是几点出门的。

大水退了之后，王氏才被找到，王氏的夫家姓李，在东湖的坟地上，草草挖了一个坑把她葬了。

半年以后，荣家渡人看李家可怜，撺掇着把村里的大仙姑娘嫁过去。这大仙都二十六岁了，满脸麻子，有牛一样的力气，是打着灯笼也难寻的壮劳力。李家老人满口答应，也不知道李家儿郎是什么心情。总之大仙提着裙子从自家台子上迈着 40 码的大脚，一步一步地走下来，在谷底跨过几户人家，然后又提着裙子一步一步迈向李家的院子，成了李家的填房，后来，成了麻二奶奶。

村子里的人仍是几个月用腿走路，几个月用船走路。村里婶子媳妇就对麻二奶讲，你以后不要坐船了，你睡了水鬼的床，盖了水鬼的被，用了水鬼的男人，看水鬼不把你拖进水里去。麻二奶说不怕。麻二奶坐船时就故意站在船头，她这是在向那个看不见的水鬼王氏示威、挑战，她要用自己的正气压倒那个在阴间里的水鬼。

村里婶子媳妇又打趣地说，你们说荣家渡夜晚哪家屋最黑，哪家男人最爱做噩梦。麻二奶说，嘻，我们家油灯一盏都不缺，我们家彻夜长明灯，要做梦他做去，要哭随他到哪哭。但那李家儿郎从来不哭，也不提水鬼，也很少到她坟上去。在家里他更是不允许任何人提起她。这一点麻二奶向来不对外说。他恨水鬼，恨到骨头里，恨她辜负他。

婶子媳妇又说，水鬼要是夜里回来了怎么办。麻二奶就说，让她。其实那水鬼夜夜都在家里。但是水鬼确实不是麻二奶的对手，它不敢作祟。麻二奶还真是镇宅之宝，水鬼翻不了她的船。

有时男人女人们仍是一起坐船到王集去，仍是打油买盐，麻二奶仍是威风凛凛站在船头，后来她不等别人说，老远就喊，水鬼，水鬼。一船人一起哄笑，麻二奶也跟着得意的笑。提起水鬼最多的人是她，记挂水鬼最多的人也是她，她的心里永远有着一块抹不掉的阴影。她不吐不快。这事她得吐一辈子。荣家渡坐船的人一看麻二奶在船上，个个都像打了鸡血一样兴奋。

麻二奶一连生了三个孩子，全是女儿，麻二奶的心窝成一小团。天生一张麻脸，再怎么努力也没有用的肚子，她这一辈子算是窝在这两件事里了。有一天夜里麻二奶突然梦到水鬼了，那水鬼仍是肤白脸嫩，娇俏玲珑，她一会坐起来，歪着头吐了一口水，一会又坐起来，歪着头又吐一口水。麻二奶被她呛得一夜睡不着。麻二奶也是坐起来又躺下，躺下又坐起，麻二奶也想吐。

因为有了这个心病，麻二奶走路越走越沉了，人越走越矮了，脸上的光也没有了，牛一样的力气也用完了。她这一生都毁了。她这一双眼算是白练了，她这一生谁能看得透，谁来告诉她。

重回故乡

随着我的母亲调回城里，我们也结束了在荣家渡的生活。

以后的几十年间，荣家渡用一个老人的去世、一个孩子的诞生、一座新房的建成，断断续续把我们召唤回去。

荣家渡的台子还在，但斜了、塌了许多，淮河水不来了，台子的地位也下降了。台下的谷路也还在，淮河水不走了，现在雨水和人畜轮流走，村子里最怕下雨，不拉屎的死黄泥能让每只鞋子重十斤。从谷下到台子依然一脚一个印子，猿人的草鞋一般大。村里的“瓦镶金”不见了，统统换成了瓦屋，楼房一年比一年多。谷底有一些狗栖栖惶惶地走着，像是丧家之犬。我们从村中走过，家家户户门都锁着，像是集体消失了。又看到腌咸菜的缸，绳上晾着的干菜，铁丝上挂着的粉丝，墙角堆着的红芋干，这个村永远有着这几种吃不完的土特产。

这个村庄冶金场没有建成，塑料厂也没有建成，倒弄出半村污水。这个村没有学校、没有邮局、不开店铺、不逢集、没有饭馆，更不知道茶为何物。生产队长不吹哨子了，地也不种了，草倒兴高采烈地长着。父亲那一辈子的人散了，我童年的这一拨也散了，不知道他们都去了哪里。

这个村我一次又一次替它想过，如果淮河能赠送给它一个深草湾、浅草湾多好。这里有狼尾巴蒿、蛇床子、鬼针刺、艾草、风车草、巴根草，好看的还有看麦娘、泥胡菜、酢浆草、蛇莓，这河中还应有几个小岛，这里叫湿地公园，可以叫半湾月湿地，或叫月亮湾公园。

淮河的水一年又一年地冲，如果能赠送给它一个地质公园多好，这一层是白垩纪时期的坝子，这一层是先秦的坝子，这一层坝子是大禹时候建的，这一层是我父亲年轻时完工的，淮河的大水一向都知道轻重缓急、刚柔并济。

或者有一个卢棱一样的年轻人到这个地方隐居多好啊，这个地方最适合隐居，冬季他建冰窖，夏季测量淮河水位、水温，春秋两季沿淮河散步，没事的时候到荣姓人家串串门，搞好和姓荣的关系，夜间听一折皮影折子戏，他也写一本《瓦尔登湖》。后世会有多少人到这里寻觅他的踪迹。

或许某个文人留下一两首诗也好，尽管荣家渡的人不懂诗。杏花村的人也不懂诗，也不写诗。但是杏花村照样名垂千古。诗不光是写给杏花村、荣家渡村看的，诗人才不管他们看不看，他是写给历史看的。可是这事不能乱编，杏花只能开在别人的村子里，你眼馋不来。手机百度查一下，荣家渡连个词条都没有。偶尔搜出的两首诗，还是我写的。所以这事没法后补，古人不努力，后人徒悲泣。

或者我又想，等我哪天有钱了，我把南坝子的大堤修好，把砂浆扒掉，直接铺上沥青，或者水泥路四平八稳一直通到泗洪县，顺便插个斜枝到我们家祖坟。这样荣家渡就有了环线了，有了环线的村庄就不是一般的村庄，不过这事我只是想想，连我都觉得不可能。

我们从村中高一脚低一脚走过，我曾写过的两首诗，本来想献给荣家渡的。可是我往哪献呢，献给紧闭的门环？献给看不清路的老人？献给遑遑的走狗？还是献给悄无声息走远的淮河？或者献给用来想象的天高地阔、白云苍狗、孤烟日落？淮河你告诉我，这个地方到底有没有诗意？哦，我依然贫穷落后的荣家渡。我能为你做些什么？

当我突然冒出这句话的时候，我惊愕地把自己的嘴紧紧捂住，这荣家渡是我的吗？那移来移去的宅基地，那长大了却长到别人家院子里的杏树，那跑来跑去的田埂。我仿佛看见姓武的、姓郭的几户人家扛着锹畏畏缩缩地躲在荣姓村民中间的样子。我仿佛看见姓武的、姓郭的眼馋地看着哨子、做梦都想摸一摸的情形。

可是荣家渡，我们到底也喝过你的几瓢水，吃过你结的几颗枣，拔过你长大的几棵菜，欣赏过你漫天的芦苇花，呼吸过你的新鲜空气。我们一次又一次地回来，如果你不是我的，我又是你的什么人？

我的故乡荣家渡

几十年了,我爸从县城返回荣家渡村,都要包一辆马自达。清明、中秋、春节之前回乡,费用翻番,就这还要在楼下和车主谈半天,碰巧了人家才愿意去。到那地方太窝工了,来回想带一个人都带不到。从后路进村吧,马自达不是走泥路就走水路,还得防马自达擅自闯进泥窝里救不回来。从前路大堤进村吧,大堤上还有远古时期泄洪时留下的三个大豁口,豁口虽已填上,但马自达娇气不是吼着,就是蹿上蹿下。我爸在马路上拦一辆马自达:“到荣家渡去?”人家伸出粗糙绵软的手,一摆,泥鞋子一踩小马达就走了,话都不多说一句。我爸为这,自尊心很受打击。

十年前,荣家渡的后路终于变成了升级版的路,村村通。从县城经双忠庙镇能直通到大队部。村中间、村民家门前还是泥水路。村村通还是不跑公交车,路上只跑拖拉机、货车、摩托车。连汽车都不通的地方,就剩你们荣家渡了吧?我妈一点都不留恋那个地方,似乎她从来就不是荣家渡的一部分。那个地方鸟都不拉屎。那个地方鸟一定是拉屎的,可是那个地方鸟也不够多。

好在我弟弟很快买了汽车,他似乎专门是为荣家渡买的。好了,我们家终于有直达快车专通那块坟地了。只是村村通真考验人的车技。

前一次弟弟开车回乡，我一同回去，我已早早逃离了那个地方，我和它已断了多年的联系。这条路还是那么瘦那么长，我努力把自己当成一个路人，但是在这条路上，我还是看到了我妈的身影，我和我姐的身影，她们还在这条路上走。我们家是非农业户口，那些年，吃粮要从双忠庙镇粮站买，大概每月要从粮站背一次粮食回去,一家人的口粮呢。那时我姐十一了，已经背了几年粮食，我六岁，我姐也是从六岁开始背粮食的，以前都是我妈一个人背。我们去的时候应该是很开心的，两边都是庄稼，还有草、麻泡、香姑娘，我是那么调皮，一定不会好好走路。回来的时候情况总是不妙，才出了镇子我就不好好背了，姐闷头走，粮食压弯了她的腰，她已经知道要为家里分担事务了。我妈的后背上压着一袋粮食，我的后背上不由分说也压着一小袋,粮袋在我的后背上磨来蹭去,粮袋像长了牙齿。有一次雨后路滑，我们走到前李庄，我妈说我怎么也不愿意走了，走不动了。我们把粮袋放在稍干一点的路面，歇歇。后来我妈把粮袋给我搭好，自己把粮袋甩向身后，再努力用手帮我托着粮袋，我们娘俩粘在一块向前走。还有一次走到前李庄，我又不愿走了。我妈走了一二里地，找到我的一个远房舅奶，讨了一块饼。就是靠了这一块饼，我才闷着头走回家。这条路上从此留下一块饼的故事。并且，不只是一块饼的故事，而是每次走到这里，都会有一块饼的故事发生。

以前是我妈一个人背粮食，她是怎么把那么多的粮食背回来的呢？她怀着我三妹、四妹、五弟的时候又是怎么背的呢？

我记不得了。她走到前李庄，想没想过要吃一块饼？这些情况只有这条路知道。

如果说荣家渡村村后的路上留下的是三个人的身影，那么村前的路上则留下了我们高矮不一的五个人的身影。三妹、四妹和五弟老是有病，他们比赛着从荣家渡的土地里冒出来，比赛着咳嗽、发烧、拉肚子、出疹子，比赛着哭。我们娘今天背三妹，明天背四妹，后天背五弟，背到县城去看。长围巾是必不可少的，长围巾系着我们家的疾苦，那个时候家家的长围巾都系着人间疾苦。长围巾在我们胸前五花大绑，身后缚着某一个孩子，棉被堆得比山高，孩子是不能受风的。长围巾先是系在我妈的身上，后来换到我姐身上，再换我身上。我们中的某一个人像是将军似地赶路，两边的人提着奶瓶、尿布、衣服、包被、瓶罐、长柄黑伞。快要进城时《大海航行靠舵手》准时奏响，早上播的是《东方红》。那时候我爸在县城的广播站上班，我们都觉得这曲子是我爸播放的。他知道我们走了一上午了，也知道我们的内衣全湿透了，他放曲子给我们鼓劲，我爸就在曲子响起的地方等我们。走到他那里得下午二三点钟。这条路上有故事，这条路上有三个豁口。我们没有什么故事，我们三个人你拉着我、我拉着你慢慢滑到豁口底，再缓缓爬上来，豁口里有水有时我们得脱鞋卷裤。荣家渡的村民到县城，再从县城返回，据说，有的村民是把裤子一脱，把自行车一扛，从水中大摇大摆蹚过来。这是这条路上最具有神秘色彩的事情，也是女人们捂嘴大笑、百说不厌的事情。这是一条顶难走的路，有长度也有黏度，脚上的黄泥重得像拖两只船，这也是村民最津津乐道的一条路，一个村子总该有一个有吸引力的地方，要不这个村子也太没有意思了。这个豁口吸引力就很大，不知道村民是更喜欢这条路还是更恨这条路。很可惜我们没遇到过扛自行车的人，路把吸引力留给了别人，我们的双脚则机械地向前挪动。

荣家渡村后的池塘也已经没有了，没有了荷叶、鸡头菱和青萍，它们都已化作了麦地。我奶奶每天趴在这里洗，洗喂猪的青草、交公社的青草，那个时候一池塘的青草。我妈则在这里挑水，我和我姐抬，一天得三十多桶水，前面的白菜、萝卜、黄瓜真能喝水。如今池塘不见了，洗草的人已躺在别人家的麦地下，挑水的人也已走远。水被她们挑光了，池塘也觉得滋养他们一家人的责任已了。

在我们家的宅基上，现在竖立的是别人家的屋子，二层楼。我们家原来住的也是新屋子。我妈把透亮的土墙推倒，把压着破缸片、碎坛片的烂草顶掀掉，买来砖头、木棒、大苇，我妈请人盖房。我妈总说那一年夏天雨下得真大，洪流一般，二十多天没晴，我们一家八九口全裹着被单，躲在别人家的棚子里。为什么我们家盖房老天一点也不眷顾？我们家一办事情就下雨，我妈一出远门就下雨。我们家的事总是和雨较上劲。就这样，我妈花了两个月时间盖了三间新瓦房。新瓦房也不像现在这样，眼前的院子是光秃秃的。我们家门西边是一棵齐着屋颈的老枣树，成串的枣子全结在瓦片上，我们家的瓦是全村最得意的瓦。老枣树旁边还有一棵楝树，楝树倒不老，正当年，楝树总是花一季枣一季。我们家门东边是一棵歪着身子的老槐树，一边歪向台下，那是我们的秋千树。秋千树是被我们一个又一个荡歪的。如今枣子结完了，楝树花开完了，老槐树变成了棺材。那一段时光过完了，现在一院子清静。它们只能活在那一段时光里，我们的岁月里。

我问院子，那一院子的布鞋哪里去了，大的、小的，烂帮子、掉底的，露着脚指头的。它们被一个粪箕背到塘边，再湿淋淋地背回来。鞋子总也背不完，鞋子总也刷不完，院子总也晾不完。谁的脚见风长，谁的脚长牙，谁的脚走路鞋底爱毛边？脚越长越大，心越走越远，鞋说散就散。原以为整院子的事永远也做不完呢。原以为这一切像一堆草怎么扯也扯不完呢，院子也有关门的时候。

我问电灯，那盏煤炭油灯哪里去了？煤油灯下糊鞋帮、纳鞋底、裁鞋面的人哪去了？顶针、麻线、“滋拉”“滋拉”的声音。一丝布都是好的，把鞋底纳得再厚一点，把补丁打得再结实一点。床上五个孩子在熟睡，孩子的身子上压着的旧棉袄、旧棉裤。空气里有股异味，火炉上的棉裤要不时地翻一翻。煤油灯不事张扬，煤油灯把这一切都聚在眼底。如今我们在电灯下逡巡，电灯那么明亮，有些事情却也照得不再分明。

荣家渡的狗叫声却像繁星一样地稠密。我问黑狗，你为什么那么黑，夜里为什么狂吠？一只狗嘴对着月亮，全村的狗嘴对着月亮，狗瘪着肚子在叫。黑狗的叫声让荣家渡的夜晚变得不平静。荣家渡的夜晚就是狗的夜晚，狗似乎是怀着某种目的、某种期望在叫，它们期待有一个不一样的明天。在黑狗的叫声里，孩子们在翻身，母亲却越发沉默，她从来不敢出门，也不敢有什么期待，她更不敢奢望有一个不一样的明天，她只想稳稳地守着自己的孩子。

我问水缸，你为什么现在不需要装满了？那个时候我妈一个人挑，我妈挺着大肚子挑，我妈在月子里挑，我和我姐抬。扁担在我们的肩上换来换去，绳子在扁担上移来移去，绳子向我妈那一边移，她怕压坏了还不结实的肩膀。我们像操场上的杨树越来越挺拔，我妈却像扁担越来越弯，越来越朽了。

我问老井，为何你现在淹没在了荒草丛中？那宽阔的井台，那热闹的洋桶，那粗壮的井绳如今都派作了何种用途。挑水的人不仅要挑两只桶，背弯里必定还要挽几圈粗壮的井绳。井绳平日总是和牛缠挂在一起。井绳也是一个家的家业底，一根粗壮的井绳，能把一个家一寸一寸向高处提。我们家的井绳细细的，它只能把家晃晃悠悠地向上提。从井台通向我们家的路也是晃晃悠悠的，那一路不知洒下多少汗水和泪水。如今通向我们家的路找不到了，四通八达的路全找不到了。天空还是那样俯视，老井再也不咕嘟咕嘟地冒泡了，老井再也不需要谁提水了。

居住在我家台子上的这户人家，猪圈还在，猪却没有了。我问猪圈，那一群怎么也喂不饱的猪哪去了？我妈把一黄盆又一黄盆的芋头端向猪圈，我妈把拌上糠、拌上豆秸的粥端向猪圈，我妈把剁好的猪草端向猪圈。我奶奶则一日一日坐在院角剁猪草。我妈就这样一年又一年地从灶台上端、从院角端，我妈的腰弯了，我妈和猪打成一片。

我问如今已经光秃的菜园，那些黄瓜呢？那些瓠子、萝卜、西红柿与辣椒呢？那些水桶、那些人，如今都到哪浇地去了。这块土地一定不知道我们回来，它显然没有做任何准备，它懒散惯了。多少次它一定梦到过我们，梦到我们叫醒它、泼绿它。

我问村头的学校，那一院子的捣蛋鬼哪去了？我妈上课的时候，孩子们坐在屋里听，村民站在屋外听。我妈教语文、数学、音乐，我妈吹哨子教体育，还兼打上下课的铃。我妈到女童家，到交不起学费的孩子家。她带民办教师到市里、县里听课，市里、县里领导到村子听她讲课。我妈教的都是姓荣的孩子，几个大队姓荣的人家都称我妈“张先生”。如今这个村子的孩子步行的步行，骑自行车的骑自行车，到十里地之外的其他村子去上学，没有“张先生”的学校会变成什么样的学校？没有“张先生”的村子会变成什么样的村子？没有比姓荣的人家更渴盼我妈的归来。虽然姓荣的在其他方面仍然高屋建瓴、高瞻远瞩。

我问时光，能不能让过去再缓慢地回来一次？让我们把粮食背回来，让我们把水缸挑满，让我们把菜园泼绿，让我们把猪喂肥，让几个长大的儿女帮一帮这个女人；让她直着腰走一回，让她悠闲地走一回，让她因为有四个女儿在村民面前闪光地走一回。她的后背下垂，她的腰椎下垂，她的子宫下垂，她的一切顺着脊椎节节败退，能不能让我们托她一把，就像她曾经在我的后背托粮袋那样，去托她一次？

六安与宿州

六安与宿州是安徽南北的两个地方，六安是山区，宿州是平原。这两个城市我都生活过，

今天忽然有了兴致，把这两个地方放在一块说。

先说地名，六安和宿州，都有一个多音字。六安，当地人有叫自己 lu 安，也有叫自己 liu 安，一半一半，糊涂吧，自己都不能准确定性。宿州人，有叫自己宿州的，有叫自己宿县的，称自己是宿县人的还多点，糊涂吧，老百姓分不清楚，反正就那块地方。六安有“皋”字，六安又称“皋城”。皋是皋陶，是与尧舜禹同时期的人，是“上古四圣”之一，是黄帝次子的后裔，他是中国司法鼻祖，后常为狱官、狱神的代称，六安是他的封地。这一个皋字一下子把六安的历史追溯到华夏五千年前，六安人是圣人的后裔呢。宿州人则有“埇”字，埇桥区，宿州唯一的一个区，中国最大的市辖区，洋洋一部新华字典专门给一个词条“埇桥区”来注释该地。瞧瞧这两个地方，随意从地名中拿一个字出来，就能震惊世人。小地方不小，小地方有硬气的东西，小地方有中华历史悠久、博大精深的印迹，小地方到处都有泱泱大国的踪影。

六安地形曲，宿州地形平。六安地上长茶叶，宿州地上种冬麦，都是一样好收成。六安附近处处青山，山上种毛竹，山

中开杜鹃，山下流清泉，吼一嗓子《再见了，大别山》《八月桂花遍地开》，真是美轮美奂，景美、歌美、人也美，胸口有英雄豪气顿现，大别山赋予了这个地方别样的风物，别样的灵气，真是“别山丽水，梦幻之地”。宿州也有山，宿州山上长松树，松树根下是白石黑石，白石黑石好比是白银黑金，石头坚固不可催，当地人就用炸药炸，石头一车一车往外拉，拉到外面挣钱，磬石、灵璧石都快挖不到了。现在人们不挖了，现在人们知道守着金饭碗过日子了，当地人改赏石了。当地人只后悔当初自家院子怎么不多留两车，全卖给别人了，卖完了。当地人也唱歌，花好月圆也罢，黑灯瞎火也罢，有事也罢，无事也罢，在城里在乡下，一曲拉魂腔，管叫十里八里人心都慌，“不听拉魂腔，吃饭肉不香”。

六安地形曲，六安的路就更曲了。路喜欢朝山里去，路走得远，走得彻底，走得彻底才能走到雾的心坎里去。路在山脚下走走，路在半山腰悬，进山的路怎么这么难。但现在进山的路却这么光滑水润，宛若水蛇一般，开车的司机像在赛车，一会儿他向一块巨石冲，一会儿他又向一棵树冲，全然不把人们的惊慌尖叫当回事。这里的路是怎么修成这样的呢？这里的路叫“链”，也叫“练”“炼”，让人感动、感叹，修这样一条路，多少人的性命、光阴都留在了这里。山路培养出一群好司机，六安出的司机在全国没有钻不了的胡同、没有插不了的缝隙、没有回旋不了的余地。宿州的路也培养司机，宿州的路培养大货车司机，二十几米长的大货车，宿州师傅高高在上，他高瞻远瞩，运筹帷幄，稳稳当当把车开向远地。宿州师傅能吃苦，风雨无阻。

因为这地形、地貌的原因，两地气候就有了不同。六安总是像水洗过一般，路边的树、青菜不挂一点灰，人在街上走，皮鞋不染尘，六安擦鞋工人的腰包可能是全国最缩水的一群了。宿州则不同，我作为外地人，去了两日嘴角就要起皮，再过两日则口干舌燥。宿州的姑娘会用个大口罩将脸紧紧罩住。让我百思不得其解的是，宿州的姑娘要身段有身段，脸嫩肤白，面如皓月。宿州出美女，这是我到现在仍然记挂在心的一个疑惑。宿州的口罩怕是不能起到这么大的作用吧？

六安有淠河、史河，宿州有汴河。诗人都拼命夸赞自己的母亲河，所以我说不出哪条河更好。六安人喜欢钓鱼，宿州人也喜欢钓鱼。到了双休日，六安人开着车，在路上左兜右兜，六安人到一个偏僻的地方把车停下来，插好大伞，支好鱼竿，他在一个小水库边稳稳当当地坐下来。水库里的鱼不喂，水库面积大，扔草料等于没扔。水库里的水冷且深，鱼不易上钩，钓上来的鱼多是脑袋大、身子小，相当于深水鱼，是地道的野鱼。可是六安烧出的鱼，口味却称不上全国一流，想是六安人把心思更多地都用在腌咸货上了吧。宿州人双休日也开车出门，他们在乡路上一路奔，到水塘边去钓鱼。水塘里的鱼一日三餐饵料伺候，看塘的人看钓鱼的人来了，赶紧帮着撒饵料，钓鱼的人自己也撒饵料，钓鱼的人不一会拉上来一条又一条，鱼大且多，钓鱼的人看着喜欢，看塘的人也喜欢，钓上的鱼不一会过称，二十块钱一斤全带走。宿州人爱面子，钓不到鱼，借两条也要挂在鱼竿上带回家。

六安人底气足，六安上面有人。六安是著名的革命老区，是红军故里、将军摇篮，皖西籍出了108位将军，光是金寨一个地方就出了55位将军。当然他们为革命战争牺牲的人更多。说是六安人好斗那倒不是，是大山把他们逼出去的吧，过去这些穷山窝能养活多少人呢。能活着回来的人都不错，这些人让六安引以为豪，这些历史让六安引以为豪，这些都成为六安、金寨一个响亮的名片。所以说六安上面有人,那可不是乱说的，也不是六安人自已吹嘘出来的。要不你也画试试？所以，有绝活才是硬道理。有多少种绝活，就能走多少条路。有绝活，才能走远路。

和六安人处得久了，我发现他们说话有特点，有意思。他们说“洗把脸”是“死把脸”，“喜欢”是“死欢”，“买鸡”变成“买资”,“丢了面子”那叫“跌相”,“闲聊”那叫“闲呱蛋”，“娇滴滴”那叫“嗲摆”，六安人见到我亲切地喊“老弟妹”，听得我心里一热一热的。宿州人说话也有特点。宿州人对我贡献最大的，是终于让我知道“前鼻音”“后鼻音”怎么回事了，他们能准确地把这两个音区分开来，我照着样子念，对着镜子练，还是不得其所，鼻子不听我的话。我们的鼻子和他们的鼻子构造不一样。宿州人叫屁股是“腚”“腚蛋子”，“脸不脸，腚不腚”在我们那是骂人的话，意思对人不客气。宿州人不骂人,屁股就是“腚”,宿州人说“你怎么了”是“恁怎么了”,“娇滴滴”是“嗲溜”。宿州人说“舒服”是“自”,早上喝完早酒，歪倒歪倒去上班,那是“真自儿”。宿州人看见我们两个在一块，张口就说“你女人也来啦”,他们不称“老婆”,总是“你女人”“我女人”地叫，这个叫法总叫我心里麻颤颤的，比听到陕北的婆姨还麻颤，到底为何麻，麻到什么程度，似乎又说不清。还是六安的一句“老弟妹”更能拉近距离，更能捕获人心。

还是回到吃的方面来。六安人一桌菜，黑猪肉锅子一个，大白鹅锅子一个，羊肉锅子一个，狗肉锅子一个，咸鸡、咸鸭锅子自选一个，还有一些鸭掌、鹅胗、猪头肉、猪耳朵、猪肘子等卤肉拼凑一盘。猪肉是咸猪肉，羊肉是风干过的，狗肉是风干过的。羊肉要带皮，带皮的羊肉香。羊肉、狗肉炖得八成烂，这样嚼有韧性，香。这样一顿餐，让我这个外地人看得多吃得少，吃得我只想回家。偏六安人又有向客人碗里夹菜的习惯，每每我又抵挡不住，经常弄得我看着一碗干肉不知怎么办。宿州人待贵客，会牵一头肥羊来。羊肉白煮，切成拳头大，放在黄盆里热腾腾端来，客人用手抓，醮着孜然粉就可大快朵颐。羊骨也放在黄盆里热腾腾端来，其后会是椒盐羊排、孜然羊肉、烤羊肉串，一盆毛血旺、炒羊肝、炒羊肚，最后每人再来一碗羊肉汤，若能吃得下，再来两块马蹄烧饼。羊是活羊，炖得也烂，一餐过后，让你三餐茶饭不思，胃肠消化不掉。

六安人青睐小鳜鱼，红烧小鳜鱼，经常是每人来一条，六安人还喜欢油焖干靠鱼。一指长的小参条，水晾干，油煎水焖青椒炒，出锅的鱼硬硬的，有嚼头，香。宿州人吃大鱼，二斤左右的混子、鲤鱼，先滚上面再用沸油炸，炸得焦硬，再沥出油，放水锅里煮，从焦黄变成散软，即可装盘上桌。我心里想幸好这两个地方不喜臭，要是嗜臭鳜鱼，我也就断了吃鱼的念头了。

要说萝卜，得先说宿州，宿州的萝卜叫“高滩萝卜”，这有名头，“萧县的葡萄，砀山的梨，不如高滩的萝卜皮”，高滩的萝卜甜脆，水分大，“宿州有一怪，高滩的萝卜当水果卖”。现在的高滩萝卜装成盒，当礼物送人。我以为我已吃到萝卜中的经典。有一次，和六安朋友在山中，我盛赞当地的青菜好。朋友顺手一拔，一个青萝卜带着泥虎头虎脑钻出来了，他用山泉清洗，剥了皮切了块让大家品尝。我一尝之下，心中震撼，萝卜赛梨，可能说的就是它了。区区一个野山坡，一块名不见经传的小荒地，随手拔一个萝卜便如此，若是得风得雨，此地的萝卜不成精也得赛人参。看来凡事不能早下定论，早下定论未必能抵达事物的本真。在大地上行走，还有一个叫阅历、步步深入的东西在不远处等着我们。六安的青菜也可以见缝插针提一下，只是安静地成长，只是自然地成长，能长什么样就长什么样，能长多久就长多久，能长出什么味就是什么味。山间的青菜不懂得高科技，也不懂得大道理。种子往地下一撒、秧苗往地下一戳就能活，那是硬道理。常见山脚、地头的青菜绿成茵、绿成毯。山区的青菜是大地上开出的绿色花朵。

六安的面条数叶集，叶集的面条叫把子面。叶集总是有好东西。叶集的把子面是用泉水糅合，手工拉长拉细，拉到面条不能再长、不能再细时，戛然而止。这面条在阳光下自然风干，一把一把地装，每把折成椭圆形，盘在纸箱里。这面条含盐、含蛋，下在锅里，柔顺细滑，易熟但不浓汤。用筷子捞在碗里，根根不断也不乱，这样的面条吃到肚子里满心柔软。我一向并不善待面条，但这一碗面条在不知不觉中就下了肚。回到淮畔家中，更深半夜，这碗面香竟不知不觉从暗中传来，丝丝缕缕，越来越浓,我的心竟然不知不觉被它软化。这面条有特异功能。叶集面条的特异功能还在后面，煮好的面条，一头含在嘴里，向另一头吹气，面汤竟咕嘟咕嘟冒气泡，这面条是中空的。这特制的面条经过36道工序密制而成，非物质文化遗产，技术概不外传。小镇经常是藏龙卧虎的地方。何况是大别山腹地的小镇，何况有泉水绕膝。宿州的面条叫“迎客松”，中规中矩，筒子装、超市卖。这样的面条下在锅里，有筋骨，有韧性，这面条在锅里似有无穷活力。这面条吃在嘴里柔若无骨、丝柔润滑，即便是软塌塌、病怏怏的人，吃了这样的面条，我想也会吃出生龙活虎,吃出活力、劲头的。有这样的一碗面条端在手，生活哪能没有劲头，这面条堪称活力面。我常想宿州人身板结实，底子好，是不是这碗面的功劳。我先生车子的后面经常装着一筒一筒这样的挂面，走南闯北都带着这样的挂面。在饭店他不吃别家的面条，他吃自己带的。在叶集吃饭也是。不过我知道，有一天他离开叶集了，他的车子后面肯定也会装着叶集的把子面，他就是这样的人。

在六安吃饭，最后端上来的是一盆锅巴汤。这在大小场合都能喝到，就是锅巴熬成的汤，汤里勾点面。这汤好，香脆，有利于消化。在别的地点我还没喝到过这样的汤，这也是山里人的独创吧，干肉吃多了，再来一盆消食汤。宿州人吃饭最后也上来一盆汤，汤叫“椒糊子”，我开始还以为是“胶糊子”呢，和sha汤一样有名，味道独特，它的味道之好，似乎还盖过sha汤，我仔细品了品，可能“椒糊子”里还有干虾皮、发菜或是海苔丝之类的东西吧。

六安人、宿州人喝的酒也不一样，这是酒桌上最不可缺少、最能提神尽兴，引发高谈阔论、奇思妙想的东西，没法不说，精彩的总是留待尾声再说。无酒不成席，两地都是，不知是不是凡有中国人的地方都是。六安人喝的酒叫迎驾贡，酒厂条件得天独厚，大别山腹地，东淠河沿岸，东淠河睡美人一般搂着这个酒厂或酒罐，东淠河是香的。迎驾贡最得意的地方，是它的酒窖，它的酒窖叫黄岩洞。酒从车间生产出来以后，百十个工人或许还包着红头巾，敲着一个锣打着一个鼓，一行人抬着一个个大酒罐，"嗨哟嗨哟" 地喊着号子，走过高坡，走向堤坝，走向一条条龙船，撑船人顺风顺水撑着舟，将酒送到对岸不远处的洞穴。酒放洞穴，藏好封好。洞内幽深，长年恒温，湿度适宜。洞内放《春江花月夜》。酒在这里修炼、沉思，酒也在这里被唤醒。人听音乐，神思迷离，酒听音乐，百转千回。为自己订制一坛酒，为亲人订制一坛酒，为朋友订制一坛酒，酒藏洞内，随喝随取，这酒厂会做生意。六安还有临水玉泉，霍山产的，大红瓶子。把酒箱打开，不仅有酒，还倒出两个小红本本，"丁个大"，放在掌心正合适，一本是《红色记忆》，上面记载着："战争是群众的战争，只有动员群众才能进行战争，只有依靠群众才能进行战争。""一切过高地估计敌人力量和过低地估计人民力量的观点都是错误的。"一本是《皖西将军录》，里面记载 108 个将军生平事迹。酒里有历史，酒里有箴言，幸福的生活是由前人创造的。这酒是老区的酒，是大别山的酒。宿州也产酒，宿州酒叫"宿州头曲""盛世皇藏"，我参观过这两家酒厂，都有大车间，都有大酒窖，酒窖平日里用大铁锁锁着，里面有百十坛甚至上千坛酒在这里静思，时间在这里停滞。在这里我们品尝到的是酒头、酒曲或叫酒母，买酒的人平日买到的是勾兑过的酒。这酒浓香猛烈，想是这酒还没有见过天日的原因。宿州人生性豪放、大气，我想和这酒是有关的。在北方的这块土地上，干旱、蟥灾、黄泛、刀枪时不时来袭，这块土地需要有一种东西来抚慰、治疗，酒在这里是一种需要，也是一种信仰。一块土地没有信仰是死板的。酒在改写这里发生的事情，这酒里还藏有多少秘密呢？

六安人的酒风和宿州人的酒风越来越接近了，都是嗓门大酒话多。六安人喝酒叫“斗”，“斗一个？”“斗一个！”这斗里有猾黠，有挑衅，有情趣也有火药味。这里人吃饭也叫斗，“再斗一碗”；这里人干工作也叫斗，“一下午斗了好几件事”，“还有一篇工作总结要斗”；这里人钓鱼也叫斗，“你看那人手舞足蹈，肯定斗上来一条大鱼”，“今天下午斗了不少条啊？”我觉得用斗字好，一提到斗字，人马上来了劲头。有了干劲，精神抖擞。宿州人喝酒叫“罍子”，炸罍子，这比较符合宿州人的个性，两个人面对面，一仰脖子一口干，爽快。值得一提的是，这个字、这件器皿，规规矩矩地躺在寿县的博物馆里，这是古寿州人的发明，也即古六安人的发明。当地人发明了这个字，自己并不用，自己用“斗”，宿州人拾起了这个字，用得很顺当，这个字一用用了上千年，这是两地的缘分。还值得一提的是，现在寿县划归淮南了，这个字、这件器皿现在归淮南了。但是这个字属于那段历史，那段六安国的历史，这个字、这件器皿只能规规矩矩地躺在六安国的历史中，我们不能篡改只能尊重。这个字、这件器皿虽已划归了淮南，但寿县人在未来几年、几十年内，肯定还是有六安情结的，过去的一草一木甚至记忆都是属于六安的，淮南人不能干涉、强行带走，淮南人能拿走的只是它的将来。这个“罍”字不论什么时候都会有浓浓的六安情结，我们尊重这种情结。

刘姐和她的园林

春天，刘姐给我打电话，说妹子你也不到我家来玩了，满院子的花都开了，再不来这一季又过去了，你知道的，我是没有办法出园的……我仿佛看见一大片花海中，刘姐捧着电话幽幽地说。

刘姐家的园子按现在的话说叫生态园林，刘姐是能和我相处的少数富人之一。我闭着眼都能知道刘姐在忙什么，前不久要雇五六个人给树、花修枝剪叶，整草坪，这活干完了，这些工人不能走，他们要满院子扒竹笋，园子里清风徐来，竹林含韵，地下却蠢蠢欲动，一个又一个火箭头般的竹笋正伺机钻出地面，园子里小桥流水，香径通幽，那笋今天顶歪了一块青砖，明天顶裂了一块石板，后天又在桥墩、草坪上没头没脑、古灵精怪地乱钻乱探，这笋比野猪还厉害。刘姐家几个工人每天扛着镬头，像挖金子似地在自家院子里挖。刘姐家也开酒店，这些笋子统统被倒进了油锅，刘姐家的饭店当然叫都市生态酒店。刘姐自己也围着围裙在院子里挖，她在工人的后面拾漏，捡二茬。一场雨过后，刘姐家的竹笋又齐齐冒出了头。

竹笋的那一茬事终于过去了，刘姐又要指挥工人修屋顶。刘姐家园子里高高低低的屋顶有的是徽派建筑，覆着小京瓦。有的却覆盖着茅草，茅顶呈蘑菇形、人字形。我问刘姐茅顶造价要低得多吧，刘姐却说那是瓦顶的几倍，简直就是金顶。茅顶三年就得彻底换，三年草就全烂完了，每年都得一大修。经过一冬雨和雪的浸泡，茅顶在渐渐下坠。开春工人就得搭梯上房，将茅顶扶正、复位。烂得一窝一窝的茅草要扯下，要用新草补齐、苫实。刘姐曾累得想要把茅顶掀掉，还是瓦顶省心。但是城里的人认茅顶，茅顶常订不到桌。头几年城里人请客，张口一句话就是，到老刘家的茅草屋里吃。或者说那个茅屋是在什么地方来着，到那里吃。能订到茅草屋，能在茅顶下吃饭，那才是身份、地位的象征。茅顶的地位牢不可破，茅顶就是一个招牌。

初夏快到了，我们邀刘姐一家到山里去玩。刘姐说，我正给树喂肥，走不了。刘姐家的园子早些年是城边一块废地，低洼，常年积水，垃圾满地，两口子用早些年开小饭铺挣来的钱买下这块地，经过几年的整理，污水退去，酒店崭露头角，不久初具规模。刘姐的老公就到处去买树，先是普通的树，后来是名木、古树，有用吊车挖出来的，有用军车运回来的，当然那是早些年。刘姐的老公对树着了迷，开饭店挣的钱统统变成了树。但凡熟人到他家园子里，他一定会拉着熟人先介绍他的树，这是红豆杉，那是日本罗汉松，其实不用他拉着熟人，别人也一定会被他的树先吸引，一些树上正挂着吊袋，一些残枝断臂的树显然是才移来不久。园子里的树高、中、低层次分明，长叶的长叶，开花的开花。他负责买树，刘姐负责看树，他栽树，她喂肥，这些树是他的命根子。肥喂少了，树不壮，肥喂多了，烧死了。一棵就是十几万，死得让人掉眼泪。但是刘姐的老公乐此不倦。夏天里，树每天要浇一遍水，有些树就是娇贵，水少干死，水大淹死。这些事刘姐指挥着工人干。这些树要是一棵接一棵死去，再富的人也养不起。刘姐从不到山里去玩、去看山里的树，她只在自家园子里看树，累了，就坐在自家树下歇歇。

整个秋天，老刘在院子里废寝忘食地转悠，他在修盆景。刘姐则坐在大树荫下，指挥工人切一堆堆的木瓜、山楂，翻晒从树下掉下来的豆荚和不知名的黄果、红果，这些全是院子里的特产。我们这个地方并不产木瓜，气候不适宜吧，但这园子是个例外，贼亮亮的木瓜随时随地就从藤叶间冒出来，把树都压弯了，这些木瓜颠覆了常理。秋天满城飘香，不知情的人以为是桂香，知情的人知道老刘家的木瓜成熟了。这切开的木瓜能把全城人都引来,这是难得的中药。刘姐把它们制成木瓜干、山楂干，一部分送人，一部分泡酒。整个秋天，他们家树上的东西怎么掉也掉不完，掉片树叶都有用，比如银杏叶。刘姐就指挥工人一天到晚地捡。

冬天酒店是旺季，客人提早半年、一年就把房间订满了，接着就是订年夜饭。老刘和刘姐亲自去买菜，一天去一趟菜市场。老刘有辆捷豹路虎，豪车，平时舍不得开，捷豹路虎像猫一样一年又一年趴在路边，老刘也不外借，全城的人都知道老刘抠。捷豹路虎闲得路都不会走了吧。有一天老刘终于把车子发动了,两人去买菜。在鱼市,老刘付钱,刘姐则把后备厢打开，后备厢里有冰箱，鱼贩子眼睛瞪得老大，他说，咦，这乡下佬的皮卡里还有电冰箱！这事弄得老刘像猫一样没有面子。老刘知道自己摆不好谱，摆了也不像，后来老刘还是开着小货车上鱼市、鸡市。

前几年我们这下了一场雪，傍晚时分洋洋洒洒的，第二天早上一开门，雪足有几厘米厚。路两边的松、樟断肢、断茎无数，皑皑白雪覆盖着地上的青枝残叶。一大早老刘就雇了园林局的车子来拉，整个树冠、被劈开的半个树桩、倒下的竹子，热火朝天地向外拉，老刘家的半个天空都被拉空了。老刘和刘姐站在院子里，也不指挥车辆，他们俩袖着双手、缩着脖子，只是木木呆呆地看，天气实在太冷了。比天气更冷的是他俩的心。园林局的车一直拉到傍晚，老刘家的院子总算清理干净了，只剩下一地黑脚印。

近几年老刘有经验了。天一开始飘雪，老刘一家和工人们一起出动，每人手里拎一只竹竿，打雪。老刘家院子里有的是竹竿。如果刘府张灯结彩的话，那可真像一场盛大的仪式，像欢迎某个节日的到来。他们噼里啪啦打一夜，或者狂欢一夜。老刘和这些树同在，这些树是老刘的命，这些树死不起。近两年老刘备了吹雪车、吹雪机，雪一下，吹雪机就对着树冠呜呜地吹，吹雪机时常吼一夜。有树的人和没有树的人就不一样，没有树的人梦里下着白雪，有树的人是心里堆着白雪，身上披着白雪，眉毛上结着白雪。

前一段时间老刘看门又看出问题来了，他想在原有大门的基础上加阔、加耸，大热天老刘指挥工人有板有眼地干。老刘帮工人提水泥，偶有工人不凑手的时候，他也帮工人向上扔砖头，老刘什么时候都不改农民本色。不巧一个工人一脚踩空，从门楼上掉了下来，腿结结实实地摔骨折了。老刘专门雇了一个工人在医院服侍，刘姐一天一趟煲鱼汤、肉汤地端过去。家业可不是好攒的。结果这事费大心了，工人住了整整三十天院，除了医药费，还有一大笔误工、伤残、安慰赔偿费。偌大的院子豁张着嘴，喝西北风一般张了三十天，水泥砖瓦摆了一整地，老刘、刘姐苦着脸三十天，富人也有熬不下去的时候。

偶有亲朋聚会，我们到园子里去，刘姐总是高兴得不得了。带我们游园是必不可少的项目。但是随着天色渐晚，她会越发不安起来。待游园结束时，她总是说，妹子你们去玩，我还有事，我就不陪你们吃饭了。有两次她确实给我面子，和我们一块坐在餐桌边。三杯酒过后，她站起来说，我敬大家一杯酒，我就忙去了，你们尽兴地喝。大家一起喝了，都留她，毕竟她是这个豪华园子的主人，是这个桌子上的女主人，我拉着她不放，我们一块走到门口，她小声说，妹子，我不会喝酒，也不会说话，我在这不自在，还影响大家情绪。然后她逃也似地拔腿走掉了。再后来如有人邀她入席，我就帮着她一起打掩护，让她走吧。她对我满是感激的神情。有些人不会喝酒也罢了，有些人却是连饭也不会吃。她就是生就一副干活的身、吃苦的命。

刘姐自己家没有保姆，也没有佣人。我们去她家吃饭，她半天忙一桌菜。不从前院饭店端，也不让饭店厨师来家做。这些事自己干。让人不明白的是，在她家里吃饭，她也不上桌，她天生就是蹲在厨房吃饭的命。再看刘姐穿着，也实在不敢恭维，夏天穿一件肥肥大大连衣裙，棉的、丝的，好洗，在水里揉两把就成。在家里围裙经常是不脱，这样利索，好干活。在那个繁花似锦的大园子里，有一次我看到她竟然也像剪草工人一样围着长围裙，当然这样也是为了好干活。她这个富人当得可真是不明不白，真是与生俱来的穷命。

夫妻俩没有时间读书是真的，但要说夫妻俩与文化不沾边那可不是真的。园子里处处涌动着文化气息。在酒店的长廊里，一幅幅黑白照片看过去，每一幅再现的都是当地曾经的战斗场景，文字详细介绍战争时间、经过、牺牲的人物。墙上一幅幅彩色照片则生动展现了这个城市当今的面貌，有楼堂馆所、小桥流水、民俗屋舍，还有古今名流附庸风雅之作。黑山白水，旧貌新颜，一两百幅照片带你领略了这个城市的前世今生。在照片中穿梭，涌上来的是恍如隔世的记忆。这些照片有的是老刘亲自拍的，有的是专门请摄影师去拍的，有的则是在历史的缝隙中一步一个脚印找到的。有心、较真，老刘做什么像什么。

富人家的子女也是要结婚的，这可是一件大事。老刘的两个女儿大学毕业，都在机关单位工作，夫妻俩逢人就把女儿拿出来一个一个夸。其实不过是普通公务员，工资大家都能想象出来，但是我们都知道夫妻俩想要表达的意思，她们都成了公家人，她们再也不用做生意了。

夫妻俩考评文化人也有自己的一套标准。大女儿找的当然也是一个文化人，白面书生。老夫妻俩到女儿家里去，文化人的客气自是没有话说，只是天天吃饭留碗底，老夫妻俩看着不悦。这不是习惯问题，是品行问题。自己从农村进城才几年，碗底的粮食就不是粮食了。后来发生的一系列事情，证明这个白面书生还真是自己娇惯自己，他干的事儿还真不是文化人应该干的事。从他的那个吃相就知道他能吃多少担公家粮。

小女儿找的是黑面书生，还矮。老夫妻俩也有点不悦。鉴于对大女婿的不满意，老夫俩决心细心考查。黑女婿上门，老两口陪女儿女婿在附近转，路上车子突然抛锚，不转了。小女婿不知从哪里麻利地找到扳手，皮球一样的身子突然钻到车底，车子不久就能发动了。刘姐后来给我讲，就冲那个孩子突然钻到车底，我和你刘哥当场就认了，女儿跟着他不会受苦，什么时候都有饭吃。实践证明一个穿着干净衬衫的年轻人动一动手、弯一弯腰多么重要。车子能不能发动不是主要的，主要的是有一个能弯下来的腰、弯下来的心。那个小伙子当时还穿着白衬衫。

刘姐和刘哥始终认为自己没有文化，以农民自居。但他们对文化这个事比文化人自己还重视。我对园子充满了赞叹、充满了遐想，我觉得应该有新时代的陆游到这里来。但是我对刘姐赞叹不起来，也遐想不起来，我甚至对她有点气愤，难道你就不能在园子里、在竹林小道上依红偎翠、雍容华贵一次吗？难道你就不能煞有介事一番吗？又不是让你附庸风雅，现在打肿脸充胖子的人可多了。但是我不知道怎么给她讲这个事，也不知道在这个园子里讲是否合适。

林老板

老林的家远在雁荡山，父母都还健在。自从知道老林这个底细，我们就越发惦记着老林了。一天，老林开了加长的车，邀了我们几家，大手一挥说，走。我们欢呼着上路了。

游完了雁荡山，我们都说要去老林老家看看，老林说那是山沟沟不去了。我们说要去要去，现在就数山沟是好地方了。老林胜情难却，就带着我们进山了。

一路上车子不停地转弯，山路上也少有其他的车辆，车子弯了近一个多小时，终于停下了。老林说指着山下的一片房子说，这里叫岭底乡，我们村就属于这里管，我小时候在这里上学，这是我小时候见到的最大的地方。我们顺着老林的手指向对面山脊看去，却什么也没看到。老林说，上学的那条路只有小板凳面那么宽，窄的时候只能容一个人通过，洪水经常把路冲掉，路就一年一年往山背上长，后来快长到山脊了。上学的路上有时候会遇到野猪，你不要惹它只管走自己的路就行了。那时候最怕刮风下雨了，刮风下雨得赤脚走，鞋子揣在怀里舍不得穿。村里人都穷啊，上学的孩子还有一身衣服，在家的孩子有时不论男女经常只有一套衣服，谁出门谁穿。那时候我一个月至少要出一趟山，夜里两点钟起床，柴已经码好靠在门边，我背上这一百多斤重的东西，经过岭底乡、仰后村，走四个小时的路到最近的芙蓉镇去卖，要是到附近的虹桥镇那得走五个多小时。

我们听了心酸，问老林后来是怎么发展的。

老林说，十五岁初中毕业，家里实在太穷了，也到了山里孩子自立的年龄了，山里的孩子十五岁就该自谋出路啦。老林兄弟四个，还有一个姐姐，统统十五岁走出家门。十五岁那年老林跟叔叔走掉了，叔叔在北京做裁缝，老一辈的人把村子里的小辈一个一个往外带。老林随后在北京生活了三十年，老林说，我就是北京的活地图，我们说是你厂子附近的活地图吧，老林说，不是，是全北京的活地图，凡是出租车、人力车能寻找到的地方，我都熟悉，都能说出个所以然。老林先是干学徒，后来像老一辈一样自己开厂子，招工人，把自家晚辈一个一个往外带，搞服装外贸。老林发了。前几年服装厂一家一家倒闭，北京也不例外。老林还做服装生意，老林还是给人量身订制，只不过专门给名人、明星定制。老林手艺怎么样，打开电视看看就知道了。老林除了接私人活，也接团队活。老林走的是高端路线，做的是奢侈品。别人的厂子在倒，老林还把分公司开到了我们市。我们村在北京有二百多人，我们村的年轻人都在北京。我们村的人很团结，在北京抱成团，不自私，什么事大家互相帮忙。我爷爷是村里有名的大善人，他教导我们，能吃亏才能办大事，能帮助别人，别人才能帮助你。

我们村在北京有两大班子，村主任、村支书都住在北京，都有厂子在北京。村子里有什么事，需要等待上级的指示，大家在北京碰个头，开个会就可以啦，具体的事指挥家乡的干部干。

我们在惊讶中久久没缓过神来，真不知道在中国还有这样的驻京山村。老林接着说，最近我在为一件事烦恼着，村里要换届选举，村子里老一辈人一致推举我干村支部书记，他们嚷着要把我的党组织关系从北京转回来。这帮老人不依不饶，他们认为上一届驻京领导班子干得不得力，没有魄力，村子里还有好多事情没有解决，他们认定我能带领大家继续致富。村子里应该把剑岩风景区建一建，开发一些古村落，搞一个万亩野生常绿阔叶林森林公园，再搞些漂流，村子里要办的事情多着呢。没有办法，半年前我只有把党组织关系转回村，先稳一稳他们再说，至于干不干支书，我还没想好，我厂子里有那么多人、那么多的事要管着呢，我怕我实在没有那么多精力。

说话期间，老林把车子停了，老林要自己走回村子。老林的村子叫湖上垟村，他从雁荡山开了两个多小时才到。老林说，我们村子是一块风水宝地，我爷爷的爷爷原来在山里以打猎为生，有一次他带着干粮，来到我们村的这个地方，具体就是我家的台子的那个地方，他把干粮挂在树上，就到山里打猎去了，等了三四天回来，他发现挂在树上的干粮还热着，他断定这是一块风水宝地，就把家迁到这里来了。我们在村头仰面看一棵老树，老得不成样子了，树梢都要朽了，老林说要六个人才能合拢。树边有殿，新的，三重廊檐，里面有观音，外面有香炉。村里逢年过节、婚丧嫁娶才来这里祭拜，这会儿殿内无人。我们沿着村溪往里走，溪上有桥，桥上有字“安定桥”，溪有雕花护栏，溪水清澈透底，里有红鱼成群。老林说当年我们投资了三十多万元的红鱼苗呢，如今鱼长大了。鱼有人管理么？我们问。老林说，没有，随它们长，没人会逮。不过去年水大，山洪冲下来冲走了不少，这也是村里没完善的事情之一，今年已经列上议事日程了，这水既要能清泉绕屋，又要能减震防灾。

你看这村里的路，老林说，全是我们自己投资铺的，这村里所有的设施我们没让村里掏一分钱。我们自己修筑水泥路、防洪坝，建闭路电视，架电信移动、宽带网络，引进自来水，建小学、盖村办大楼等，总共花了 70 多万元，全凭我们自己自愿，不用摊派。

前面是一片稻田，已收割完了，露着黄黄的稻茬，几亩地的样子，稻田四周环有路灯。老林说这是基本农田，全村人的口粮，任何人动不得，过去吃饭主要靠它啦。前面就是村庄，抬眼望去，四周都是山，放在过去这真是一个只有鸟才愿意下蛋的地方。说是村庄也就是一个足球场大的地方，几十幢楼房就着地势，高高低低聚在一起，一眼望去，家家都能数得过来。

村里竟然有公共厕所，进去参观丝毫不比城里公厕差，水龙头、镜子、墙砖、地板砖一应俱全，这样的厕所，老林说全村有三个。

村中心有一个祠堂，这是过去整个家族开会的地方，四合院，屋顶覆着小灰瓦，中间有天井。我们去的时候，一群老年人在门口坐着晒太阳，院内天井下烧着取暖的火盆子，祠堂正面摆着先人的牌位，厢房里摆着棋桌、牌桌，还有一面墙是码得整整齐齐的柴，看得出这里是一个公共的老年活动中心。老林说这个祠堂太老了，村里正在新建一个活动中心，刚才我们已经远远看见了，一些村民正在给一个庞然大物上色，那建筑有点像上海世博会的中国馆，特别艳。不用说，资金也全是自愿的啦。

老林的父亲也在这几个老年人中，个子矮矮的，这里的老人都精瘦，他一句话也说不出，只是不停地和我们一一握手，然后尾随在儿子的后面走。老林这就带领我们去他家，老林在一幢气派的楼前停了下来，老林说这楼是他的叔伯兄弟一起盖的，七八家，每家一间，每间五十平方米左右，内有内置楼梯，每家六层。山窝地点小啊，只能向上盖。村里都是这样盖的啊，近亲属一起建，十几个弟兄就十几间，每家一间地基宽。我们说就这也住不完啊，村里都是五六层的楼房，老林家旁边还有一幢十层楼的。老林说，这些楼房只有一两层住人，住的是老人，三层以上全是空的，年轻人全在北京。我们仰头看，每幢楼都瓷砖鲜艳、涂料崭新，只是窗户都关得紧紧的，窗帘都拉得好好的。

老林说，村里人在外面打拼，挣到钱首先要到家里盖房子，你盖三层，我就盖四层，你盖五层，我就盖六层，在外面混得好不好，就看家里房子建得好不好，老家的房子就是面子。老林家的房子盖了六层。

别看我们村现在没有车子，到了过年的时候，村子里的车子停不下，长龙似地全停在马路上。我们问那么远的距离，从北京开回来？我们想了想刚刚结束的十三个小时的行程，有点心惊。老林说，那倒不，我们坐飞机回来，车子用铁皮装，用火车运回来。现在物流也发达，几个人包辆车，把车子托运回来也行，过完年，物流再把车子托运回去，我们坐飞机回。回村车子是一定要有的，人家开着车子回，你不开着车子那哪有面子。人家开着车子走亲访友，你不开车子吃啥也没味道。光北京牌照的车就有二三百辆，其他还有天津、南京、上海的。混得好不好，关键看车子，这是这个村衡量一个人在外干不干正事的第二个标准。想想也是，全村人一年到头见不到几面，过年了，总得摆出几件能看得见摸得着的东西吧。

老林的奶奶九十四岁了，身体消瘦，还硬朗得很，看见孙子，只一个劲地拿手帕擦眼睛，老林的妈妈也七十好几的人了，手里拿着一块抹布不知道抹哪里好，她想是抹了一下午了。老林一家人，和我们几个人在屋里转，都不知说什么好。

随后我们还是出来，到村子里转，村子里的水泥路修得极好，家家门口汽车都能开进开出。溪水在村里转，护栏雕刻也越发精致，溪上有石桥，家家互通。路边有人在卖肉卖菜。遇到几个村民正在掏泥，我们问在干什么，他们说在建下水管道，不久村里的水就不会乱排啦。我们对老林说，看来你们这个村子完全是按现代化标准干的，是想建一个山里的卫星城啊。

走到村口，我们说回吧，还有两个小时的出山路呢。老林说，他母亲一听说我们要走，急得直掉眼泪，说一口水都没喝呢，这咋整。我们这就走了，后来听说，他的母亲一个劲地抹眼泪。

我们沿原路返回，又路过岭底乡，看见老林的学校。到仰后村，天已经全黑了，我们在这个村子吃饭，老林早安排好了，他的几个发小还在这村里，他们曾经一起趿拉着半只拖鞋、揣着半个红薯在岭底乡共读过几年书。饭店叫“斌杰农庄”，斌杰就是他一个同学的名字。一下车我们都说，哇，你同学的饭店盖得好神气啊，饭店地势极高，五六层楼全是他一个人的。向四周看去，天沉沉的，四周是群山，只是山上有了几颗亮星。我们问这四周还是雁荡山吗？他们说是的，这四周全是雁荡山。老林说这个村子还没有他的家乡大，弹丸之地，人口还不足两千，原先这村子和他家乡一样，是个穷山村。现在这村子灯火通明，像山花一样密集。

席间除了我们城里人，还多了几个山里人，老林的发小。斌杰准备了一桌子的虾、蟹、螺，真不知道他从哪里弄来的。斌杰的饭店墙上挂着一溜排的奖牌，“芙蓉镇首届名小吃制作大赛一等奖”“岭底名小吃鹅头颈”。鹅头颈上来了，圆圆的一盘，码成三角形小块，他们久久没有动筷子，我们也没有。

老林喊，倒酒，倒酒。

有时认识一个人要和他生长的环境放在一起，环境是他活动的巨大幕景。以前我看老林总有点不那么顺眼，觉得长得有点“苛”，不那么水灵，两只眼似乎在哪里跑神。走在街上怎么看也不像一个成功的企业家，倒像是一个让人防范的人，但我现在不这样认为了。因为工作关系，我接触过许多所谓的老板，他们总是“跑（跑路）、冒（吹牛）、漏（偷税漏税）”，无所不能，就是不好好经营自己的人生。我觉得林老板和许多老板不一样，这是一个从严酷环境中奋斗出来的人，一个新时代的农民。

五味俱陈

自从《舌尖上的中国》热播以后，大家忽然都对小吃热衷起来，每个城市都在掘地三尺寻找小吃，蚌埠也毫不例外。

有吃货朋友给我打电话，说要到蚌埠吃“雪圆”，雪圆其实就是元宵，那时我正住在蚌埠花鸟市场的喻义巷，刚好离“雪圆”总部不远，我满口答应，殷殷期待，可是等我离开了蚌埠，她竟还没有来。这是不会生活。

有一个外地妇人，和朋友在一起数落自己的儿媳妇，有一项竟然是，星期天拉上自己的儿子，驱车一百多公里到蚌埠，就为了吃那一碗雪圆！

朋友来蚌埠看我，偶带一份雪圆回家，病中母亲吃了甚赞。后来只要途经蚌埠都要带一份雪圆回去。因为这，我们多见了好多面。后来她母亲病故了。有一次我俩在蚌埠街头徜徉，忽然见到雪圆不大的招牌，我拔腿就要进去，忽儿又止住步子，我们俩在店前静静立了一会，就转身走开了。

这里的元宵个大、白嫩，一碗四个白颤颤的，吃起来甜糯、袭人，汤中加有桂花酒酿。捞元宵的人身穿白褂，面蒙口罩，长柄漏勺轻轻一掂，就能迅速辨出勺中是桂花馅，还是豆沙、芝麻、果味馅，一勺一个，四色决不重样。据说有人专门前来研究、学习捞汤圆手艺。此店还销售大碗鲜肉馄饨，店内一律

8 元左右，真乃物美价廉。在这个应有尽有、物质丰富的时代，能让街坊端碗排队一再进店，着实不易。

要说我喜好的一口，大概数天桥东入口处的那一锅田螺了。数十年来雷打不动，一个煤炉，一口大锅，旁边坐着一个高老四，或者是田老四。细雨蒙蒙的深秋，我一个人撑着一把伞，从高老四身边走过，也不说话，径直递给十元钱，也不称，由他装，足够你一个人吃的。那会我屋子里的灯正一盏盏坏掉，仅剩的两盏鬼魅一般地闪着。家里四周是黑洞洞的墙，一个人坐在台灯下，弯着清瘦的腰，吸一口田螺，再用牙签挑一块肉，再吸一口田螺，再挑一块肉。高老四的田螺就是生活的味道。高老四坐在高高的天桥上，他卖田螺从来不吆喝，但是蚌埠人鲜有不知道高老四的。高老四一坐就是半天，黑乎乎的炉子、黑乎乎的大锅立刻让天桥坠入一种怀旧境界，蚌埠人决不希望这个黑白场景有所改变。

爱去的还有花鸟市场的一家卤鸭店。鸭头、鸭脖、鸭翅、鸭肝、鸭心分门别类地卖。我要的是他家的卤鸭血、卤海带。五块钱一份，足够一盘子。我每次去买时，递到手里总是温温的。从他家店里出来，每次都感觉回家的路太长了，袋子里的香味让人胃口亢奋，欲罢不能，鸭的精髓都在里面。要想到店里不扑空，我一下班便身轻如燕往东扑，店在我单位东边，我那会儿是用腿跑，腿比车快。店里决不多做一份，卖完就把阔窗闭起来。有几次我提了鸭血往回走，后面的人则只能吃闭门羹。

有时我下班直往南扑，坐公交车二十分钟到淮河文化广场，那里有卖湖沟烧饼的，两块钱一个，用精致的牛皮纸袋装着，也不多买，每次两个，叠在一起咬，厚厚的芝麻在嘴里一粒粒炸开。有时候排四十分钟队，到了窗口，没了，跳脚、敲窗，烧饼也决不会从窗子里变出来。

如果这家真没有了，我会呼啸着再往北扑，坐公交车三十分钟到交通三巷，那里也有一家卖烧饼的，那烧饼椭圆形，略厚一些，一块钱一个，我也只吃两个。他家的烧饼要蘸酱吃，酱有几种。每种酱香饼下肚后，你都会觉得没白来，没错过，没白活。烧饼有时会改变你对生活的看法。每次吃烧饼都说要一口口地吃，可是烧饼总不经咬，饼吃完了，回家的路还是长长的。那时候烧饼又让你感慨人生路途遥遥，美好的感觉总是倏忽即逝。

蚌埠的篾匠街可以说是蚌埠小吃街的代表，是蚌埠一张响亮的名片。早在二十世纪四五十年代，这里就有一家接一家的竹器店，竹篮、竹篓、竹扁担、篾坯挤满街的两侧，街中间走着的全是来购买竹器的乡下人，不少年轻人老远来到这里拜师学艺。篾匠和现在的金匠一样，是有身份的人。塑料制品出现，让这里的市场逐渐萎缩，并最终终结了竹制品。一个群体像海浪一样悄无声息地撤退，我们遥望其项背，莫不感慨风云变幻、世道难料。如今“篾匠街”三个字刻端端正正地刻在墙上，它寂寞地提示着过往。后来小吃在这里稳稳站住了脚，小吃让这里寸土寸金。这里仍是一条金街。如今本地人到这里是寻觅饮食上的方便，傍晚，年轻人到这里来寻觅新鲜、火爆、刺激，外地人慕名来这里寻找老蚌埠的味道，那都是再正确不过的选择。

蚌埠另一条冒着暴烈香气的街，叫蚂虾街。夏季几公里外就能闻到小龙虾的香味，这里的小龙虾全是油爆。虾是活虾，食客自己从水槽里用长筷夹，锅是柴火油锅。但是“龙虾节”却被其他城市抢先注册了，这让蚌埠人不爽、不满。蚌埠人嚼着虾肉，心有不甘，毕竟蚂虾街已响亮了几十年了。蚌埠的小龙虾和其他地方不同，小龙虾在全国各个城市大行其道，麻虾在任何一个地方也能叫得响，但蚂虾只蚌埠独此一家。蚌埠的小龙虾叫蚂虾，“蚂”就是最重要的一味作料。这是任何地方都挖掘不出、克隆不了、注册不掉的味道。小龙虾离开了这条街就不能叫蚂虾，“蚂味”只能身临其境在这一环境中独享。蚌埠人吃着蚂虾，并不知道自己嚼着的是世界上独一无二的品牌，也并不知道正是因为这一“蚂味”保佑，蚌埠这一虾的行业才没有陨落。这是蚌埠市井的味道，也是老蚌埠的味道。鉴于此，来蚌埠的外地人临走之前，一定是要挤一次蚂虾街的。蚂虾街每晚清理出的虾壳用吨计算。不知道蚌埠人什么时候去申请“蚂虾节”，他们那一口气还要憋多久，我这个离开蚌埠的人暗自着急。

蚌埠还有一条街叫交通三巷，蚌埠本地人怕都不知道。但我知道，我在蚌埠兜兜转转，搬这搬那，不知怎么就被抛到这条街边。尝遍这里的牛肉汤、羊肉串、鸭血粉丝、烧饼、馒头。有胃口的时候在这里吃，没胃口的时候也在这里吃。有时候纯粹是下班了，需要在这里走一走，烟火的味道总是比莫名的冷寂好。这是我混得最熟的一条街。“混”代表着融入、接纳、倾情的付出。多少年来，我并不十分钟情我的工作单位，但是我面露微笑、以假乱真地硬撑着，只是为了能在交通三巷这样的一条街混下去。那些傍晚，我在这里混是何等逍遥啊。我在这里生活过，我是其中的一员。

那些年，一有空我就在蚌埠的大街小巷里转，高大上的生活和我没有什么关系，我就在街头巷尾尝一尝小滋味，过一过小日子，品一品小生活。曾经的日子是值得怀念的、记载的，那些年是多么珍贵啊。

搬 家

单位今天每人发了几个编织袋，还有包装箱，编织袋、包装箱都大得吓人，能装下人。

我们单位真要搬了。

新房一年前沙石、水泥、砖瓦到位，半年前紧锣密鼓，但是我们一点也感觉不到装修的时间长。单位新房绝不仅仅需要白墙、吊灯、窗帘、映人影的地板砖，它还得有一个强有力的心脏，一个能让全局运转的核心，即一个闲人免进的、早晚都挂着厚厚窗帘、开着空调的中央机房。我们都希望那成千上万的一闪一闪的小插件像豆瓣一样慢慢地孕育，慢慢地延伸，进而慢条斯理地、稳准狠地控制着各个办公室。

说是故土难离、红豆相思，那是真的。藏在大家心头的愿望是，我们一点都不想搬。我们不稀罕那幢新楼。这里位于闹市中心，我们常常靠着两条腿摇着摆着就能走到家。男人们顺路买包烟、提着二斤卤肉，女人们一扭腰就进了百货大楼。

本来我们希望就这样笑到退休的，谁知上级单位要给我们盖新大楼，这些年让你们在脚踩泥浆、头顶落雨的地方办公，委屈你们了。市局领导来我们单位视察，嘘寒问暖、设身处地地对我们说，都是一个战壕里的兄弟姐妹，我们不能厚此薄彼。无论如何也要为你们改善办公环境。说到动情之处，领导眼眶有点红，我们无论如何也激动不起来。领导走基层、搞调研可真不是走过场，我们无论如何也找不出理由来反驳领导的这一美意、善意。

在领导热切的盼望中，我们耷拉着脑袋过一天是一天吧。我们也曾经希望有奇迹发生，比如上级意见不合啦，领导调走啦，资金不足啦，等等。可惜的是，没有任何奇迹发生。

某一天，办公室里忽然传来一阵“撕啦撕啦”的声音，我们几个人不约而同地跑过去一看，一个家伙正在使劲地扯胶带，他的面前是满满一箱的书。一分钟之后，长长的走廊里不约而同地回响起了高高低低的“撕啦撕啦”的声音。毕竟搬家就定在三天之后。这是绝望的声音，悲泣的声音，这种高亢终于代替了越来越弱的渺茫。

麦子成熟了，总是要割的。既然有人开镰了，那后面的事就顺理成章、一发而不可收了。我们科三个人先是各装各的，不久却自发地一个人装箱子，另一个人扯胶带、固定箱子，办公室里的协作无处不在。在这个局里，没有男人与女人之分，人与人之间、科室与科室之间只有一种关系，紧密协作或精诚协作。

胶带需要改进，一旦切口封上了，再想让它开口，就像剥皮抽筋一样难。我们科长用剪刀挖、用指甲挖，直把自己挖得咆哮起来，那坑坑洼洼的胶带仍是哑巴一样闪着黄亮亮的无辜的光。我们科长气愤得把剪子扔了出去，回来时把贴在箱子上的“6”统统撕掉,他把“6”贴在箱壁上,“6”是我们科的代码。代码为“9”的那个科室，经协商数字全贴在箱面上。幸好我们科长细心，这可是关系到两个科的重大问题，机密问题。“6”站立起来后，我们科长的心情立马好多了，他绕着箱子转了好几圈。

搬家能反映出不少的问题。那个人平时干事拖拖拉拉，这时收拾东西也一样，东拿一样东西，仔细瞅两眼，西拿一样东西，怕打坏了，这个箱子里塞塞，又拿出来在那个袋子里放放。那个平时干事雷厉风行的，不一会儿抽屉、书架就空了半截。工作作风、工作态度、工作成效相当有差异。

到下午快下班时，单位走廊基本不畅通了。所有的箱子全堆放在走廊里，自己办公室的门两边。检查一科、检查二科、检查三科经常为接一个案子推来推去，都觉得自己的科室接得太多了，该轮到另外两个科接了，排也排到另外两个科了。现在看看三个科室谁的门边堆得资料多吧，有的科室二十几箱，有的显然矮了一截。资料多的那个科室就提议，到了新办公楼，一定要让资料少的科室多接几个案子，明摆着的事嘛。资料少的科室也不乐意，活干得快、干得漂亮难道也是罪过吗？

审理科的门前忽然整整齐齐地码了四五十个箱子，审理科的三位同志经常从黑乎乎的、烟雾缭绕的小屋子里走出来，踱到我们办公室，除了说忙就是忙。大家都不理睬他们，我们现在不也正忙着吗？现在看着他们堆出的资料，大家都不作声了。他们年复一年看案卷，脑子里想的都是就是哪条哪款用得对不对，哪条哪款更合适，也着实不易。案子要是把关把错了，他们得到法庭和别人对质。三个人经常嘴上叼着烟，累了的时候也只能是一人来一支吧。他们那个屋子谁也不爱去，除了烟味重，就是脾气冲。退检查一科案卷，退检查二科案卷，退检查三科案卷。证据补齐了再送来。资料完整了再送来。定性准确了再送来。退回的案卷五日之内统统都给我再送回来。检查科和审理科就是死对头。此刻三个检查科长看着审理科的箱子，也不互相争吵了。审理科的这些资料还不包括已经归档入档案室、资料库的案卷。下班前我看到审理科长嘴里叼着烟还在欣赏他们山一样的成果，他这回是狠狠地出了一口气吧。

当然也不能纯粹都用多少箱资料论英雄，执行科门口就孤零零地扔着几个箱子。选案科、检查科、审理科、执行科四个环节一条龙。执行科没有资料，执行完了，案卷就得归档入资料库了。执行科门口要是堆着一箱一箱的资料，那我们局就全完了，我们的汗就全白流了。大大小小的案件全淤积在这里，那执行科算是怎么回事？执行科的人都是到这来混饭吃的吗？所以执行科的办公室第一天就挂起了免战牌，执行科的同志抱着双臂踱这踱那，起早贪黑那是别人科室的事。

第二天下午下班之前一个小时，一道指令下来，除了我们选案科和办公室，都要拆机，即拆电脑、拆打印机、电话机。这意味着科室工作彻底结束，这个时代彻底结束。快下班时我从每个科室走了一趟，桌面倒映灯光，一张废纸也没有，一支旧笔也没有，屋子的角落里除了拖把还是拖把。各个科室的人都在，一个早走的也没有，所有人都在屋子里转来转去，执行科的同志也把两臂放下来了，所有人不仅两只手无处放，似乎两只眼也无处放。不仅仅是屋子空了，分明是心也空了。空了的心装着的除了失落还是失落。每个人都得了恐慌症。

第三天上午十点钟搬家公司准时动手搬。前两个小时，其他科室的人有杯子的只能手里捧个杯子，继续恐慌。而我们选案科这两个小时稳坐钓鱼台。电话铃响了，“举报中心吧，我是某某村村民，我们村有一座矿山，有几台挖掘机整天在这里挖，他们没有办任何手续，更别说缴税……”“我是某某大市场的，我隔壁有一家公司每天晚上拉货出去，他们账上从来不做收入,也不给人开发票……”“举报中心吧,我在贵市买东西,货物发来了,发票催了多少次也不给开……”我一一做着记录,放了电话，一一从电脑上做审批封面，只等领导审批，便可着手调查了。我们科是每个案件的源头，每一个案件都由我们科决定查还是不查。一个中年男子迟疑地挟着黑公文包走进我们办公室，他惊异地说，咋了，不干了，不，是搬迁了？我们科三个人异口同声地说,对,搬迁了。我们科长说,我们已在报纸、各大网站、墙上作公告了。

来人说，我现在还能不能举报？我们说，能。我们接下举报资料，打开电脑做询问笔录，随后在笔录上签名、按指印。

一个上午也有揪心的事，比如桶装饮用水我们还让人送不送？打印纸我们还领不领？最终我们决定借水、借纸。一个上午，如果有什么异常，那就是打印机打印文件慢吞吞的，手机信号若有若无的，当然，也许是我们的心跳有问题。

十点钟之前，办公室主任奔到我们科室，他直嚷嚷，拆机拆机。其他科室的人立马帮我们关电脑、拔插头、卸电话机。这两个小时没有事干，他们可急坏了，现在他们终于能伸一伸援助之手了。

接着搬家公司的人出现了，他们大包背、小包扛，哪行哪业都不容易。

我慌得检查自己办公桌的里里外外，手提包牢牢捏在手里，一盒印泥一把塞进口袋，抽屉里竟然还有一把伞。伞确实是必需的东西，是居家旅行、上下班途中之必备，是该和我最后一道撤去。看来我是一个缺乏安全感的人。

办公室主任“咚咚”地迈大步在我前面走，他一手提着电话，长长的电话线耷拉在他的腿面上，一晃一晃的，手机在口袋里响了，他一把抓进去，一枚鲜红的公章却滚了出来，公章在地上转了好几个圈。

在搬家公司的车开走之前，我们忽然恍然大悟地说，照相照相。我们一群人立马折回头向楼梯上跑。我们在各自的办公桌前单照，在办公室门前单照，几个人搂头抱颈地合影，不分男女地搂着腰。这一系列动作完成之后，各科室的灯一一熄灭了，办公室的门在我们的身后缓缓地关上。

走到大门口，传达室的老李工工整整地坐在窗玻璃的后面，老李的狗工工整整地坐在窗子的下面。从我到这个局上班开始，他们就一直这样坐着。我们在单位的门牌前这样摆着姿势，那样摆着姿势，十几个人一起合照。后来我们看照片，说这张少了谁，那张少了谁。但每一张照片里，老李和狗都纹丝不动地坐着。单位门牌、老李和狗是每张照片永恒的背景。

后来我们到新楼上班，照片上的每个人都鲜活地存在着，互相打着招呼，老李和狗却彻底消失了。

不知道老李和狗是不是还坐在原地。

火车上的女人

一

冬夜，我正准备睡觉。

我在厨房里站一会儿，一列火车拖着一个巨大的尾巴轰隆隆从我窗前奔过，一个又一个乳白色的窗户像是一列宫灯，平展展地从我屋下草梢头掠过。是谁把灯笼端得又平又稳？这个时候要去觐见谁？这一车人恭敬地坐着要去哪里？

仿佛我的小窗是计数器，火车在我家窗前飞快地过一下数，它确信宫灯没被吹走一盏，又训练有素地扑往下一站去了。

我的小屋是不是站在夜的悬崖边，四周长满了危险的花朵？宫灯一队又一队地走过，我的小屋轮廓分明，在电光中闪了一次又一次，火车巨大的声音走远了，我还听到窃窃的私语声，那个小屋子还在，窗上还有人的剪影。莫非我是它们窥测的对象？火车一列又一列，原来从我家路过不是无意的？

我回到屋里躺在床上，听到有一列火车“咣当咣当”又回来了。它似乎在我窗前丢了东西，不得不又拉着一车人回来，在我屋下寻找。我默不作声，躺在床上，不给它提供一点线索。

二

有的火车是远远地拉着声调“呜”地来的，然后又“呜”的一声从草丛中溜走，而有的火车像拖拉机陷到泥坑里“突突”怎么爬也爬不上来，就是侥幸爬上来了，也是一步一个泥脚印儿。前者是电车，后者是动力车，烧汽油柴油。从我家窗口“突突”走过的动力车多半是货车，一节一节车厢都已生锈，有的车厢颜色都不相同，它们全都用塑料布蒙着，脏兮兮、老掉牙。它们总是“啪啦啪啦”地叫，老远让人捂着耳朵。

它没有办法不叫，它要不叫，很快就会沦为一堆废铁，雨水会让它们又聋又哑。它那么“啪啦啪啦”地叫，就是为了引起人们的注意，它在掩饰恐慌。

三

我再也不想和火车对峙了，虽然有时候它温柔，但多数时候像是在打劫。它的强大让我退缩。

事实上我早已收拾好了行李，一个衣箱，几捆书。我在等待某个时刻，我要让火车彻底找不到我。我要让它在看不到我、又摸不到我的时光里，哀哀地哭。

但是我一直没有走。我有一个远方朋友，在我家门前的小路上走过一次。他每坐一次火车，都会兴奋地向我喊话，我看到你的小屋子了，还像原来一样，我眼睛不眨地看了几个小时了。似乎他一坐上火车就在盼望这一刻。

我如果搬走了，这座城市就和所有的城市一样，在他的世界里变成一片灰瓦了。

他路过我的小屋子不会再叫，可能他这一生坐火车都不会再叫。我怕看到他眼里的失落。我怕看到一车厢眼睛的失落。

四

火车到我这里是有特征的。它先是嘴里"哇"地叫一声，在脚下"嚓"地一下踩西瓜皮，然后"吱溜"一声止住，长长地舒一口气，完成这些动作才又拐弯离去。为这事我常站在北窗口向轨道望，想它为什么要"哇"地叫一下，是说"哇，我来了""哇，你还在这里""哇，你愿意永远这样等我么"，还是什么别的意思？

每列火车到这里为什么都要"嚓"一下？是不是每列火车都拼命向我这里赶，跑到我这里后，发现我并不像想象得好，并不像想象得热情，只好"嚓"地一下给自己找个台阶下？我仔细看，那个地方竟比别处锃亮许多，有一节细细的轨道像金鱼的尾巴，一摆摆到其他轨道上去了，天哪，是其他的轨道岔到我这里来了，有其他火车向我这里跳。火车在这里岔道，火车在这里抢道，每列火车都尽可能想靠近我。如果是乡下土路，这里应该摆个茶水摊子。

我看明白了，也服气了，毕竟我是后来的。岔道口可以长树，岔道口也可以休息、睡觉。

五

我也不只是在家里看火车,有一次我终于坐到火车里面去。

买了一张硬座坐下，似乎这是全车最后一张坐票，以后每上一个人就在火车中间站着，中间的人越来越多。

车厢里有点躁动不安，喘不过气。带着肩牌的列车员也从中间挤来挤去。坐在座位里的人面无表情,年轻人多在玩手机，拇指不停地划动。几个年轻的母亲在哄孩子睡,腿在上下抖动，孩子额上的头发被汗打湿一片，一个孩子在睡梦中的脸也是苦着的，一个母亲把乳头塞在孩子嘴里。大家围着中间的小茶几热热闹闹地坐，座位下塞着大小行李包，还有一篮草鸡蛋。

推着餐车的女服务员过来了，穿着铁路上的蓝制服，发辫上卡着白色平角帽。餐车又高又瘦，它向前滚动，像收割机一样向前收，路中间的人齐刷刷地向两边倒，收割机过后庄稼复又神气地站起来。当然餐车如果不小心从某个人的脚上滚过去,收割机也会像收割到某个小动物似的,发出一阵惊叫尖叫。

这些餐车真不怕麻烦，女服务员的步子也迈得十分轻快，十分钟哐啷哐啷过来一趟，卖饮料茶水的，又十分钟哐啷哐啷过来一趟，卖五香花生米茶干的，临近中午推着盒饭足足来回溜达了五趟，生怕有一个客人饿着。一个卖皮带的人变法戏似地出现了，脖子上、手臂上挂满长长的皮带，他挤在人群中，一边走一边吆喝，不一会还出现一个挎篮子的女服务员，挎着一篮能发出“咯答”“咯答”声音的电动母鸡。

我是从那个时候开始注意她的。一个年轻的女人，脚边放着一个皮箱，手里拿着一本书在看。她靠着别人的座位站着，座位里坐着一个神气的胖子。她一直低头在看书。餐车来时，中间人立马向两边闪，她赶紧用脚踢踢皮厢，皮箱象征性地向里动一下，她把书紧紧贴在胸脯上，吸紧肚皮，腰弓向后面的胖子，餐车擦着她的肚皮走过去了，她松弛下来，把书从胸脯上拿下来继续看。有时餐车过来了，她刚好背对着人群站，那时她会尽量趴在胖子的座位靠背上，让餐车过去，书在她胸脯下，被压得扁扁的。

她就这么站着，眼里没有胖子，没有周围的人，她一直目中无人。除了那个餐车外，没有什么能惊醒她，她不是属于这个车厢的人。她不看书的时候，两眼看着车窗外，顺着她的视线，我看到一畦又一畦油菜花。无边无际，生动美丽，像一幅油画。

她也是一幅画，安宁平和，带着一丝内敛与笑意，那丝笑意藏在嘴角，或在心里。

她是这个车厢唯一一个与众不同的人，像一柄荷叶，在人群中招摇，也让周围的人清凉。

我也去看油菜花，我也想从油菜花里找一种妥帖、自信、旷远，甚至散漫。

可是我却没有做到。

凝神静气的女人，神秘的书本，匍匐的油菜花。可能每一个元素都是相连的，都是不可缺少、至关重要的吧。

我想我是缺少一本书的缘故，一本她手里那样的书。

一本通向油菜花的书。

有了那本书，火车开多远、开多久都是无关紧要的事情了。

火车吐着气，稳稳当当向前开。我觉得这列火车的真正目的，就是把她安全送到目的地。

至于其他人、其他事，在火车看来都是无关紧要的了。

消失的村庄

走向一座村庄，走着走着路就断了。在我记忆中先后消失的村庄，有荣家渡、南前嘴，而现在正在消失的这个村庄叫打雁刘。不是村庄被夷为平地，而是在村庄中等候我们、惦记我们的人，被时光夷为一座草坟，少了那一个人，再大的村庄、再鲜活的村庄，于我们而言也只是一座空城。

首先消失的村庄叫荣家渡，这是几十年前迎接我的第一个村庄。这不是个山村，但被藏在三省交界处，与世隔绝就成了它的特点。一条路像一条蛇，穿过坚硬、孤僻，执着地来到这里，于是路上就有了叼着烟袋、驼背上背着麻袋的行人。因此这条小路倒也不寂寞，纵是雨天，小路上的泥水也被踩得足以糊墙。一条叫漴河的河满怀好奇、探密似地找到这里，小村依偎着它，田地依偎着它，这里竟是旱也丰收、涝也丰收，几百亩田地养活着一代又一代的人。漴河在这里打个弯留下几棵老柳树，又泄密似地流走了。柳树下系着乌篷船，日久成了古渡口，一个荣氏家族的渡口。这里人并不以摆渡为生，漴河两岸芦苇飒飒、芦花满天，村西头还有一大片苇堂，苇子多了，落户的鸟儿也多，常见一些“苇喳儿”从荡内打出荡外，打得兴起时不小心掉在地上，好事的孩子一拥而上，仗是拉开了，可是往往，这些小鸟还是身首异处，这是贫寒岁月小孩子常玩的一种拙劣游戏。这里家家以编席、编篾为生，冬春两季，家家院子里的苇子攒得像个小山，门前的石滚子在庄稼汉的脚底下，像长了眼似地稳稳当当地从院子的一头碾到另一头，劈苇子、轧苇子的声音“噼啪”响个不停。蹲在席上、缩在墙角的人一声不吭，不一会儿那席子就像影子一样被拉长了一截，早上起的头儿晚上就可收工，一条席子当年可挣好几角钱呢。

这里既然是荣氏家族渡口，荣氏人就占了一多半，一队、二队、三队、四队生产队小队长全姓荣，十几户武姓人家丈量土地、挣工分、分财物并无说话权，至于一些宅基地纠纷、一棵树的归属、一条田埂的演变，武家人毫不例外全败下阵来。不知何时，武家人像钉子一样一户一户被拔起，又一户一户被钉到外地，之所以说被钉到外地，是因为迁出的人都像钉子一样在外地立住脚。等到恢复高考，武氏竟是人才辈出，不出二十年，这个渡口竟真的只是荣氏人的渡口了。武氏人成了教育脱贫的楷模，成了方圆几十里无人不知的人物，这让不知高考为何物的外族人妒忌不已。我的父亲和大伯就是从那样环境中走出来的学子，虽家境贫寒，但最终他们走出了村庄，成了城里人。后来祖父母去世了，留下几间空荡荡的草房，父亲和母亲掂量了很久，最终带房带地一块处理掉了。那一天大姑父听到消息，从很远的地方赶来，抹着眼泪说，这下可好了，这下可好了，“连打鸡的坷垃都没有了”。村庄一定伤了父亲的心，走的时候，父亲阴沉的脸就没有回过头。村庄，父亲的村庄从此活在父亲的沉默中，老了以后村庄就活在父亲的念叨中。到了我们这一辈，武家的孩子更像长了翅膀，两家十个孩子，其中有八个女孩，两个到了淮北，两个到了广州，两个到了宁波。如今通向那个小村的路多了、宽了，那个地方也不再偏僻了，但是故乡，却回不去了。

其次消失的村庄叫南前嘴。因为二姑的存在，那个村庄一度是我们年少时的最爱。那一带土壤特别钟情瓜果，二姑父最擅长种瓜，他只种香瓜，黄皮的、绿皮的、花皮的，既有又香又甜的“姑娘脆”，又有一咬满口沙的“老婆婆笑”。瓜熟蒂落之时，二姑父会准时出现在我们门前的小路上，他背着大号的粪箕，人累得歪歪斜斜的，粪箕里的老面瓜却咧着一条一条长嘴。我们这些面黄肌瘦、营养不良的姑娘们一跃而起，争瓜、分瓜、吃瓜、藏瓜、赏瓜，成了物资贫乏时期，我们最闪光、最富有的一幕。可是节衣缩食也不能让二姑家填饱肚子，二姑的肺病日益加重。在一个春来的日子里，二姑父青青的瓜藤也没能系住二姑，她终于摆脱了哮喘，平静地躺在了瓜地。又过了几年，二姑父也回到了瓜地中间。如今香瓜依然吆喝着卖，有时我也停下来，仔细地看，但是我知道再也挑不出粪箕里的那种香瓜，再也吃不到那种瓜的味道了。听说二姑的村庄如今也不种瓜了，种不种和我们又有什么关系呢？种瓜的人已经被埋葬，再甜的村庄也只是车窗外的一片尘土飞扬。

现在正在消失的村庄叫打雁刘。这个刘姓村庄背靠天井湖，水多滩涂多，年年进贡的大雁让明太祖朱元璋垂涎不已，亲口御赐“打雁刘”三个字。大姑是这个光荣村庄里最黯然的一位。她拉扯大养女，给她招了女婿，带大了她的孩子，完成了她的使命，和大姑父一起退缩到一个小得不能再小的角落里。大姑父去世后，日渐衰老的她坐在面西的房前，终日等候着父亲的出现。她在等待中存在，她在等待中消亡，最终她张着嘴走完行程，那时七十多岁的老父正在千里之外的小妹家看病。奔丧的途中父亲的鼻子出了血，唉，父亲，姐弟情像一棵老树，少了哪一个枝丫，哪个地方就永远是一片光秃秃的痛。我们这些侄子侄女是她最想念的人，却不是为她号啕的人。我们是她最亲的人，却不是她最熟悉的人。坐在她曾经坐过的板凳上，坐在四面漏风的房里，看着不再有热气的灶台，看着灶膛口无人问津的麦草，看着已空去的床铺和那床永不会打开的破被，哦，那个想把我们捧在手心、想把我们揽在怀里的大姑，那个每次见面局促不安，总觉得屋里找不到地方坐、总怕板凳弄脏我们衣服的大姑，这次真的孤零零地走了。我们不如这间草屋熟悉她，不如那扇小窗熟悉她，不如门前的弯月、草垛，那一片杂树、杂草熟悉她。辛勤、辛酸、隐忍，像屋前的那片芦草、像旮旯处的那棵老柳，八十多年的狂风怎么就没有过早地吹折她呢？就凭这点，大姑，我为你鼓掌！

没有人告诉我，为什么树要从泥土中钻出来，而人却要回归土地。

没有人告诉我，为什么种子可以发芽，而人却不能。

没有人告诉我，一堆黄土埋藏的究竟是悲还是喜。

如今大姑也要回到那里去，不久也是一堆黄土、一片茅草。天涯相隔，村庄从此活在别人的脚步里。

离开大姑的村庄，父亲一遍又一遍地说，不会再来了，不会再来了，言语里尽是些枯草般的苍凉。父亲啊父亲，我的鞋底粘上了一层厚厚的泥，它想告诉我，我永远是这里的亲戚?

那一爿书店

睁开眼，这个世上值得一看的事物实在是太多了。

白墙灰瓦，花草树木，云起云飞，阴晴风雨……

走在街上，公交车、出租车、宾馆、饭馆、小摊小贩……洋洋洒洒、吵吵闹闹、烟雾缭绕，“人间烟火”这个词怕都涵盖不过来。很多人走了大半辈子，见识了大半辈子，人间之事，却还如井底之蛙。

我在心里却端端正正地驻扎着一个地方，书店，书店应该属于专卖店吧，这个市里有几家这样的专卖店，坐哪路公交车可以抵达，什么时候开门，什么时候关门，我都再清楚不过。有顺路而过，有专程前去，我总是怀着一种愉悦之心、恭敬之情。街上的时光马不停蹄地奔走，这屋里却满是被抛下的旧物。喜欢它们像石块一样地站着，站成一排风景、一屋风景。喜欢这里的默契，一本书与一本书的默契，我与一本书的默契。在这里伟人与草根都是一样的高度，一本书的高度。我在这里走走停停，有时觉得我也有了书的高度。

喜欢那些下了自习的学生，他们天生对书有一种深情。

喜欢那些外来务工人员，生活庸常，一地鸡毛，他们却像朝圣者一样虔诚。

喜欢那些流浪者，一身污浊，内心却潜藏着光明。

甚至另眼看待那一两个走进来的拾荒的人。生活里不能只有荒，他们还知道去寻金。能捧起一本书的人，即便是枯草也有了月光的滋味。

这书店像一套安居房，安放着一些人的灵魂。

有些人捧起了书，却慢慢地闭上了眼，世事有时确实需要睁着眼睛去看，闭着眼睛去想。那个席地而坐，脑袋靠着书本的人是真的睡着了，他白天太累了。他睡在自己的故事里，也睡在自己的希望里。我们都是通过这一本本的书，有的回到了故乡，有的去了远方。

我曾经抱怨过那些书店，我上班，他们也上班，我下班，他们也下班了，晚上我从书店门口经过，只能踮起脚跟，无限神往地向黑灯瞎火里看一眼。看书、买书、逛书店，多成了非分之想。我面前的这爿小店竟然二十四小时不打烊，它竟然像时针一样不停地在运转，哦，人生苦短，请暂且放慢你的脚步，带着脑袋赶紧进来看一看，它的色、香、味高过周遭一切。它一定是这样想的吧？

一颗星星涌出来，我们渴望更多的星星以婴孩之心去朗照世界。

也感谢发现这星星的人，他用凸透镜般的眼神，让这小小的光明、小小的善，得以像花香一样弥漫。

第四辑

屐痕

低到尘埃

女儿在美国上学，一年之前就郑重其事地告诉我，五月份你一定要去参加我的毕业典礼。言下之意是要我把假期给空出来，不能挪作他用。美国的任何一所大学都非常重视学生的毕业典礼，并且是邀请父母参加的。我决定像参加她幼儿园的毕业典礼一样，全程观摩，这可能是她学生生涯的最后一次毕业典礼了。

她到肯尼迪机场去接我们，却只接到我，她爸爸没有去。到了典礼那一天，我赶紧打电话让在美国的表弟赶过来，表弟又带了一个同学来，我们三人临时组成一个观礼团，她的心才好受一些。租来的黑色硕士袍早已熨得没有一点褶皱，黄红饰边的垂布鲜明地挂在脖子里，并且和长发一样飘在背后，垂着流苏的方形帽她拿在手里。我手里提着一个袋子,袋子里有伞、高跟鞋、一套家居裙，还有一个小坎肩，要是冷的话可以披在身上。两个男子汉,一个脖子上挂着相机,一个手里拿着手机,在家里就已经开始“咔嚓咔嚓”了。我们风度翩翩地出门。早上我问她黑色袍子是不是到学校再穿，她说不，这几天街上好多是穿着袍子去参加毕业典礼的人，美国五六月就是一个毕业季。街上的行人果然见怪不怪,擦身而过的人还频频送上祝福。

越来越多的黑袍子出现在我们的面前，学校的大门口快到了。老远就看到一片黑压压的人挤在一起，人们都等着在学校门口留影。她的一个朋友早早等在大门前，只为给她送一束鲜花，她很激动。朋友送完花后就赶紧去上班了，结果我帮她捧了一天的花。

她带我们参观了学校的教室、图书馆、食堂、绿植、草坪上的雕塑。我仔细地看了看图书馆，就在这里，她经常挑灯夜战，这地方留下了她多少青春的身影啊。校园是开放式的，没有围墙，草坪四周也全是和我们一样的人，他们的妈妈肯定也和我一样，想把这校园的每一个角落都毫无遗漏地看一遍吧。她兴致勃勃地领我们参观，我则磕磕绊绊地跟在后面，过去的两年她到底是什么样子呢？她知不知道这里以后对她意味着什么？两个男孩子竭尽全力地跟着她，若是有两台机器，能重现她往日时光、能留住她现在的脚步多好啊。

参观完这些，我们顾不上吃午饭，直接赶往大学的主校区，参加集中的毕业典礼。刚到主校区，她又迫不及待地换上黑袍、高跟鞋。高跟鞋走路肯定累，但是配着黑袍子，人才有神韵。在重要场合，一定要穿高跟鞋。

在大学的标志性建筑廷济堂前，我们遇到了她的很多同学，大家都在草坪、绿树前，与廷济堂纷纷合影来完成对校园生活的最后告别。我忽然看到两个男孩子，一个形单影只，并没有父母尾随，还有一个男孩子竟然没租黑袍子。我问她怎么回事。她说，你不知道我们这几个月是怎么过的，没有面试的拼命去寻面试，有面试的也是夜夜心焦，不知道还能不能接到下面的通知。女孩子们可能有妈妈陪着，心情毫无疑问要好得多，都还涂了红唇、施了薄粉，伸长脖子和周围的同学说话，黑袍让她们更显得像黑天鹅一般，显然女孩子们的抗压能力更强一些。如果不是毕业典礼上每个人要上主席台领证书的话，可能有些人就不来了，她说。毕业班的学生们十二月份就离校了，第二年五月才搞毕业典礼，如果一毕业就搞庆典，那氛围可能就和现在不一样了。

头几个月她和我视频，刚说话的时候还好好的，说着说着眼泪就掉了下来，然后无声地趴在桌面上，身子在抽搐。没想到我找不到工作。她一向很自信。没想到像我这样的人竟然没有单位要。她一向还高傲。隔着几千里路，我只能不急也不躁地看着她。她说，我都不敢给你说，怕你伤心。我说，我不会伤心，也不会掉眼泪，这事是肯定要发生的，早掉眼泪总比你三四十岁掉眼泪要好。你们班里的其他人现在也好不到哪里去，哭的比你还狼狈。都是一棵树上的小火柿子，现在都是啪啪地往下掉，现在是一地的烂柿子哟。摔得最烂的那一个以后可能就是最结实的一个。这就是成长。不要急，给自己一点时间。本领不是每个人先天就会的。学费总是要交的。总有一天，你会发现被摔的价值。你会感谢它们。

父母重视孩子的毕业典礼，其实大学更重视。美国每所大学每年都会请政界、商界、文化艺术界的大腕们参加毕业典礼，他们将为踏上社会的毕业生们传授人生的经验。比如有一年耶鲁大学请的是希拉里做演讲嘉宾，她就是在这里认识比尔·克林顿的；纽约大学邀请的是加拿大总理做毕业典礼的演讲嘉宾；马里兰大学请的前副总统艾伯特·戈尔，此人还是诺贝尔和平奖的获得者。这也是大学与大学之间互相攀比的时刻，看谁邀请到的嘉宾更重磅。女儿的大学请的是校友伊曼纽尔·基里科，总统理事会和董事会的成员、多家杂志年度人物，这是一个重量级的总裁。

典礼的流程是，大号、小号引导入场，唱国歌，院长致欢迎词，给教职员工颁奖，嘉宾传道授业，颁发毕业证书，毕业生们一一上台拨穗正冠，闭幕词，退场仪式，一干人马在长号、小号的五重奏引导下依次退场。要是从给毕业生传授踏入社会经验的角度来讲，不知道是伊曼纽尔·基里科讲得好，还是我讲得更好。这一天台上、台下最值得一看的是学位服，因学位级别、学科不同，袍子的颜色也不一样，袍子有红黄、红黑混搭的，也有纯蓝、纯黑的，帽子上的流苏有黄、红、蓝、黑。袍子一律肥硕，袖子宽大，走起路来色彩斑斓、衣袖生辉。我一时辨不清衣帽尊卑，在峨冠博带面前只有眼热噤声的份了。典礼结束后，学校还提供了一个休息室，免费提供饮料、糕点，供大家欢聚、小憩。

晚上我们几个人小聚了一下，看得出，她对今天的行程很满意，对我们的表现也很满意。两个男孩子说，我一整天都兴致勃勃、笑眯眯的，仿佛哪句话我都能听懂似的。他们哪里知道语言虽有鸿沟，但心意是可以相通的。她接着说，我这半年的求职经历都可以写一本书了，书名都想好了，《你和纽约的距离就差这一本书》。毕业是结束，更是开始。这是让人长大的一天，记忆深刻的一天。

晚上到家，我捧了一天的花终于可以卸下了，我把它拆开一支一支的，插在瓶子里，插成我想要的姿势。她看着花说，插得还真不赖，没想到你还有两下子，这个屋子都不一样了呢。岂止是两下子，你不知道的还多着呢。

屋顶之夜

女儿晚上七点多才到家。她对我说，我带你去喝一杯。

我很遗憾地说，我在家吃过饭了。

她说，是去酒吧，专门喝酒的地方，不吃饭。在曼哈顿这里有的酒吧提供茶点、甜点，有的酒吧就是专门喝酒。

她看了我一眼说，你得打扮一下，把运动鞋脱了，换双高跟鞋。我说，出去喝酒和鞋子有关系？

她说，有关系。在这里，酒吧是一个正规的地方，你一定要像去出席什么场合、参加宴会才行。男人是不容许穿短裤、拖鞋的，女人当然可以不穿高跟鞋，但穿运动鞋人家肯定不会让你进。

怕她不带我去，我只好跟在她的后面，对着卫生间的镜子，胡乱、凑合地搞一把。去小酒吧喝一杯，这种有情怀、有情调的事还是不要错过为好。更何况还是和她在一起。和她在一起的种种机会我都会珍惜。之所以说凑合，是因为这化妆镜是她的，化妆品也是她的，且此刻她占据着镜子的大半部分，我只能缩在她的后面，把脖子提高、脑袋提高放在她的肩膀上，在镜子里搞一些为己容、为己悦的事情。

她一早出去上班当然是正式的，此刻她的白衬衣仍塞在西装裤里，披肩发黑瀑一样垂在我的眼前。或许她是疲惫的，但仍在替我着想。她想让我快乐。

出得门来，打了辆车去，曼哈顿的夜正像海潮一样渐入佳境。

电梯口果见一群男子，要么是白衫衣、要么是西装，倒没有外罩夹克，露出圆肚子的那种。电梯在25层停下，这是一家屋顶酒吧，这里的Rooftop酒吧很盛行。从电梯里出来，一脚就跨进一个有点阴暗的大厅，屋里有七八盏烛火，烛火外罩瓜似的灯罩，发出幽幽的光。每盏烛火的下面，是一张小方桌，客人就着烛火，面对面坐着，也有四五个男人围坐在一起，我们进来，他们头都没抬一下，他们正聊得热闹，每人手里端着半杯酒。

她领着我穿过吧厅，楼顶露天平台霍然就在眼前。平台正中是一个长方形游泳池，池中有水，月光下的池水泛着海一般的波光，人们都衣冠楚楚地坐在池壁上，每人端着半杯酒。平台上有藤条编的硕大圈圈椅，面对面地放着，中间放着茶几，人像缩在摇篮里说话。平台上更多的是长沙发椅，也是面对面的摆着，中间放着长条茶几，两排人就随心所欲地歪着身子聊。互相之间可能认识，也可能不认识，你聊你的，我聊我的，互不干涉。要做到互不干涉，当然就不能百无禁忌。这一点，圈椅里的人、游泳池边的人素质还是有的。当然烟也不能抽，一手端着酒杯，一手拿烟的人，我还没有看见。

还有的沙发是圆弧形的，两个笨重的圆弧形围成一个大圆，中间放一个小圆茶几，两旁的人像开联合国会议似的，陷在沙发里，围在一起聊，仍是各聊各的。楼顶一侧有秋千架，喝酒的地方当然不会有孩子来，但秋千架也不是为夜风准备的，秋千架在夜晚慢慢地摇着。楼顶还有木质花架，上面摆着黑洞洞的盆花，男人们和女人们就以花为媒，边喝边聊。灯笼似的烛火这里点缀一个，那里摆放一个，整个楼顶倒像幽暗的南瓜地一般了。我仔细端详这薄罩是玻璃的还是陶瓷造的，我看了好一会儿没分辨出来。这里就是一个成年人的游乐场，是一个以游泳池为中心的大的聊天室，是一个微信里的群。这可比在电脑、手机里聊要生动得多，也怦然心动得多了。

楼顶的四周是半人高的玻璃墙，墙外就是曼哈顿的夜景了，帝国大厦尖尖的屋顶就在对面不远的地方。这是一个不夜城，整个曼哈顿岛就像是一个通了电的沙盘模型。人站在半空中，手持美酒，眼眺远方，世界很大你很渺小，反过来讲也一样。

来这里的人不一定是富人，平民百姓也一样多。这里一杯酒也就十几美元，十几美元就可以在这里消磨一个晚上，消磨整个帝国大厦，坐在这里的富人、穷人还真拉不开距离。这里就是一个公共场所。

女儿对我说，来这里喝酒，首先是为了放松心情。下了班到这里喝一杯，是很多人的习惯。我来这里好多天，她基本上都是快下班时给我打电话，同事们下班要聚一聚，聚一聚就是在这样的场合喝一杯吧。聚一聚的理由很多，领导有开心的事啦，同事升职啦，员工生日啦，在职员工拿到工商管理硕士学位证书啦，那是非到这里喝一杯不可的。这种情况下，酒钱可能会有人主动付，通常情况下 AA 制没得商量。

坐在圈圈藤椅里，我一直在想，嘴巴在这里到底是用来聊天的，还是来喝酒的。很快我得出结论，当然是用来聊天的，嘴巴在这里可是聊了三四个小时，酒却只呷了一两杯。这里的人还喜欢站着聊，面对着远方站着聊，倚靠着木质花架聊，或者根本不需要背景，两个人或一小拨人端着半杯酒，在屋顶的正上面，面对面站着聊，并且一站大半夜。这里的人聊兴真浓，且腿脚也好。

这里是结交新朋友的重要场所。老朋友当然会带上新朋友来，老朋友会很热情地把新朋友介绍给大家，新朋友给聊天注入新的力量。这也是建立新的人脉关系的一个重要场所。

在这整个过程中，酒是贯穿始终的。酒是论杯点的，高脚杯。烈酒加冰块，兑水。多数人喝红酒、鸡尾酒、啤酒。酒当然是自己中意的那种，但一般情况下也不多喝，喝多喝少都是自己的事，钱全是自己付。酒在这种地方喝，我想也才算是找对地方吧，酒在这里让品尝、欣赏成为可能，自己付的钱，酒喝得也才更地道、更有滋味。在美国调酒师可以算是一个很常见、很酷的职业，不过需要潜心修炼。调酒如调情，情在这里指感情，成为一个梦幻般的调情师并不容易。这个调酒师在美国的社会地位如何我还不清楚，也不知道和我们的大厨怎么比，因为我们国家的餐饮业，主要靠大厨。

别看这里的人在这里喝酒喝得嗨，事实上，他们出了这个门，在大街上拿一瓶酒，都得要用黑塑料袋装着或用报纸裹着。在室外公共场所，比如街道、公园里，也不能公然开酒、喝酒，这都是违法的。

吃官司的情况还有，售酒商任何时候向不满 21 周岁的人售酒或提供酒都是违法的，得被罚一千美元以下的罚款，或被判处两年以下的有期徒刑。酒牌也有可能被暂时收回或吊销，并且重获概率为零。商家对此不得不极其自律。

到酒店、酒吧喝酒，当然得21周岁以上，即便你已经进去了，服务员也会给你做上记号。酒店、酒吧不得以任何方式向未成年人提供酒、酒精饮料，因为这也是违法的，如果酒吧不想以身试法的话。

至于酒驾，21周岁以上开车，酒精含量超标，违法；21周岁以下，那不仅是违法，是违法兼重罚。

在家请人吃饭，美国人也不劝酒。喝了酒的人离开你家，开车出了车祸，受伤的一方会起诉你。如果提供酒给未成年人，他开车出了车祸，请吃饭的一方不仅负赔偿责任，还得重罚。酒是在你家喝的，你在责难逃。

在美国，酒这个事要极其慎重，慎重到美国年轻人都不能理解。21周岁以下，在美国可以投票、可以结婚、可以考驾照、可以买枪、可以扛枪上战场为国捐躯，但就是不能买酒、饮酒，酒比敌人、老婆还难对付。要紧的是，美国人还自律，全民监督酒。

不过比起1920年到1933年美国实行禁酒令，现在的情况还是要好得多，条条框框虽然还在，但是爱好喝酒的人还是有酒喝的，并且也没规定杯数。

不知道大街上有没有醉烂如泥的情况。想应该也还是有的、不少的。醉卧街头，不知道这算不算违法，这事政府管不管。

站在Rooftop，我已经喝了两杯了，头脑晕晕的。这个晚上果然很有情调，也很放松，这个晚上没有白过。站在楼顶喝、面对着帝国大厦喝就是不一样。

结果我就多想了一些问题，比如我们在国内喝酒，我们喝酒是不是也应该立点规矩，我们是不是也来点全民监督之类的。

在办公楼下

在她单位的楼下，我仰头向上看，窗户太多了，我不知道她在哪一扇窗户下面。她一定对着双屏幕正在做数据分析吧。双屏幕有时都不够用了，有的办公桌上摆着三屏幕，甚至多到六屏幕。

有一次下班时，我到达她单位楼下，她匆匆地从大门里出来，她想带我去参观她的办公室。她用英语和门卫沟通，她问我带护照了没有，我说没有。她对门卫说，她是这里的员工，她把挂在脖子里的证件伸到他面前，可是我没有护照依然不让我进。我拉着她走，不让进就算啦，不惹这个麻烦。门卫却急促地向我们招手。我心里想，不让进就不进，难不成还拉着我们不放不成，难不成问一下还捅了马蜂窝不成。她说，不是的，门卫正热心地帮我们请示，让我们再耐心等一下。门卫打了一个电话，放下了，接着又打了一个电话，如此几番。我心想一个警卫班，或者他的层层上级都知道我要来了吧，后来他很遗憾地向我们耸耸肩。

其实，我是相当满意的。我两手空空、势单力薄，他都不让我进，那些屁股后面揣着枪、腰里缠着火药的人，肯定一验就能被验出来，他们沾都别想沾这个楼梯。她在这个大楼里是安全的。只要她是安全的，像进保险柜一样安全，那么我一辈子不进也没有怨言，我还得感激他们呢。

这次我没有告诉她，我自己溜达到她单位楼下。我坐在她单位的台阶上，向前看。飞鸟车站的翅膀正在半空舒展。“9·11事件”发生的时候，她还是个几岁的孩子，那时我们离这里千山万水。我们谁也没有预测到十几年后她会来到这里，她也想象不出几千人死在这里是一个什么样的场景。

当事件发生的时候，她的同事们说，只听到“轰”的一声响，他们办公室的玻璃哗哗向下坠，室内灯光闪耀，然后“哗”地一下熄灭，白墙开裂，壁砖震碎。透过窗户，他们看到对面的高楼起火，警笛大震，楼下人群纷纷逃散。高楼里浓烟滚滚，有人哭喊，有人开始跳楼。他们捂着嘴，面对着窗户，看着那么多人绝望地跳。后来大楼轰然倒地，他们的办公室抖了三抖，所幸他们没有人员伤亡。

自从她来到这里以后，这里的每一次枪杀让我心惊，每一次失火让我心惊，每一则不好的新闻都让我怅然若失，每一次风吹草动都犹如芒刺在身。高温和我有关系，严寒和我有关系，阴晴不定都和我有关系。我希望她在矮一点的楼房里上班，躲在一些高楼的阴影里，或者远离那些繁华。我有什么办法能让自己不心有余悸呢？以前处之泰然的日子哪里去了？

试试看，不试怎么知道行不行呢？这是她小时候我常对她说的一句话。成功了，我们试试看，看能不能做得再好一些。失败了，试试看，我们再来一次。犹豫不决的时候，试试看，我们总会找到一条路子。总是要鼓起勇气去试，总该无所畏惧地去试。我并不一定想要她成功，我只是想让她去体会行动的乐趣。勇敢地表达自己，那种感觉是愉悦的。前进与畏缩，那种感觉天差地别，失败总比无能为力、袖手旁观要好，结果她一路试到这里。有时隔着几千里地，我遥望着她的方向，心里想，我的寂寞没准有一半是自己造成的。

她仍愿意在这里试，谁知道路走着走着，能走成什么样呢。人生说长也长，她还只是开始，她也无法预测到以后的情况。生而为人，有时是没有办法的事。生为长大了的子女，背负得更多。她的一切只能由未来作答，这是一件急不得的事。

我绕着她的单位默默地一遍又一遍地走。我想知道地铁口在哪里，这样我就知道她什么时候从这里上来，什么时候又从这里下去。我想熟悉这里的每一条路，这些路上都有她年轻的、急匆匆的身影。我在飞鸟车站里慢慢地走，我在里面琳琅满目的服装店、鞋子店门口徘徊，这里她一定经常光顾吧，我想象着她穿上新衣、新鞋站在镜前的样子。我在数不清的餐厅前驻足，哪一家她最爱光顾呢？中午短暂的休息时间里，她能找到可口的饭菜么？我还想知道飞鸟车站的车都开向了哪里，沿着哪条道能走到海边，她应该多到海边走一走，找一个临海的位置坐下来，要一杯饮料慢慢地啜饮，或者要一份餐慢慢地用，总得要学会放松才好，要懂得享受青春年少。我还想知道这附近的海湾、草坪、酒吧、咖啡厅、冷饮店、食品店、衣帽店、水果店、花店，以后她和我讲话的时候，我就知道她站在哪儿，离住处有多远，不至于她说的时候，我满脸糊涂，如同面对月球。

要知道，我要做到这一点多不容易，门头上的字我一个字也不认识，路上的招牌我一个也不认识，地铁口的字不认识。

这些字对我来说就是一些难记的符号，和出土的陶罐上的符号没有什么区别。

我还想认识她的每一个同事，高的矮的，黑的白的，好看的不好看的,关心她的提携过她的。我还想知道在她生日的那一天，谁给她秘密地买下一个蛋糕，谁在单位给她精心布置一个小型生日聚会，谁为她端上第一块，为她唱响生日祝歌的都有谁。还有在毕业典礼的第二天晚上，同事们特意给她举办了一个小型庆祝会，那是多么激动人心的一件事，一句话、一束花我都记着，那里有一个妈妈无声的感激。我关注着他们,我想熟悉他们的一切，这样她说起他们的时候，我就不至于木木呆呆、在一旁傻笑，我就知道哪句话是出自哪一个人之口，哪件事对应的是哪个人，我像听自己朋友的故事一样感兴趣，还会给她提出建议。

我希望他们是活跃在我身边的一个群体，是我身边不可或缺的一部分。我关注着、熟悉着她的一切，就像她熟悉我身边的每一个地方、每 个人一样。

但是我身处的地方和人已经不是以前的地方和人了。我生活的城市已不是你长大的城市,你不熟悉它的街道、它的风俗，也不再能找到我的工作单位。我们的新家正在装修，不久我就会搬进去，但是你一次还没有来过。一个孩子找不到妈妈住的地方、妈妈的单位，那是很可怕的。

就像我找不到你住的地方、你的单位，对我来说也是可怕的。也许以后你换了住址、单位，而我路途迢迢也已不方便再去，但我心中一定有你家的样子、单位的样子，这也是我为什么又一次来到你的单位，而又迟迟不肯离开的原因。

温暖感人的葬礼

女儿给我讲过一件事。她上班刚从地铁下来，恰好遇到她的同事，一个四十多岁，以工作严谨、作风凌厉著称的白人女子，那女子却蹲在站台上掩面号啕大哭，女儿赶紧挤了过去扶起她，她说她刚刚接到消息，母亲去世了，她不知道怎么办才好。她想拼命压抑自己，哭声从手指缝里挤出来，却显得更尖锐、更有穿透力，女儿从来没看她如此失态过。都说外国人只顾自己营生、享乐，很少探望父母，漠视亲人之间的感情，看来也不完全是真的。

出殡之前，女儿去 Funeral Home，即"葬礼之家"看望过她的同事,同事的情绪已经稳定下来。在旁边不大的休息室里，屋子里挤满了人，一部分人在聊天，一部人在翻看老人照片，还有一个孩子弹着琴，好几个人在热热闹闹地唱歌！屋子里安定祥和，那些聊天的人不时发出笑声，他们似乎是在等待一个其乐融融的聚会，而这只是前奏。死者躺在隔壁的屋子里，每个人都能近距离地参拜、祈祷，屋子里并未闻惊天哭声。死的氛围在这里并不浓重，也不压抑。来之前，她还战战兢兢，担心死亡的黑色之翼会牢牢钳住这里，她怕她安抚不了同事那颗丧母之心。她还没学会安慰。

第二天是出殡之日，女儿和同事们按通知的时间抵达葬礼之家。报纸上、社区的张贴栏上都已刊登了出殡的消息，同事、街坊、认识的人都可以去参加。葬礼之家的门边放了一个捐助箱，捐款用于慈善，捐多少随意给，礼金是不用出的。在柔和的音乐声中，来宾缓步走进屋里。屋子里的窗台上、墙角摆满了鲜花，白墙上大大小小张贴着老人的数幅照片，从孩童到中年、到老年，有夕阳、有落日，有流水潺潺，照片上的人无一例外露着笑容，她的一生仿佛都是在笑声中度过的。屋子里一支接一支播放着的，也不是哀伤之乐，后来才知道那全是逝者生前喜欢的音乐。来人全穿着深色的衣服，不少人打着领结，大家缓缓在屋里就座。逝者躺在前面的灵柩中，并无遮盖，四周摆放着鲜花。

先是司仪讲话，他介绍逝者生平，并回顾老人的一生。接着牧师上台做祈祷，他说逝者进了天堂，她在那边一定会过得很好。接着是亲属或是好友，上台回忆了和逝者共处的一些往事，哦，那可都是些快乐的事情，好友有时说得面露笑容，台下跟着发出一些笑声，说到动情之处，好友泪花闪烁，台下跟着一起哽咽、唏嘘，有几次台下竟然开怀大笑。司仪仿佛趁热打铁似的，又播放了几首欢快的歌曲，说那是逝者生前喜欢的歌曲，现在就让我们大家陪同她最后一次欣赏吧。欢快的歌曲在半空中响了起来，逝者在前面静静躺着，大家的脑海里呈现的却连绵的群山、晶莹的小溪和大片的羊群，那一刻大家都忘掉了“葬礼之家”这个词。逝者若是有灵，她的灵魂一定会在歌声中得到升华、永生。

灵车在前面缓缓地引路，后面的车队紧紧跟着。两个警察随着队伍走，他们在维持秩序。车队缓缓走过红灯，来往的车辆全都停下来，等着这一队伍走过马路，不时有车辆发出鸣笛。在美国，市区马路上是禁止鸣笛的，这种情况是例外，鸣笛声表示对逝者的追悼、尊重。路上的行上也都驻足注目，尽管他们和逝者互不相识。他们就这样静静地等着，等着这个队伍拖拖拉拉地走过。

美国在基督教文化影响下，上至王公贵族，下至平民百姓，丧葬基本从简，即所谓在上帝面前“灵魂平等”。中国的丧事，亲属们其实也非常愿意从简，但中国人太好面子了，亲属们广邀宾客，大摆筵席，租用好车，动静办得越大越好。从传统意义上来讲，他们想表达的是，作为子女他们很孝顺；从作为社会一员上来讲，他们得表达出，他们混得一点也不比别人差，他们也是有头有脸的人。这是一次展示实力的机会。这也是为什么屡次提倡丧事从简而又简不下来的原因，谁也不愿意带头这样干，这样的场合不好示弱。中国人其实是非常内敛、低调的。但是涉及面子这个事，那就不能不讲究。要是活得没面子，那还活得有什么劲。

不过美国人提倡“人人平等”，丧事提倡“灵魂平等”，但显然送葬队伍中车辆多少是不一样的、车辆档次是不一样的，来宾档次也是不一样的，大人物丧事和小人物怎么可能相同。“平等”这个词显而易见也是没有落到实处，不知道到了那边上帝可有好办法。

墓地大致都是一样的，上面都是绿色的草皮。墓穴已经挖好，亲属们沿着墓穴站好或坐好，牧师做了简单的祈祷，棺木缓缓降下，花瓣随后撒下，亲属们按照与逝者关系远近为序，象征性地一一为墓穴掩土，这时候才听到有人低声呜咽、嘤嘤哭泣。随后工人们驾驶推土机，迅速地把墓穴填平，再用电夯把土夯实，然后再植上碧绿的草坪。

随后逝者的家里还有一个小型的聚会，如果谁愿意去的话,可以在那里简单地就餐、坐一坐,表达对亲属的同情与慰问。

几天以后，女儿收到一张精美信笺，那是一家捐赠公司寄来的，同事已经以女儿的名义把钱捐给了这家公司。

再以后女儿又收到一张精美信笺，是那位女同事寄来的，她对丧事期间，女儿对她工作上事务的处理表示感激，对她的专门探望表示感激，信是手写的，字写得恭敬端庄，她说会一辈子记得。女儿表示她也会一辈子记得。

他们的死亡里确实有一些温暖、感人的小细节。

华尔街的态度

华尔街是条小街，或者叫小巷，我不假思索就信步把它走了两遍。

这条街无论如何让人笑不出声来，在这条街上走，无论谁也生不出伟岸来。这条街四周有纽约证券交易所、美国证券交易所、联邦大厅国家纪念馆，以及数家的银行、信托公司、保险公司和交易所。这是一条金街。站在这条街的中间，也就是站在世界金融中心的中间，站在金融神话的中间。也有人说这是认钱不认人的地方。

毫无疑问，我们看到的是财团、财阀，我们看不见的是地下黄金地窖。德意志银行在地下就藏了多少吨黄金，这是有记载的，秘而不宣的可能就更多了，藏金子的人一般是不愿说的。

这些楼上旋转椅中坐着的当然就是传说中的金融寡头、大亨，最不济的也是持股人、分析师、操盘手之类的，为这些公司服务的人，据说有超过 10 万人的精英。这条巷子催生出的文化不叫精英文化，叫加班文化。听说这里还盛产剩男，这里王老五般的剩男们让夜里的灯光更通明、更璀璨，更像金铸的一般。

我从一家金融机构门口走过，宽屏幕闪耀着债券报价，旁边的一个屏幕上手握话筒的记者喋喋不休地报道股票走势。

“9 · 11 事件”中，纽约证券交易所停止交易一日，网上就报道说，世界经济因此停摆一日。世界经济停摆是什么样子，我这个脑袋想不出来。至于这个庞大的体系如何操控、如何运转，我也想象不出来。但是停摆肯定是从这里开始的。这里面有一个词叫华尔街态度，华尔街的态度很重要。

钱多了危险性就大，就和炸弹有关。这个和华尔街的态度脸色无关。1920 年一颗炸弹就落在这里。爆炸造成 38 人死亡，上百人受伤，爆炸吞噬了整条街，火焰有十层楼高。2001 年“9·11 事件”，恐怖分子不可能没想到这条街，但那两幢楼实在太抢眼了，华尔街的楼暂且让它再灯火通明一阵子。华尔街的“低调”，得以让它的奢华持续上演。

我对这条街是有极深的印象的。小时候听说上海某某资本家跳楼死了，炒股票破产了。那个破产的人当然不是在华尔街跳楼的，但是我觉得他的死和这里有千丝万缕的联系。只有这个地方才能让人走火入魔，让人心智失迷。印象中的大上海，歌声是和这里一样的，灯红酒绿和这里也是一样的。多少年后我兜兜转转来到这里，我走遍这条街的每个角落，我发现上海和这里仍是一样的。

这个地方诞生了一系列的东西。比如熊市、牛市、涨停、跳水、走低、暴跌、走钢丝……

华尔街就是一部书。这里值得写、值得播报的东西太多了。华尔街的书、华尔街的故事会一部一部写下去。

华尔街就是一部电影，应该是铺天盖地、风光无限、续集无限的大片，《华尔街 2：金钱永不眠》可以很好地说明这一切。只要金钱不眠，华尔街的电影就可以继续拍下去。战场、情场、商场，华尔街哪样都不缺，这个没有硝烟又处处弥漫硝烟的地方，实在没有理由不被电影界所关注。

华尔街更是一部舞剧。以华尔街为背景、用华尔街的舞步在大街上跳，那感觉肯定相当不错。华尔街有一句话，即花旗银行前总裁普林斯在《金融时报》中说："当音乐响起，你便必须起身跳舞……但当音乐停止，而你找不到座位，你便要出局！"普林斯就是一位在音乐停止前没有为花旗银行找到座位的前 CEO，他已经出局。几时跳舞、几时坐下，分分秒秒都在考验谁是天才,谁是傻瓜。这个舞蹈不是人人都能跳得下去的，有人被迫起身高蹈，有人不得不中途出局。

"华尔街"这三个字远远超过了这条街本身，也远远超过了财富本身。

从这条街里出来，我去寻华尔街铜牛，看过铜牛的人才算真正来过这里，这倒是可以看明白、想明白的。游人都以和铜牛合影为荣，有人喜欢执牛耳，有人喜欢抓牛鼻，有人喜欢蹭牛身。更多的人则喜欢蹲在牛的屁股下面，对着镜头。

华尔街从来不缺乏艺术家、戏剧家，戏剧的场面从来都是层出不穷的，脑洞大开的事情在这里从来都不算匪夷所思。这头牛之一夜之间破空而出，也可以看作是一例。

但是也有人说这里盛产魔鬼和疯子。

是地狱和天堂。

反叛的西村

要把纽约的西村当作景点去游玩，那多少会令人失望。这个地方游人并不少，一样熙熙攘攘。只不过有不少是从帝国大厦那边一路游来、疏散过来的。有的是不知不觉踱步到这里的，有的是惊奇地多迈两步，立在群楼边缘，西望那一片火烧云似的建筑，帝国大厦边竟还有个红彤彤的欧洲似的小镇。

几百米之遥，这边是高耸入云，那边充其量只能叫重重叠叠。

这边天高云淡，那边暮云低回。

这边楼房英俊挺拔，流线型设计，那边红砖红墙貌似古堡，“之”字形的外挂楼梯是它的一个显而易见的特点。我从来没看过这么多集中的逃生楼梯，但这东西确实管用，又有人说小偷、情人、猫最爱这个。这个古堡因为这些楼梯，又多了一些内涵和生动。

这边摩登，那边古朴。

这边是勇士，那边是裹着头巾的老妇。老妇有点温厚，有点守旧，有点古惑。

这便是纽约的西村，盖因其位置处于曼哈顿岛下城的西部，即金融中心的西部。此地也靠近哈德逊河，也叫格林尼治村。

这两边住的群体也截然不同，这边住着有钱人，那边住着文化人、艺术家，也有人说是理想主义者、狂热分子。这里是美国现代思想的重要来源。这边盛产金钱，那边盛产思想。从目前状况来看，思想、理想显然比金钱矮了一头。但是西村仍不失尊严地为纽约的文化艺术中心、音乐中心，此外还是时尚中心。思想、理想这个东西是有魔力、魅力的。

我不是从大厦的缝隙中不知不觉游过来的，我是专程到这里来的。有些地方，不论它在哪里，该去的人一定会去。某些地方会在某些人心里生根。

西村最不缺的就是咖啡馆、点心屋、小酒馆、时尚衣店、花店、水果店，西村的冰激凌店往往有几十种雪糕，真是太诱人了。当然我在这里也寻找旧书店、黑胶碟唱片。这些店主要卖些非主流的文学艺术书籍、音乐碟片之类。我是来寻找艺术、感受艺术的，我久久地驻足在这些弥漫着艺术的小空间里。街头不时有画家出售自己的作品。墙上、汽车上经常有大幅的涂鸦作品，垃圾箱上均有数量不等的小幅涂鸦作品，如果这也算是作品，不算是牛皮癣的话。涂鸦是这里的艺术特色之一。我还看到一群老年合唱团在街边唱歌，有人指挥，有人坐在矮凳子上识谱拉琴，十几人站后面一排倾情演唱。洁白的头发、严肃的神情让人感到艺术的神圣。这里真是一个不缺乏艺术的地方。

至于吃的方面，这里有意大利料理、西班牙料理、日本料理、韩国烧烤、越南面食、墨西哥薯片，不胜枚举。我是在傍晚到这里来的，小店早就灯火通明，人满为患了，街边有很多露天的座位。这些咖啡屋、小酒店最和文学艺术有关，这里应该是文学家、艺术家的大本营吧，过去的艺术大师们少不了在这里逗留，现在坐着的闲人中，有可能就有现代和未来某些未谋面的艺术大师。这典雅的小巷、热闹的小店承载过多少文学和艺术的梦啊。我在大街上走，尽可能注意那些行为乖张、格格不入、特立独行的人。艺术家都在哪里聚会，理想家都在哪里慷慨激昂，我只能靠感觉去触碰。纵观我从艺这么多年，我似乎总是在艺术的边缘行走，做一个艺术界凑热闹的一分子也不错。就像此时我熏陶着艺术的风，感觉也相当不赖。

白马酒馆总是能找到的，这是世界十大传奇酒馆之一，是艺术家们的酒馆，现在也是纽约文人的最爱。这也是正在运营的最古老的酒馆之一。有关资料说，它曾经的主人是一个有名的海盗。《在路上》的作者、“垮掉的一代”的代表人物杰克·凯鲁亚克，写《硬汉不跳舞》、结过 6 次婚的诺曼 · 梅勒，都曾在这里 醉方休过。疯狂的诗人狄兰·托马斯在旅馆一夜暴毙，据说就是因为在此喝下了十八杯威士忌。让这个酒店声名远扬的，就是它能提供十八种威士忌。我是想进去喝一杯的，确切地说想进去坐坐，感受一下大师们的豪情或情怀，可是陪同我前来的外甥说，他不能进去，他还未满十八岁。在美国，进酒馆的年轻人是要出示身份证的。吧台就在门边，酒馆屋里幽深，黑洞洞的，似乎点着蜡烛。吧台后面站着一个皮肤白皙、稀疏黄卷发的中年男子，他的双臂撑在台面上，正拿幽深的眼睛朝我们看。看来我要进这个著名的酒馆，是要等这个男孩十八岁之后了，确切地说是二十一岁。他是我此次之行的向导兼翻译。我伸着头向里窥视好久，只得和这个男孩子蔫蔫地走掉了。大师的情怀也不是想感受就能感受得到的。

在石墙酒吧对面有一个谢里登公园，公园形状接近三角形，这座年代久远的不起眼的公园，见证了同性恋运动的第一次集会、游行和抗议活动。公园中心不大的一块空地上，安放着安格尔的两男两女同性恋伴侣雕塑。我坐在这两男两女中间久久沉思，我是来寻找艺术的，这两组雕塑作品当然算是艺术，但是隐身在这里的这群男男女女，他们的生活方式算不算艺术呢？他们的言行举止，乃至思想算不算艺术呢？

文学家、同性恋者，这应该是两类截然不同的人，但是他们不约而同地爱着这同一块地方，不约而同地都占据在这里，这又让人怀疑这两类人之间，他们的灵魂深处是不是都有点什么，他们之间有没有什么说不清道不明的关系，这应该不能用环境幽雅、闹中取静，靠近哈德逊河这种大而化之的道理来轻易解释。

后来我得出的结论是这两类人都有反叛精神。

拆不掉的东村

看完西村，自然还得看东村。

东村即西村的东面，曼哈顿岛下城的东部。深入西村、东村才算是深入曼哈顿下城的腹地。

西村、东村有密切的联系。东村也是一个文化、音乐艺术村，早期这块地方为那些租不起房子、挤不进西村的落魄艺术家、音乐人提供暂时的栖身之所。从各地慕名而来的青年演员、诗人、芭蕾舞演员、画家、记者、歌手等形形色色的人，他们总是最先在这里驻足，当然是因为这里地价、房租便宜。等他们声名鹊起时，他们便会陆续搬到西村去，西村像宝石一样吸引着他们，那里是高档的文艺社区、艺术的殿堂，那里的建筑、环境比这里更胜一筹。当然西村也不是最终目的，在西村混得好的艺术家，等他们混成了上流社会精英以后，他们又会渐渐搬离西村，搬到哪去了，不知道。

东村的过去有看头。这得从东村两幢著名的、怪异的楼房说起，那就是东村相互毗邻的 9 号楼、11 号楼。这两幢楼的产权隶属于纽约市政府，20 世纪 70 年代，纽约市政府买下了这个街区所有房子的产权，目的是旧区改造，却迟迟没有开工。流民、瘾君子渐渐擅自入住这里。这两幢楼不仅外墙斑驳，不久楼下也堆满垃圾，屋内污水横流。

外百老汇剧团的先驱艾伦·斯图尔特女士从政府手中租下了11号楼的大部分，自己用了一部分，借给其他艺术家、同行一部分，这是最早入驻的艺术家们。这些艺术家们不知道看中了这幢楼的哪一点，他们着魔似地，以高度的热情运走垃圾，粉刷内外墙面，铺设电线，修缮楼梯，安装锅炉供暖，一个个文艺团体发展了起来，附近的街道也形成了文艺街区。这幢楼的下面后来开了家名叫“火星”的酒吧，酒吧的墙上刻满了顾客的名字，墙壁、天花板也布满涂鸦，食客们在号称“世界上最肮脏的厕所”里吸食海洛因。

9号楼开始擅自入住的是流民，后来更多的年轻人、叛逆者、艺术人士、乞丐光顾这里，他们在这里花费了大量的时间和力所能及的金钱，时间久了他们视自己为这里的住户。9号楼同样被涂鸦占领。三楼还开了家武术馆，煤渣砖被打开，玻璃窗被掘出，开馆收徒。这里的人越聚越多。不知从何时起，毒品、艾滋病就笼罩了这个地方。

下面用几个词来形容这里。

波希米亚。这里的波希米亚不仅是指装扮浪漫、民俗、自由化，更主要是杂芜、错乱、迷乱、惊心动魄、放荡不羁。这些人、这些街区就靠波希米亚来藐视一切。

垮掉的一代。20世纪50年代,住在这里的是垮掉的一代，这倒不是明确指他们的躯体垮掉了，而是说这里形成了美国一个重要的文学流派。不过文学垮掉了,躯体离垮掉也没多远了。

嬉皮士。20世纪60年代，居住在这里的人是嬉皮士。有点贬损，有些嘲弄，类似江湖混混。发明这个词的人，显然对这里的年轻人有些不满，有些看不惯。

最厉害的是20世纪70、80年代的朋克。那是一群头发乱蓬、身穿涂鸦T恤、肮脏牛仔服、在地下打滚乱转或是疯狂甩着头发的摇滚音乐人。朋克即摇滚乐，这里是摇滚音乐的发源地，是朋克文化、朋克精神的汇聚地。朋克在我家乡也让人目瞪口呆地流行一阵子，隔着千山万水，朋克竟能像旋风一样刮到我家乡，可见朋克威力之凶猛，暴风一样凶猛的朋克来得快消逝得也快。比起垮掉的一代、嬉皮士，这倒是让人亢奋得多、激进得多，也莫名其妙得多。西村如果叫同性恋村，那这里就可以叫朋克村了。

东村其他地方的旧区改造已经完成得差不多了，政府部门对这两幢楼的住户下达逐客令。这两幢楼的住户是不付房租的，但是他们继续住在这里。开发者们准备开发，但仍迟迟没有动工。开发者们许诺给住户全新的公寓房，面积大小和原来的房子一样，他们只需支付象征性的费用。这两幢最具艺术特色的楼终于在争议声中化为乌有，艺术家们遗憾地称这是纽约的最后一片乐土。

这里的街道和西村相差不大，酒店、咖啡馆、各色小店充斥其间，在这里，各个年龄段的游客都可以找到自己的兴趣点和喜欢的东西。街头、小巷有看得懂的东西，更多的是看不懂的符号，需要自己揣摩。和外面的世界相比，这里弥漫的仍是一种慢生活的味道。楼房比西村更稀疏些，更矮也更旧些，有的地方像厂房、大杂院。也有人说在这里可以看到城市一百年前的样子。

在东村漫步，没有见到垮掉的一代，也没有见到嬉皮士和热火朝天的朋克们，文身的年轻人倒有时候骑着摩托车“呜”的一声从身边穿过。

东村的中心公园，面积算是很大了，公园绿树成荫，树下长椅比比皆是，村民、游人都悠闲地坐在长椅上，松鼠、各种鸟等不速之客大摇大摆地觅食。公园后面有一个不大起眼的石门石柱的纪念馆，里面的竖碑，以及地面都被青苔覆盖着。我转了两圈复又出来，在公园的长椅上坐了好大一会，时光静静的，仿佛一切都过去了。

就像波希米亚、垮掉的一代、嬉皮士、朋克一样渐渐地远去了。

不知道这里以后又会孕育出什么。这里从来就不是一个能静得下来的地方。

火山冰雪黄石国家公园

我们是从蒙大拿州进入黄石国家公园的，我们现在位于黄石国家公园的西北部，海拔 2000 多米的熔岩高原。一进公园，但见蒸汽袅袅、白雾茫茫，而绿树全都站在雾的中央。黄石国家公园，从字面来看，就是黄色的石头公园，确实如此，它的地表、岩石多数是黄色的。有的资料说它的命名是因为它处在“大黄石生态系”，至于哪个说法更准确，对我们的行程影响不大。

这是世界上第一个最大的国家公园。这个近乎方形的公园，要说复杂也不复杂，资料显示它分为五个区，西北部的猛犸象区以石灰石台阶为主，故也称热台阶区；东北为罗斯福区，仍保留着老西部景观，老西部是什么样的景观，我还不知道；中间为峡谷区，可观赏黄石大峡谷和瀑布；东南部为黄石湖区，主要是湖光山色；西及西南部为间歇喷泉区，遍布热泉、间歇泉、蒸气孔、泥浆泉。要从种类、数量来分，这个公园内有一万多个温泉，三百多个间歇喷泉，三四百个瀑布。

这个公园位于圆形的火山口，我们站的位置就是世界上地壳最薄的一层。其实我们应该沿着环形山脉先转一圈，然后从外向里，从大到小，层层剥笋，最后看到山温水暖、琼浆玉液。这个公园，即这个超级火山有一个巨大的破火山口，想了一下不知道怎么个破法，向哪里破。可是导游拿着旗子按自己的路线跑，拉着我们东奔一头，西奔一头，惶惶然仿佛慢走了一步，景点就蒸发掉似的，景区内烟雾缭绕，但是我们知道它们的根是牢牢扎在地面上的，想升仙也只能是半仙，结果我们看到的只是冰山一角。这些个七零八落、支离破碎的景点当然是可圈可点的，用碎琼乱玉、吉光片羽来形容一点也不过分。我们的步子飞快地到达老忠实喷泉，老忠实喷泉刚好喷出了几十米高的水柱，铆足了劲在等着我们；我们到达牵牛花温泉，牵牛花刚好盛开，明艳艳的黄喇叭口，深绿色的长萼，顶着一汪明晃晃的蓝，这牵牛花真是千年一遇，不，那得亿万年才能开这成这般模样；我们到达大棱镜景区，这应该是一个五彩浅滩，温水缓缓四溢，下面是流纹岩，有黄流纹、绿流纹、灰流纹，倘若有巧手姑娘，当是能抽出一把一把的丝线。我们还遇到数个蓝宝石泉、豆浆泉，以及小饼干泉。在西拇指湖，我们看到湖岸、近水处到处是一个一个小铜火锅，小火锅“咕嘟咕嘟”地开着，不知道谁在地底添油加柴。时值五月，远方湖水结着冰盖，再往远处看就是雪峰，近岸小野鸭却欢脱地游来游去，真是冰火两重天。这湖里也有鱼，但是这鱼是吃硫黄长大的，人吃不得，但野鸭应该是能吃鱼的，这二者都具有硫黄体质，用硫黄来克是克不死对方的了。这热泉、温泉里都有矿物质，这泉里还生长着嗜热菌，有的细菌在高达几千度的高温还能存活，你不得不赞叹生命的顽强。这些矿物质、细菌会随着水温的变化而变幻莫测。

低头看水，抬头看天，“大漠孤烟直”，这蒸汽是冲天的，有的蒸汽是原装的，从地锅口里蒸上来，锅口状的向上氤氲、扩大；有的雾汽一蒸上来，直接歪成一大片，徐徐地向丛林中飞，状若蝙蝠侠一般。不知道是白雾绕绿树，还是绿树缠飞烟，总之在外人看来都是云遮雾绕。

黄石湖、黄石河、黄石大峡谷瀑布，这两天我们都看到了，我们的鼻孔里满满的都是硫黄的味道。

公园里主要树木是松，黑松、云杉、银杉，并且随处有倒木。不知道有没有被硫黄熏死的，想是树木也有肺，而硫黄又日积月累。这些树木的主要杀手在地下，一个蒸汽孔“咕嘟咕嘟”找上门来，那棵树要不了多久就被煮死了，这些个蒸汽孔长腿，谁也不知道它下一次光顾的是谁家，大地的事谁能做得了主。树木先是一棵一棵站着死，枯掉，在某一天自己轰然倒地，在大自然看来，它发出的只是微不足道的声音。站着的枯木、倒下的枯木一律白生生的，不生一点苔藓、细菌，更无木耳这类东西，硫黄已经给它们的五脏六腑都施了防腐剂。倒木腐成一截一截、一片一片，最后以清瘦的洁白的树的形状进入大地。这里的树木仿佛谁也不怕死，一副青葱、昂然的样子，山山水水，往远处看都是它们的家园，它们在这个园子里一般能存活300年。

这丛林中有山火。山火天天有，年年有，阳光和松油便是最好的心照不宣的沸腾剂，风、干旱、枯叶就是最好的助燃剂。山火不用扑，倒不是森林面积大，山火管不过来，而是美国人认为不用扑，这是自然现象，它们烧一烧自然就会熄灭，大地常烧常新，新芽出土，新老更替，这是大自然的常态。如果长久不烧的话，枯木、落叶堆积，那才会酿出更大的火灾隐患。但是 1988 年的那场空前大火，黄石国家公园却被烧得损失惨重。管理人员知道火烧起来了，像以往一样，他们只是隔岸观火，等他们发现情况不妙的时候，火已经没有办法控制住了。多少个独立的小山火在风和干旱的作用下，很快连在一起，先后有几千名消防员、几千名军人、几十架直升机参加了灭火。大火烧了几个月，这场火烧掉了公园总面积 36% 的树木。现在那些站着的、倒下的黑色枯木，便是那场火留下的印记。火灾之后，原本海拔较高的银杉、云杉爬到更高的山上继续繁衍，黑松则逐渐占据了原来的位置。黑松的松果能将种子储藏 3 到 9 年，一旦浓烟散尽，山火熄灭，松果就会崩裂开来，现在它们的种子尽情地在干净的土地上播撒，它们成为这个地方新的领主、霸主。一棵棵小黑松尽情地展示着崭新的、精彩的生命。

大火烧死了很多的动物，驯鹿最多，估计狼和兔子也没跑掉多少。这个公园里有几百种动物，灰熊是这个公园的象征。可是我们只看到一头野牛，这个蓬头垢面的大家伙根本不知道让路。到了冬天，这公园奇冷无比，夜里经常零下二三十度，有时能接近零下五十度，严寒驱使动物们到温泉边取暖、饮水。暴风雪的夜里，动物们有时不得不闯进附近农场主、牧场主的家里，有的农场主、牧场主收留了它们，有的却栅栏紧闭。有的动物不得不向南方迁徙，不知道远方的大提顿国家公园，是否是它们最后的温暖的庇护所，因为那里的冬天也是冰天雪地的。冬季的黄石国家公园据说是童话仙境，积雪盈尺、滴水成冰，而热泉、温泉则日夜蓝着、绿着、荡漾着、喷发着，因为人迹罕至，冬季不闭园的话，游人也只能坐园内链条雪地巴士或雪地摩托才能到达景点。总的来说，这里是雪、是泉、是树的世界了，无人的世界里，大自然创造的肃杀，想是惊世骇俗的。一边是雪虐风饕、命悬一线的动物，一边是冰魂雪魄、无人仙境，大自然的事情谁能说得明白。

而我的面前仍是郁郁葱葱的黑松，现在正值春天，一年中最美好的季节，随意向远处看，一座座雪峰却巍然耸立。我仍想绕着环形山脉走一走，想象着它把这些泉与树揽在怀里的样子，想象着圆形的火山口和那一脚踩下去似乎就要陷下去的薄薄的地壳，接着想起了火山爆发和地震，想起了这个地方是躺在美国心脏中的对地球最具破坏力的超级火山。资料显示，这地下有一个直径约为 70 公里，厚度约为 10 公里的岩浆库，这个岩浆库距离地面最近的地方仅为 8 公里，并且它还在不断地膨胀。近年来公园内的河、湖、潭似乎更活跃了。几年前的夏天，公园内一段长约 5 公里的柏油马路都开始熔化了，那条路熔化成了烂糊状。黄石国家公园部分地面已经上涨了 70 厘米。科学家估计，不久的将来公园仍有可能发生超级火山爆发，其喷发的空降碎屑能把半个美国埋没。科学家又说，近 10 年内这座活火山是不会爆发的。不过 10 年以后怎么办?

这真是让人担心的一件事。可是，这件事需要我担心吗?

组曲里的大峡谷

此刻，我就站在这里，站在海拔 3000 多米的科罗拉多凯巴布高原，站在科罗拉多大峡谷面前，站在这个深 V 字结构的肩膀上。

大峡谷的这个 V 字，深深地陷下去，我偷窥似的、像窥视他人隐私似的往下看，目有点眩，头有点晕，我只看到一条深不见底、若有若无的小水链子，并且几乎看不到它的流动，就是这么个貌似平静的小水链子把大地开挖出这么一条巨沟？它这么日复一日地勤勉下去，倘若地球一分为二，它是不是想飘到太空？

大峡谷平均深度 1.6 公里，有 500 层楼那么高，峡谷平均顶宽 20 多公里，谷低最窄处不到 1 公里，是世界上最长的山谷之一。这冰刀似的水，有人说是红色，有人说黄色，科罗拉多是西班牙语，意思就是“红河”，此刻我看到的是赭绿色。夏季水大的时候，有人说它像桀骜不驯的巨蟒，震耳欲聋地向前奔，此刻它看起来倒很温顺。世上什么最厉害，唯有时光与流水，时光让地球变老，流水让地球破碎。

来大峡谷里的人多被峡谷的岩石所吸引，这里的岩石被称为“活的地质史教科书”，从谷底到顶部分布着从寒武纪到新生代各个时期的岩层，谷底山石大约经历了二十亿年的岁月变迁，只一眼我们便越过了上亿年。崖壁宽阔、开放的两侧多由大块岩石一层一层堆积起来，也有的像报纸一页一页码放，这些岩石分砂岩、页岩、石灰岩、板岩和火山岩。巨岩节理分明，报纸页页可翻，总的来说大峡谷气度非凡、有条不紊，虽有突兀又幽深，有壑有滩，但大节不亏。这些条纹刻着地球的发展历史，条纹是皱纹，更是这里的文字。

这里的岩石是壁画，因岩石的种类、岩石的质地、时间的演变、风化的程度，以及所含的矿物质不同，放眼望去，这里一片金，那里一片赤，还有豆绿、赭、棕、铁灰、黝黑。晨曦初上的时候，据说峡谷气象万千，夕阳满山的时候，据说它又羞怯、腼腆，骄阳直射的时候，它光明磊落，风雨如晦的时候，它诡异却又能海枯石烂。这铁石一般的岩石，却知道如何去打动人心。瞧瞧我身边的人，这一具具肉身全是一幅被打动的模样。谷中有水雾，至于山川后来怎么样，那还得水雾说了算。

站在岸边，我在想“力量”这个词。这些岩石如此巨大，像一个个拳头，谁能举得动它？但是大地能举得动它，大地就是一个稳稳的基座。谁把大地举起来？几百万年前，这里是海洋，海水把大地举起来。大地如此坚固，一条小水链子却把它切割得体无完肤，让它跌倒低处。大河浩荡前涌，谁能挡得住、切得断？不能，但是大海容纳了它，那是胸襟的力量。

站在岸边，我在想“光阴”这个词。大海用了多少年的光阴托起了高原，流水又用多少年光阴切下了大地，岩石用了多少年光阴才露出今天的容颜，大海用了多少年的光阴去想“胸襟”这个词？光阴就这么慢慢地过，时光里的一切最后都由光阴说了算。

我想起了壮观与谦卑，永恒与短暂。如果在全世界范围内评选“壮观”的话，眼前这个场景怎么也会当仁不让，据说还没有人能完整地看到过它的全貌，我想象不出比它更壮观是怎么样的壮观。我的内心受到震撼、激动，我的心胸在随之扩大。而永恒，是的，它来自几十亿年前，它将还会几十亿年地过下去。我的内心应当随着它一起豪迈壮阔，我的灵魂也应当随它婉转穿越，可是短暂的激动之后，为什么我的内心是渺小和谦卑，是沮丧和短暂？大峡谷，你对我的灵魂做了些什么？

大巴车载着我们，走一个观景台停一停。可是没带我们去著名的 U 形玻璃天桥上看 Sky Walk，这天桥据说在峡谷中心长达 21 米，下距河谷水面 1000 多米，走在上面的人，据说有魂不附体的、蛇行鼠步的，当然也有云端漫步的、山鹰翱翔的，不过我相信，用不了几分钟，你们也会和我一样，跌倒在渺小、谦卑、沮丧和短暂里，我还相信凡是翱翔过的人，会比我们更懊丧、更灰心，瞧，一个蚂蚁般的小肉体，风一吹就消失的小沙尘。据说看过大峡谷的人，多半想哭。被折杀也罢，被羞辱也罢，总之大峡谷收拾了那么多人的雄心。

我们坐飞机观看大峡谷。我们的飞机似乎怎么飞也飞不出这个裂口，飞不出它的粗犷、坚硬、错综复杂和色泽丰富，而水又是如此地曲折幽深，我们像飞在另一个星球。世界空旷岑寂，缠绕在耳畔的只有直升机里乐章的雄浑，是的，只有这乐章能表达我们此时的心情。我们确实是飞在另一个星球，在这广阔无垠的童话世界中，大峡谷就是一道深深撕裂的伤口，那么对于这块土地来说，它到底是荣耀还是耻辱？我们如此推崇的奇迹，于它会不会是一种难堪？

有人深入地下看，乘坐橡皮筏，沿着航道刺激地看。在美国最具挑战、最具冒险精神的100项运动调查中，乘坐橡皮筏探险大峡谷名列首位。这真是一项引人入胜、异想天开的行为，搏击激流，挑战险滩，我等想想也就算了，那些人有那些人的劲头。

我觉得还有一种更好的方式去看大峡谷，骑毛驴或山羊，这里的山羊都健硕，还善攀，不过还是骑毛驴把握大些。这样我和驴，就真是驴友了。我和驴一起看世界，和驴一起共患难。500层楼高，想也不至于要人命、要驴命。深入峡谷的小径，有缘边小径、光明天使小径、隐士小径、绝美小径，想一想，哪一条都留下了英雄的脚印，用脚步勾勒出大地，意义非同寻常、影响深远。深入小径之前，要准备足够的水、足够的粮，若是下雨就会降温，要带衣，要遮阳，要携换脚的鞋，不过这些都是驴子的事情。大峡谷的其他地方都建有观景平台，看日出、看日落、看星空，但是我觉得应该要到谷底去看日出、看日落、看星空，只有那样才更具深情，更能够表达人对大自然的爱与敬，在谷底的表白与牵手，有科罗拉多河作证，想是比月老在一棵树上拴根红绳子更没齿难忘。大峡谷的谷底，据说白天温度极高，超过40度，而夜晚又会很低，谷底多数是荒漠，但一定会有田园一般的风光等着我，大峡谷要的就是会发掘的人，在大峡谷没有什么是发掘不出来的，只要驴子和我有足够的耐心。不知道驴子会不会像我这样想，驴子眼中的大峡谷是什么样，驴子会不会惊叹地长叫一声，驴子看到水草丰美会不会乐得直打滚，这我怎么能知道呢。

大峡谷公园是许多动物的乐园，越是干旱、贫瘠的地方，生命力越顽强，越富有生机，它们是大峡谷的一部分。驯鹿、沙漠大盘羊是这里最普遍的动物，其次是浣熊、鼠类、蜥蜴、蛇、龟、蛙等，还有成百种的鸟、数不清的昆虫。清晨它们伴随着蜿蜒的河流一起醒来，傍晚与峡谷一同安眠。它们踏遍峡谷的角角落落，翱翔在大峡谷的洪流中。它们听峡谷的风，沐峡谷的雨，峡谷在它们的脚下、翅膀下悠然地展开……

大峡谷是有乐章的，美国著名作曲家菲尔德·格罗菲专门为大峡谷创作了组曲，我疑心在飞机上俯瞰大峡谷时听到的曲子就是其中的一支。他多次深入大峡谷，怀着激动的、狂想的心情，描述了大峡谷变幻无穷的美，这是一部绘画般的作品。我不懂音乐，但是我完全能想象出来这组曲是什么样子，一种狭长的、倾泻的、无与伦比的美……

后记：液体的散文

写散文已经有多年了。我在写散文的同时，还在写诗歌，这两者的同时进行，往往让我迷失自己。我在迷失生命带给我的过程，迷失时光带给我的错觉，更迷失自己的身份，我是一个歌者还是一个扑朔迷离的散文作者？是一个旁观者，还是一个参与者？

散文写作，似乎是一件容易的事。某天，来到某个地方，遇到某个人或某个场景，用心观察一下，写下来，这就是一篇散文了。散文的“容易性”，使它是液体的，而诗歌是石雕、木雕，要有一个坚固的材料，有一片锋利的刀刃。散文的液体性，决定了它的姿态，可高可低，可远可近，可浓可淡，但它的容器，决定了它的形状，这容器就是我们的思想。

思想的获得需要安静。我向往一个人坐在一个有书、有阳光的房间里，可我们的这个时代显然不是安静的，它的躁动往往打破了我们内心的世界，使我们随波逐流。作为一个写作者，这是一件多么无可奈何的事。

这些年来，我在着力寻求、描述一个迥异于物质之外的精神世界。在某个观察者看来，这似乎是确定的东西，但在另一个观察者看来，却又是不确定的。这么多年我在寻找、描述中，想找到自己的路径。这里的描述只存在于我的世界中，它是独立的，这条路上只走着我一个人。我努力追求对这个世界更高层次、而不是更低层次的理解。我努力探求对这个世界更温情的理解，而不是更悲观的理解。

面对造物主创造的世界，我们究竟有没有能力理解？我们究竟能不能描述出来？爱因斯坦晚年曾说过：“这个世界最不可理解的就是，它竟然是可以理解的。”爱因斯坦还有一句话没有说，这个世界还有一件不可理解的事，它竟然是可以用笔、而不仅仅是用画呈现出来的。用笔来呈现，它竟然比画更容易理解、也更精彩，这是多么不可思议的一件事。拥有一支笔的人，他是幸运的。

我一直生活在淮河两岸，汤汤的淮河水，在这片古老的土地上流淌着。春天里，一望无际的麦苗绿油油的，一排排杨树高过头顶。大平原的深处，许多隐藏着的秘密，都随着花儿绽放了，这让年少的我着迷。我欣赏着这里的风光，吃着这里的粮食，饮着这里的井水，淮河就是这样深入了我的骨髓。我的文字，有时阻塞、有时流畅，我都觉得那是淮河的水在我的体内流动。我爱到淮河大堤上去漫步，浑厚的淮河水闪耀着母性的光芒，它引导着我、鼓励着我一直向前。多少年来，它不再是一条河流。在我的体内，从空间上和时间上它都构成了稳定的淮河流域，它神秘的、丰沛的羽状结构不停地给我灌输着营养，它让我茁壮成长。在我的文字中，或在我的地理版图中，它的深绿、浅绿沿着我的生命线大面积地、蓬勃地成长，这是我写作的温床。

有人说我的文字隐忍、迂回，有谁能像我家乡，深处在淮河漩涡中的荆山峡、浮山峡那般蜿蜒、激荡呢？有人说我的文字丰沛，那是因为像淮河有无数的溪流滋养。也有人说我的文字里有无限的空间，是的，谁能知道那么多条大大小小的河流的最终走向。我的文字浸润着淮河的水，就像我的生命浸润着淮河的水，它让我不至于轻易枯竭、早早蒸发。

我追求散文的语言精美，追求散文的意境陌生，我渴望它是深涧里开着的花，每一次都是崭新的。我向往奇异，希望我的散文不失诗人的秉性。

写着写着，已人到中年，时光似已悄无声息离去。但是打开我的那些书稿，我仍能听到了它们或远或近、或高或低的脚步声。它们像一列列长龙似的火车开过来，我似一个旁观者站在路边，倾听它内心的声音，固执、躁动，有着深深的渴望，又掺杂着许多感伤。火车隆隆地向前，就像日子隆隆地向前。作为一个写作者，更唯愿能用笔逐之、记之，希望它能留下一条长长的划痕。

附 录：

存在的取向与问题
——读武稚的散文《我的诗意栖居》

凸凹

每个人都是一种存在，每个人都有不同的存在取向与问题。安徽女诗人武稚一组万余言散文《我的诗意栖居》，说的是“我”存在的取向与问题。

由荷尔德林策启动议、海德格尔跟进阐释，二人间时隔空联手炮制的“诗意栖居”，几成大家伙儿尤其读书人与小资的一宗向往、一笼心结。就此，英国小说家伍尔夫说得更为坦率，她说女人的诗意栖居，起码得匹配“一间自己的小屋”。鸟儿的“小屋”是窝巢，树的“小屋”是根脉，人类的“小屋”是地球。

《我的诗意栖居》中的“我”当然没能超然物外，当然也有对“一间自己的小屋”的向往与心结。这是她存在的取向。每个人的存在，每个存在的人，都面临一种人生取向，从一生下来一懂事就开始了，甚至还在萌芽懵懂状态下就歪歪扭扭咿咿呀呀有意识无意识摸索爬行了。

从《我的诗歌》始，到《我的家园》《我的房东》《我的小屋》，一路下来，作者马不停蹄、一刻不休地寻找、建设“一间自己的小屋”，并在这一路上遇到各种问题：乡村的白日、宿舍里的集体、旅店的房东。这些问题，阻碍、吓跑了存在的诗意。她最终租拥到了“一间自己的小屋”，她如愿以偿了，她诗意缱绻了，但她很快发现，充斥小屋的有诗意，同时还有“我的敌人”：时光、人言、颈椎。弱不禁风如黛玉的诗意哪是“我的敌人”的对手，一番博弈下来，诗意消弭殆尽，“我”的阳光命运变成如铁似霾的宿命。

可以肯定了，作者以流畅、性灵的文字为肢体与器官，一路寻找的，是有砖瓦有吃食的物质的小屋，更是诗意垒砌的精神的小屋。

写到这里，我突然惊惶起来。我是把《我的诗意栖居》这件优雅唯美的作品当作散文、诗歌来读的，还是当作小说来读的？如果没有这种不自觉的误读，我怎么会拿武稚作品中的主角反复变脸：“我”、她、作者。

当然，首先是当作散文来读的，甭管文字的飘香把我带去了多远，都有作者自定的“散文”地标，把我吆喝回来。

关于散文，有句经典老话叫作形散神不散。《我的诗意栖居》的形不仅散，而且散得很开。一会儿乡村夜晚，一会儿乡村白日；一会儿城市宾馆，一会儿集体宿舍；一会儿闹市旅舍一会儿厉害房东，倏忽又是租房独居又是顾影自怜、人言可畏和颈椎病犯；一会儿梭罗测量瓦尔登湖，一会儿乔治·桑神奇私奔；一会儿写得粗枝大叶一会儿画得细致入微，一会儿云里雾里虚写，一会儿见骨见血实记。——最实的莫过于《我的房东》,实到了近乎现实底层生活的原态,最虚的莫过《我的小屋》,虚到了通篇都是想象的延伸。但无论作者的笔触横向铺排多宽、纵向奔窜几深，作品的神一直在那儿，一动不动，像命穴，像前定——读者就在它布下的气场中，欲罢不能，脱身不得。作品从头至脚浑身上下都是“诗意栖居”:逼近“诗意栖居”,疏离“诗意栖居”。这个神也是武稚狠狠砸进空气中的固若金汤的钉子，钉子上挂满了个人奋斗、生存处境、社会百态、世间万物。

表面上看，作者追逐的是小，是从广大的乡村、赫然的城市龟缩到、退步到一间“小屋”的小。但实际上却是以后退的姿态前行，追逐的是大——还有比心灵解放、身心自由、诗意人生更广大的物件与事体吗？为了在针尖上构筑广场，作者变成了一位向内的泅渡者。取静，从心，向小，排外，作者的全部努力，是在一枚坚硬的思想之壳里做无边无际的诗性散步。

“屋子正中是一张黄铜大床，宽得横竖不分，床头上盘旋着卧龙与卷云，床脚从长布幔下稍稍探出，露出四只金灿灿的鳞爪，不知道那是谁的脚趾。”“这女人皮肤黝黑，脸长得接近三角形，有点像螳螂……”“超市门前有一棵极高的树，一块从木匠铺子或从谁家倒出的装修垃圾中找出的一块四方旧板挂在树杈上，四个黑压压的大字‘天山宾馆’就像驴子的四颗门牙龇在那里，风一吹就一摇摆，像驴子在笑。”幽默和有趣的是否有效楔入与呈现，永远是区分文学品质高下的一个重要构成,更是鉴定一位作家文学天分与教养的一项重要指标。所幸，武稚的才智经得住这番考量。

把散文《我的诗意栖居》误读成诗，从一开始就迷陷了。

“傍晚，当太阳由普照改为单独关注时，诗歌就会走出家门，诗歌善于捕捉温度眼神。诗歌总是会先来到村庄……诗歌站在村口，它等到了一串杂沓的脚步声，牛哞羊咩，跟着一个黑乎乎的身影，诗歌早一步把他们捕捉到诗里。”武稚一起笔，就把诗歌这头来无踪去无影、只可意会不可言谈、几千年来没人能够定义的怪物，当作人来写了。不仅诗歌被她拟人化，“颈椎”病也被她拟人化了。“我给它好吃的，可是一段时间它还是那么细，我给它好喝的，它一点也不留全给了胃。我给它涂化妆品，白皙的皮肤下，它该痛还是痛。我拿钱收买它，它不要。我唱歌给它听，它不感动。我只有给它们围着大围巾。我日日摸着脖子，头仰着向天上看，人家都说我变得冷漠高傲了。这些小骨头们密谋着造反，它们密谋有一段时间了。”抽象的具象化，具象的抽象化，拟人、抒情、隐喻、意象……好些诗歌方法与秘密，都从这件散文作品中泄漏了出来。

我猜度《我的诗意栖居》应是非虚构散文，但我还是读出了小说的一些汁味。人物进进出出，故事娓娓不断，时空无缝穿插，叙述一波三折，尤其事体的冲突、矛盾与突然反转，无不透呈出小说的章法与路数。这件作品，如果诞生在《黑骏马》（张承志）、《信使之函》（孙甘露）、《进江南记》（王安忆）的时代，且贴上“先锋小说”的标签，一定能打下一块属于自己的地盘。

也许，多文体的杂糅转呈，正是武稚散文的看点与蛊惑所在。

2014.11.30于成都

急促的脚步声

——访青年作家武稚

周士明

约了几次，我终于见到了武稚。工作一天下来，她剩下来的只有疲惫了，然而，这些年来，她却在工作之外，发表了一大批文学作品，并且荣获了2014年第六届中国散文学会颁发的“冰心散文奖”。“冰心散文奖”是中国散文界的权威性大奖。这一成就使她受到了散文界普遍关注，这不得不令人佩服。

现在，武稚剪着短短的头发，穿着一袭黑色的长裙坐在我的对面，街头繁华的夜色里，充满了钢铁般的喧嚣和喘息。武稚的面孔是娴静的，透过明亮的眼眸能看出她的灵气和心底里的那片诗意。

武稚指了一下硕大玻璃窗外的街道说：“我上学时，每次从火车站下车，然后穿过这条长街去淮河岸边乘渡轮回家。现在，这个渡口已没有了，被一座淮河公路大桥代替了。”

我们的话题就从这条街道开始。

武稚高中毕业后，考到了合肥上学，那时，从合肥到五河的交通还十分落后，她每次从合肥回家，都要乘着绿皮火车到蚌埠，然后，穿过几条街道来到淮河岸边乘渡轮，渡到对岸，再乘上汽车，回到五河家中。

著名作家王安忆在五河生活过，她在小说《蚌埠》里，记录过这样的情景，“为了搭乘一日一班的轮船，我们必须在凌晨三四点钟抵达蚌埠，再赶往船码头，这时，整座城市还在黎明前最好睡的时分，石板地上响着我们急促的零落的脚步声。”那时的武稚乘坐在小火轮上，看着淮河的水在船下缓缓流过，她可能没有想到以后会成为一位作家，一名在王安忆笔下呈现着诗意土地上的作家。

武稚学校毕业后，学校还要保送她去进一步深造，但由于家庭困难，她便回到五县河参加了工作。

武稚是一个清纯的女子，她在工作上兢兢业业，是一位好员工。工作之外，可能受到在县委党史办工作的爸爸影响，武稚从小就爱阅读，写作一直是她的理想。书看多了，掩卷遐思，心里便有了触动，她把简单的感触写在纸上。武稚的家住在五河县实验小学里，家门口有一条青石条凳子，青春的武稚常坐在这条石凳上，对远方幻想，对文学幻想，这些幻想就像一双隐形的翅膀，终于有一天扇动起来了。

有一次，她把自己写的小诗投给了《蚌埠日报》：“我的家乡有五条河 / 五条河相连像是脉络 / 我的家乡 就是一片绿叶 / 我们这儿的姑娘 / 都是水边的兰 / 撑船的汉子路过 / 也会变得恭敬卑谦 / 我们这儿的男子 / 俊秀挺拔有着被水浸透的儒雅”，小诗不久就被《蚌埠日报》发表了，并且受到了周围人的好评，让她感到意外和惊喜。诗让她在文学的天地里，睁开了自己朦胧的双眼。

这些年，每当武稚发表作品了，最高兴的是她的父亲，她的父亲总是把女儿的作品拿到办公室给同事们看，说，这是我女儿写的，引得同事们啧啧称赞。有一次他去邮局订报纸，工作人员听说他就是武稚的父亲时，高兴地说，你就是武稚的爸爸啊，仿佛见到了明星一般。那一刻，做父亲的一脸满足与幸福。

水，是武稚诗歌中重要的内容，武稚常借水的视角来观察生活，从水里找到超现实的世界。水的清澈、温柔、敦厚让她理解了深度，学会了融入。武稚生活的五河县城四面环水，淮河、浍河、漴河、潼河、沱河五水相连，沱湖、天井湖、樵子涧交相呼应，清澈的河水从县城外流过，武稚打小也在水边长大，“而湖水是如此宁静 / 只是至美的东西为何如此让人感伤？”这就是武稚心灵里的水，有着武稚唯一的特征。

武稚的作品开始走出蚌埠，陆续在《清明》《诗歌月刊》《安徽文学》《绿风》《天津文学》《岁月》等一些主要刊物发表后，又被《中国精美短文》《中国年度散文诗精选》《中国年度优秀诗歌》和《散文选刊》《青年文摘》等选载，选载量之高在安徽女作家中，也是不多见的，《安徽群众文化》在“皖籍作家”专辑里介绍了武稚的创作。2010 年武稚的第一本诗集《我在寻找一种瓷》出版了，2011 年，武稚以优异的成绩分别加入了安徽省作家协会和中国散文学会。

武稚的创作受到了文学界的关注。2010 年她参加了“安徽省文艺创作创优学术交流研讨会暨第二届安徽省中青年文艺评论家高级研修班”学习，2011 年她参加“安徽省第二届中青年作家高级研讨班”学习。在这些学习班上，武稚通过学习与交流，对文学有了深刻的理解，也更加激起了创作热情。2012 年在中国“三月三”诗歌节上，武稚见到了台湾著名诗人余光中先生，余光中在看了她的诗后，十分欣赏并高兴地为她题写了“以文会友，诗以结缘”的题字。余光中是武稚崇敬的诗人，他的平易近人和儒雅的风度，让她感到了名人身上的力量。由于武稚创作成绩突出，2011 年春天，她从五河县调到蚌埠市工作。

一系列作品的发表，形成了武稚的风格。评论家在评论她的作品时认为，武稚诗歌作品的风格和素材的筛选以及意象的提取,都有着深厚的质感。她的诗歌总是试图还原心中对爱情、对现实、对亲情的那一份美好向往，总是试图在抓住心灵上那一点“痛”。武稚的诗歌之路走得从容而坚定，她坚持的诗意表达是一条遥远的路程。

武稚与其他诗人一样，她也有左手写诗，右手写散文的习惯，而且左右手平分秋色。武稚虽然是一位清秀的女子，但她的文章没有一点时下被人诟病的“小女人味”，而是充满了灵气和忧患意识。她写对大平原上麦田的热爱，“麦田，这是我祖父的麦田。有着硕大院子的村庄是我祖父的村庄。我的眼睛像抚摸一本稻草人手记似的，摩挲着它们。”同时对那些空了的村庄，又怀着深深的忧患。

2012 年第三期《绿风》刊发了武稚的头条专辑，共发表了武稚十首诗和三篇散文，这在安徽省还不多见，也集中展示了武稚的创作成果。2011 年第 9 期《散文选刊》重点推出了她的个人专辑。2014 年第二期《清明》、2014 年第八期《诗歌月刊》都以头条形式刊发了她的诗歌。2014 年中国散文学会将第六届冰心散文奖颁发给她，这些荣誉对她的写作、对她的人生都是一次极大的鼓励。武稚在创作谈中，对自己这些年的创作进行了回顾。她写道：“每一次写作都是一个欣喜发掘、痛苦捶打的过程。身体可以坚持、工作可以坚持、生活可以坚持、婚姻可以坚持。面对我们看不见的一堆虚无，如何坚持？没有谁告诉我们一定要写一辈子，总不能为写作而写吧？况且不坚持也并没有错，没有天赋的坚持不也是在浪费人生吗？对于喜欢写的人，一遍一遍去重复、一遍一遍去征服、一遍一遍去升华，快乐与痛苦是他们一生的宿命，无关坚持与坚守。”这种写作理念支撑着武稚，使她与一般写作者有了本质上的区别。目前，武稚的散文集《看见即热爱》已通过出版社选题，不久将问世。

在这里，我们可以根据武稚的介绍，对她的生活进行描述一下。每天下班回家后，她首先是打开电脑在上面写上一段，有时这样的写作会伴着她到深夜；或者是写好后，拿上一本书坐在桌子前看起来。屋子里是宁静的，灯光的明亮在夜晚的深处像圣洁的花朵开放。她的丈夫是一家银行高管，女儿正在南京读大学，这是一个幸福的家庭。有人对她说，你还不如晚上出来一起跳跳舞，打打牌，或者养个宠物，做个阔太太，何必把生活搞得那么清灯孤影。但武稚追求的不是这些，她只有活在文字里，才能感到幸福和充足。她的这种生活方式也常被朋友们误解，认为她难相处，她为此常对朋友们心抱歉意。她在《我要想一个地窖》的诗中写道：“我在这里安静地看书 / 也不再考虑房子的事了 / 我在这里埋头写诗 / 我觉得这才是人类该干的事。”地窖，是一个私人的空间，是每个写作者都向往的空间，同样也是武稚的理想境地。

夏日繁华的夜色中，滚动着深深的红尘，武稚坐在我的对面，她沉静的话语使我的心情也变得清凉起来。分别时，看着她一袭黑色的长裙消逝在繁华的街头，我油然想起王安忆笔下的蚌埠——石板地上响着我们急促的零落的脚步声，现在，在这同一条路上，武稚的脚步也在急促地响着。